CYBORG-FIEBER
DIE INTERSTELLARE BRÄUTE: DIE KOLONIE, BUCH 5

GRACE GOODWIN

Cyborg-Fieber Copyright © 2018 durch Grace Goodwin

Interstellar Brides® ist ein eingetragenes Markenzeichen
von KSA Publishing Consultants Inc.
Alle Rechte vorbehalten. Dieses Buch darf ohne ausdrückliche schriftliche Erlaubnis des Autors weder ganz noch teilweise in jedweder Form und durch jedwede Mittel elektronisch, digital oder mechanisch reproduziert oder übermittelt werden, einschließlich durch Fotokopie, Aufzeichnung, Scannen oder über jegliche Form von Datenspeicherungs- und -abrufsystem.

Cyborg-Fieber, Interstellare Bräute: Die Kolonie

Coverdesign: Copyright 2017 durch Grace Goodwin, Autor
Bildnachweis: Romance Novel Covers; BigStock: forplayday
Anmerkung des Verlags:
Dieses Buch ist für volljährige Leser geschrieben. Das Buch kann eindeutige sexuelle Inhalte enthalten. In diesem Buch vorkommende sexuelle Aktivitäten sind reine Fantasien,

geschrieben für erwachsene Leser, und die Aktivitäten oder Risiken, an denen die fiktiven Figuren im Rahmen der Geschichte teilnehmen, werden vom Autor und vom Verlag weder unterstützt noch ermutigt.

WILLKOMMENSGESCHENK!

TRAGE DICH FÜR MEINEN NEWSLETTER EIN, UM LESEPROBEN, VORSCHAUEN UND EIN WILLKOMMENSGESCHENK ZU ERHALTEN!

http://kostenlosescifiromantik.com

INTERSTELLARE BRÄUTE
PROGRAMM

DEIN Partner ist irgendwo da draußen. Mach noch heute den Test und finde deinen perfekten Partner. Bist du bereit für einen sexy Alienpartner (oder zwei)?

Melde dich jetzt freiwillig!
interstellarebraut.com

KAPITEL 1

Kira Dahl, Ausbilderin an der Koalitions-Akademie, Die Kolonie, Basis 3, Kampfarena

„Ich sehe doch, wie du ihn angaffst. Ich nehm's dir nicht übel; dieser Atlane ist verdammt scharf." Der niedliche deutsche Akzent, mit dem meine Freundin diese Worte aussprach, ließ mich beinahe laut loslachen. Jahrelange Disziplin retteten mich davor.

Ich drehte mich zu Monika herum

und funkelte sie an, gab ihr meinen besten Ausbilderin-mit-zusammengekniffenen-Augen-Blick. Genau genommen war es mein *Leg dich bloß nicht mit mir an*-Polizisten-Blick, aber das wusste sie nicht. In den Straßen von Toronto hatte mir dieser Blick immer geholfen, aber Monika war eine gute Freundin, und anscheinend wenig beeindruckt von meiner hart erarbeiteten Grimmigkeit.

Sie blickte von dem atlanischen Kampflord, der gleich in der Arena kämpfen würde, zu mir, und machte ein mir nur allzu bekanntes süßes Unschuldsgesicht. „Was denn? Sag bloß, dass ich mich irre. Du beäugst ihn doch wie ein All-you-can-eat-Kuchenbuffet zu Hause."

Ich wandte mich wieder dem Geschehen vor uns zu, spitzte die Lippen und hoffte, dass meine Wangen nicht gerade leuchtend rot anliefen. Ich würde es zwar nie zugeben, aber meine Freundin von der Erde—und Kadettin in meiner Abschlussklasse—hatte recht. Der Atlane *war* ein Prachtkerl von einem Mann. Groß, dunkelhaarig und gutaussehend wurde ihm als Beschreibung nicht gerecht. Er war wohl an die 2,15m groß und hatte einen Körperbau, der mir den Eindruck vermittelte, er würde Bodybuilder von der Erde zum Frühstück verspeisen. Aber da er—oben ohne, musste ich betonen—in einer Kampfarena stand, hatte er die harten Kanten und scharf definierten Muskeln eines Mannes, der unerbittliche Situationen überlebt hatte. Kampfgetümmel. Verwüstung. Er trug Narben, und diese Narben machten mich scharf. So verdammt scharf. Ich wollte jede einzelne von ihnen mit meiner Zunge nachzeichnen.

Er hatte Cyborg-Teile wie alle anderen hier auf der Kolonie—beide

Arme waren von dem glänzenden Silber der Schaltkreise und Muskelimplantate überzogen. Er hatte eine fette Narbe in seinem Nacken, aber ich hatte keine Ahnung, ob die vom Hive stammte oder aus einem Kampf. Nachdem ich schon fast ein Jahr lang unsere Rekruten für Einsatzübungen auf die Kolonie brachte, war ich an die silbernen Körperteile der Krieger, die hier lebten, gewohnt. Es überraschte mich nicht länger, wenn ein Kämpfer glitzerndes Metall in seiner Haut eingebettet hatte. Die Implantate bedeuteten für mich nichts weiter als Ehrenabzeichen. Er hatte gegen den Hive gefochten, hart gekämpft und überlebt. Jeder auf diesem Planeten hatte das, und ich respektierte jeden einzelnen Krieger hier.

Aber dieser Atlane versetzte meinen Körper in Alarmstufe Rot. Ich konnte seine Beine nicht sehen, da er Hosen trug, aber sein Rücken und seine Brust waren nackt. Heiße, muskulöse Perfektion, die ich anfassen wollte. Und lecken. Und streicheln. Und küssen.

Mein Körper bebte mit einem überraschend starken Verlangen. Meine Libido war in letzter Zeit im Winterschlaf gewesen; als Ausbilderin kam es nicht in Frage, sich mit den Kadetten der Koalitions-Akademie einzulassen, selbst, wenn ich nur ein paar Jahre älter war als die meisten der neuen Rekruten. Es war kein Problem gewesen, enthaltsam zu leben. Und da niemand unter den anderen Ausbildern und im Verwaltungspersonal mich reizte, war es mir leicht gefallen, meine Regel zu befolgen, keinen Mann und keine Verstrickungen in mein Leben zu lassen. Aber wenn ich mir den Atlanen ansah, leckte ich mir über die Lippen. Regeln hin oder her, davon wollte ich eine Kostprobe.

„Wenn er normal schon so ist, frage

ich mich, wie er im Biestmodus aussieht", fügte sie hinzu, während sie sich zu mir lehnte und mir ins Ohr flüsterte. Sie deutete darauf, wie der Atlane hin und her lief, seinen Gegner vom Rand der Arena aus im Auge behielt, die Fäuste ballte und wieder öffnete. Und das ließ die Muskeln und Sehnen an seinem Unterarm nur noch deutlicher hervortreten. Du liebe Scheiße. Der, im Biestmodus? Größer, stämmiger, dominanter. Intensiv. Eiskalt.

Meine Pussy schrie mir entgegen: *ja, bitte!* Und dabei hatte der Kampf noch gar nicht angefangen. Es war...elementar, dieses Interesse, das ich an ihm hatte. Primitiv. Ich kannte seinen Namen nicht, seine Lebensgeschichte. Er hatte mich noch nicht mal zum Abendessen und ins Kino ausgeführt, und doch begehrte ich ihn. Sofortige Anziehung. Es war anders als das, was mir über die Everianer und ihre geprägten Gefährtinnen erzählt worden war. Es war nicht so intensiv, dass ich dem Ganzen nicht den Rücken kehren und funktionstüchtig bleiben konnte. Aber ein Everis-Kadett hatte mitten im Semester gehen müssen, da sein Mal erwacht war und er den Fokus und das Interesse für alles andere verloren hatte. Er wollte sie nur aufspüren und in Besitz nehmen.

Was ich von diesem übergroßen Augenschmaus von einem Kerl wollte, war eher eine...One-Night-Stand-Situation. Heiß und heftig. Hart und animalisch. Ich war so unartig, aber alles in mir schrie mich an, mich nackt auszuziehen und über ihn herzufallen. Ob er einen Namen hatte oder nicht - meiner Pussy war es egal. Ich wollte einen Orgasmus von einem Mann, und mein Körper hatte beschlossen, dass es dieser atlanische Kampflord sein würde, der ihn mir bescheren würde.

Sein Gegner war, der karamellfarbenen Haut und den scharfen Gesichtszügen nach, ein Prillone. Er schritt auf der anderen Seite der Arena auf und ab und unterhielt sich mit ein paar anderen, höchstwahrscheinlich in einer Strategie-Besprechung. Er war kleiner, aber das hieß nur, dass er gut über 1,80 groß war. Die beiden riesigen Aliens standen einander in der gut besuchten Arena gegenüber. Die Größe der Zuschauermenge, die vom Halbkreis der Sitze um die Kampfarena herum aus zusah, verriet mir, dass dies hier ein beliebter Zeitvertreib nach Dienstschluss war. Diese Aufregung, das Surren der Energie, die von allen ausging, war berauschend. Jeder, dem wir hier auf diesem Planeten begegneten, hatte ein intensives Wesen, und das Erlebte beim Hive gab gewiss den Ton an. Die Kämpfer trugen Wut und Schmerz in sich, für die die Kampfarena—selbst, wenn man nur Zuseher war—ein Auslassventil darstellte.

„Du weißt doch, wie es heißt", setzte Monika an. „Dass die Größe seiner Hände ein Hinweis sind auf die Größe seines—"

Ich lachte und klatschte ihr eine Hand auf den Mund, um den Rest des Satzes zu unterdrücken. Sie wackelte mit den Augenbrauen. Soviel also zu meinem intensiv geübten einschüchternden Blick.

„In Ordnung, es reicht!"

Sie und meine Pussy sagten mir eine Sache—fall über den Riesen her—aber mein Kopf eine andere.

Sie spitzte ihre Lippen, aber ich konnte sehen, dass sie nur zu gerne mehr sagen würde. Unsere Freundschaft ging weit über eine rein berufliche Beziehung zwischen Ausbilder und Kadett hinaus. Wir waren beide von der Erde, die einzigen zwei Menschenfrauen im aktuellen Jahrgang der Akademie. Sie war zwar aus Deutschland und ich aus Kanada, aber wir hatten so viel gemeinsam. Besonders, wenn man eine ganze Galaxis weit von zu Hause weg war. Sie hatte ihre Ausbildung an der Koalitions-Akademie beinahe abgeschlossen und würde nach dem Abschluss in einen offiziellen Kampfeinsatz ziehen. Ich war dort Ausbilderin; die jüngste, die die Akademie je gehabt hatte. Dank meines Alters hatte ich mehr mit den Kadetten gemeinsam als mit den anderen Lehrern.

Und Monika? Sie war ein Riesenspaß, und ich hatte sie wahnsinnig gern. Nur nicht gerade in diesem Moment. Sie hatte nicht oft Gelegenheit dazu, sich über mich lustig zu machen—es gab nicht viel gemeinsame Freizeit, und wenn, dann gab es Protokolle zur Rangordnung zu befolgen—und sie genoss es. Ausgesprochen.

Es kam auch selten vor, dass wir nicht auf Zioria waren. Einsatzübungen auf anderen Planeten fanden in den letzten paar Wochen eines Semesters statt, und nur mit jenen, die vor dem Abschluss standen. Es war unsere letzte Chance, ausgewachsene Schlachtsimulationen zu durchlaufen und zu versuchen, sie auf das vorzubereiten, was ihnen bevorstand. Es gab noch ein paar andere menschliche Ausbilder, die meisten davon Ex-Militär oder CIA. Strategie. Waffen. Wir bezeichneten die jungen, aggressiven, naiven Rekruten als *Zygoten*. Babys. Allesamt. Egal, von welcher Welt. Sie hatten keine Ahnung, worauf sie sich einließen.

Wir schon. Wir wussten, was da draußen wartete. Ich war nun schon über drei Jahre beim Interstellaren Geheimdienst I.C., und die Stelle als Ausbilderin an der Koalitions-Akademie war ein Deckmantel für sensible Aufträge. Aber diese Rekruten auszubilden, war ebenso meine Aufgabe, und die nahm ich sehr ernst. Je besser wir daran arbeiteten, sie auszubilden, umso weniger von ihnen mussten sterben.

Und deswegen waren wir alle hier auf der Kolonie und spielten Einsatz-Simulationen mit den anstehenden Absolventen dieses Semesters durch. Aber mit denen waren wir nun fertig und hatten einen freien Abend, an dem sich die Truppe entspannen konnte. An dem *ich* mich entspannen konnte.

Oder einen Atlanen ficken.

„Er ist scharf", gab ich zu, dann biss ich mir auf die Lippe. Als sie die Augen verdrehte, fügte ich hinzu: „Also gut. Er ist absolut umwerfend, wenn man auf den Typ dunkler, geheimnisvoller Riese steht." Ich seufzte. „Und das tue ich." *Oh, und wie.*

„Es gibt keine Regeln dagegen, mit

einem scharfen Atlan-Biest zur Sache zu gehen", antwortete sie.

„Wir sind zum Höhlentraining hier auf der Kolonie", erinnerte ich sie. Mein Spezialgebiet war das Tarnen und Täuschen. Rein, raus, und nicht erwischen lassen. Soweit man es als Krieger wusste, war, wenn man erst vom Hive geschnappt worden war, alles vorbei. Niemand würde einem zu Hilfe kommen. Und in neunundneunzig Prozent aller Fälle war das auch so. Aber für das restliche Prozent gab es den I.C.—den Intelligence Core, den Interstellaren Geheimdienst. In Zweier- oder Dreierteams zogen wir aus und bargen hochrangige Zielpersonen.

Es war eine gefährliche, aber wichtige Arbeit. Es dufte nicht geschehen, dass der Hive in die Gedanken eines I.C.-Teammitglieds eindrang. Wir wussten zu viel. Über alles.

Zwei Kämpfer gingen unsere Sitzreihe entlang und wir standen auf, um sie vorbeizulassen. Beide waren riesige Prillon-Krieger. Sie blickten uns an, als wären wir Nachtisch, und setzten sich nicht weit von uns entfernt hin, links von mir.

Testosteron-Alarm. Zu viele scharfe Krieger. Wir waren buchstäblich umzingelt.

Das Prillon-Duo starrte uns an, machte mir deutlich, dass sie interessiert waren. Aber ich hatten im Moment nur Augen für einen Krieger. Und der war atemberaubend. Mein ganzer Körper geriet bei seinem Anblick in Wallung. Gott, dieser Atlane war *messerscharf*. Ich war erst ein paar Mal einem Atlanen begegnet. Sie blieben auf der Akademie eher unter sich, und ihre Ausbilder waren selbst riesige Atlan-Krieger, für den Fall, dass einer von ihnen während des Trainings die Kontrolle über sein Biest verlor.

Ihre Frauen gingen nicht in Biestmodus und kämpften nicht in der Koalition, und ich weigerte mich, diesbezüglich eine Meinung zu haben. Ich wusste, dass ihre Männer groß waren, beschützerisch, dominant—groß.

Das Schaudern, das mir über den Körper lief, hatte nichts damit zu tun, dass die Prillon-Krieger näher heranrückten, und alles damit, wie die Schatten auf den Bauchmuskeln des Atlan-Kämpfers spielten. Ich wollte ihn dort lecken, dann weiter nach unten wandern...

„Das Training ist schon seit zwei Stunden vorbei", sagte Monika. Warum redete sie immer noch?

Sie setzte sich hin und plauderte weiter, ahnungslos über die Prillon-Krieger und ihr offenkundiges Interesse. „Du warst es doch, die uns entlassen und uns aufgetragen hat, an unserem letzten Abend auf dem Planeten ein wenig Spaß zu haben. Unser Transport zurück zur Akademie ist erst für morgen angesetzt. Du hast *die ganze Nacht lang* Zeit." Sie lehnte sich gegen mich, stieß vielsagend ihre Schulter an meine.

Weitere Zuseher füllten die Tribüne, bis sie regelrecht überquoll. Sie alle trugen die Uniformen ihrer Dienststelle und ihres Ranges aus der Zeit, bevor sie auf der Kolonie angekommen waren. Jeder Krieger trug leichte Kampfrüstung, die meisten in schwarz-grauem Tarnmuster für den Kampf im Weltraum. Monika und ich waren die einzigen hier in Akademie-Uniformen, ihre grau, meine schwarz, entsprechend meiner Rolle als Ausbilder.

„Ich bin nicht auf der Suche nach einem Gefährten." Auf gar keinen Fall. Männer machten alles kompliziert. Sie waren egoistisch. Kontrollierend. Schwierig. Ärsche. Zumindest die, an die ich auf der Erde geraten war. Aus diesem Grund hatte ich die im All gemieden, selbst die knackigen Aliens, die mir im Zuge meiner Arbeit an der Akademie und meines Nebenjobs beim I.C. über den Weg gelaufen waren. Die Krieger im I.C. waren nicht egoistisch, aber sie waren auf jeden Fall kontrollierend, dominant, und würden in einer engeren Beziehung Schwierigkeiten verursachen.

Ich brauchte mir nicht von einem Mann sagen zu lassen, was ich tun durfte und was nicht. Ich war noch nicht bereit, mich niederzulassen und zu einer Baby-Maschine für einen Alien zu werden, solange es da draußen Leute gab, die mich brauchten, die ich retten konnte.

So, wie ich meine Eltern nicht hatte retten können.

„Wer hat etwas von einem Gefährten gesagt? Ich dachte, wir reden hier von heißem Sex, Schwester. Und der da *brüllt* geradezu, so heiß ist er."

„Wenn ich einen Gefährten wollte, hätte ich mich zum Interstellaren Bräute-Programm gemeldet", fügte ich hinzu, um meine Position völlig klarzustellen.

„In Ordnung, aber du *hattest* doch schon mal ein schlichtes Techtelmechtel? Auf der Erde? Zumindest eines?"

Ich schenkte ihr zur Antwort nur ein Schulterzucken. Die Erde lag hinter mir. Was ich dort getan hatte, war für mein jetziges Leben irrelevant. Auch wenn ich sagen musste, dass ich noch nie ein feineres Musterexemplar von XY-Chromosomen präsentiert bekommen hatte als diesen kämpfenden Atlanen.

Plötzlich jubelte die Menge, viele standen auf, manche hoben die Hände an den Mund und riefen Parolen. Die beiden Kämpfer in der Arena fingen an, hin und her zu laufen. Ich wusste nicht, wie ein Kampf hier ablief, was die Regeln waren. Es gab keinen Ring, keine Seile, keine Hocker in der Ecke. Es gab auch keinen Mund- oder Kopfschutz. Keinen Schiedsrichter.

„Also?", fragte Monika, und ich dachte an ihre eigentliche Frage.

„Ja, ich hatte ein paar One-Night-Stands", antwortete ich, als wäre es seltsam, wenn das nicht so gewesen wäre. „Nichts allzu Wildes."

Sie lachte und deutete auf den Atlanen, der sich nun in die Arenamitte bewegte. „Das liegt daran, dass es so etwas Wildes wie ihn auf der Erde gar nicht gibt." Sie hob die Hand und fächelte sich selbst Luft zu.

Nein, das gab es nicht.

Die beiden Krieger blieben auf Distanz, etwa fünf Schritte lagen zwischen ihnen, und umkreisten einander. Ich konnte die Muskeln im Rücken des Atlanen spielen sehen, seine Schultern sich zusammenziehen und lockern, während er die Arme vor sich schwenkte. Trotz ihrer Größe und Masse waren ihre Füße auf dem Erdboden ganz leise. Das hier waren keine Neulinge an der Akademie, frisch und unschuldig und begierig darauf, zu zeigen, wie clever und wagemutig sie angeblich waren. Nein, diese beiden waren dem Hive persönlich begegnet, hatten zu viel gesehen, und waren höchstwahrscheinlich desillusioniert, finster an den Kanten und erbarmungslos.

Der Prillon-Krieger war gutaussehend, auf seine Weise. Groß. Muskulös. Konzentriert. Aber ich nahm ihn kaum wahr, denn ich konnte meine Augen nicht von dem Atlanen abwenden.

Von meiner Koalitions-Ausbildung wusste ich, dass sie aneinander Maß nahmen, ihre dominante Haltung und andere verräterische Eigenheiten kennenlernten. Sie redeten miteinander, und ihre tiefen Bariton-Stimmen ließen meine Pussy vor Hitze zusammenzucken. Seine Stimme. Gott. Ich lehnte mich vor und versuchte, ihre Worte zu verstehen. Die Drohungen. Die Herausforderung.

Für gewöhnlich empfand ich keinen *Genuss* bei körperlicher Gewalt, aber ich musste mir auf die Schenkel klatschen, um mich davon abzuhalten, aufzustehen und dem Atlanen entgegenzubrüllen, dass er ihn *fertig machen sollte*. Ich wusste, dass mein Atlane eine gute Figur machen würde. Seine Größe. Seine Kraft. Die Intensität in seinen Augen. Ich wollte, dass er mächtig sein würde. Ich brauchte es, dass er atemberaubend sein würde. Dieses Bedürfnis schockierte mich, aber es pulsierte durch meine Adern wie sanfte Stromschläge. Wie ein Puls. Und ich konnte meine Augen nicht abwenden.

Ich hielt die Luft an und wartete auf den ersten Angriff. Es war ein vielversprechendes Match.

Der Atlane war so weit im Kreis gelaufen, dass er uns wieder zugewandt war. Seine Augen waren auf den Gegner gerichtet, laserscharf. Sein linkes Bein war vorne, die linke Hand oben, mit offener Handfläche, und die Rechte war unten und schützte seine Mitte.

„Ja! Komm schon, los! Tu es!" Die Worte platzten mit einer Gewaltbereitschaft aus mir hervor, die mich schockierte. Ich wollte hören, wie seine Faust auf das Fleisch des Prillonen klatschte. Ich nahm an, dass ich ein wenig den Verstand verlor, vielleicht übertrieben reagierte wegen all dem Stress, unter dem ich in den letzten Monaten gestanden hatte. Aber ich fühlte mich wild. Völlig außer Kontrolle. Ich *brauchte* die Genugtuung, zuzusehen, wie mein Atlane seinen Gegner zu Brei schlug.

Meine Pussy wollte es auch, so heiß und scharf, dass ich vor Begehren pochte. Als wäre dies ein Vorspiel, und nicht ein Kampf in einer Arena auf einem Planeten, der gewissermaßen einer außerirdischen Gefängniskolonie gleichkam.

Aus irgendeinem Grund blickte er hoch in die Tribüne. Er lächelte, sagte etwas zu dem anderen Kämpfer. Ich musste die Worte nicht erst hören, um zu wissen, dass es etwas Provokatives war, und ich wünschte, ich hätte es hören können. Richtig oder falsch, ich wusste, dass es mich antörnen würde.

Er blickte noch einmal hoch in die Zuschauermenge, aber diesmal traf sein Blick auf meinen.

Hielt ihn.

Mein Herz machte einen Sprung. Es war ein seltsames Gefühl. Es war, als wenn man mit einem Auto über eine Bodenwelle fährt, das fallende Gefühl einem einen heißen Schauer durch den Körper jagt und einem der Schweiß auf die Stirn tritt.

„Heilige Scheiße", raunte Monika. Ich spürte, wie sie mich am Ellbogen packte, die Finger in mir vergrub, aber ich drehte den Kopf nicht herum. Ich konnte gar nicht.

Diese dunklen Augen blickten zu mir. *Sahen* mich. Hielten mich gefesselt. Mein Atem stockte mir in der Lunge. Meine Brüste waren schwer und heiß, und ich konnte mich nicht bewegen.

„Ähm, Dahl. Er schaut dich direkt an."

Was du nicht sagst.

Der Atlane, der offenbar seine Betäubung über meinen Anblick abgeschüttelt hatte—was lachhaft war, denn ich sah in meiner schlichten Uniform, das Haar zu meinem üblichen tief sitzenden Pferdeschwanz zusammengebunden, nicht gerade aufregend aus—fing wieder an, sich zu bewegen, zu kreisen, aber er mich beobachtete weiterhin.

Mich!

„Er wird sich noch Prügel einfangen, wenn er sich nicht bald auf das Match konzentriert", raunte ich. Ich biss mir auf die Lippe, machte mir plötzlich Sorgen um den Kerl. Ablenkung konnte er im Moment wirklich *nicht* gebrauchen.

Meinen Eierstöcken gefiel es allerdings, dass ich seine Ablenkung war. Meine Pussy zuckte, meine Nippel wurden hart davon, wie er mich anblickte. Gott, es war mächtig. Fühlten sich so die Everianer, wenn ihr Mal erwachte?

Nein, das hier war anders. Ich spürte

es nicht in meiner Seele. *Das hier* spürte ich in allen meinen weiblichen Körperteilen. In jedem einzelnen. Das hier war pure Lust. Ich war von ihm erregt. Ernsthaft angetörnt. Ich wollte ihn. Nicht für immer, sondern um dieses Sehnen loszuwerden. Und wenn er *überall* so groß war, wie Monika gescherzt hatte, dann würde es ein Wahnsinnsritt werden.

Ich hatte ja zwölf Stunden vor mir, die ich nicht im Dienst war und keine Verpflichtungen hatte. Kein Unterricht, keine Missionen für den I.C. Nichts als Freizeit, in der ich dieses Sehnen erleichtern konnte, das mit jeder Sekunde anwuchs. Und ich wollte, dass der Atlane sich für mich darum kümmerte.

Falls er nicht zuerst auf der Krankenstation landete.

Der Prillone stieß ein Brüllen aus und griff an. Ich sog den Atem ein, als er losstürmte, Fäuste im Anschlag. Der

Atlane wandte den Blick nicht von mir ab, nicht bis zur allerletzten Sekunde, als er wie ein Blitz zuschlug.

Das Krachen und Knirschen von brechenden Knochen konnte man sogar über das Gejohle der Menge hinweg hören. Blut spritze aus der Nase des Prillonen, während er wie eine hohe Fichte im Wald zu Boden fiel. Seine Arme hoben sich nicht, um seinen Fall abzubremsen, was ein Anzeichen dafür war, dass er umgehend bewusstlos geschlagen worden war.

Ein Schlag. Und mehr brauchte es nicht. Der Kampf war vorbei.

Der Atlane holte tief Luft, stieß sie aus, und ich konnte zusehen, wie dabei seine Bauchmuskeln spielten. Er warf einen raschen Blick auf den Prillonen, dann zu den Sanitätern, die bereits auf den gefallenen Krieger zuliefen, dann blickte er zu mir zurück.

Er schritt quer durch die Arena und

an den Rand der Tribüne, schnurstracks auf mich zu, als wären wir mit einem Draht miteinander verbunden.

Die Menge teilte sich wie das rote Meer vor Moses, und sie drehten sich herum, um zu sehen, was die Aufmerksamkeit des Atlanen erregt hatte. Hinter ihm wurde der Prillone versorgt, und ich konnte sehen, wie er zu sich kam, während sein Blut den Boden tränkte. Sein Kiefer stand in einem merkwürdigen Winkel ab, er war offensichtlich gebrochen.

Aua.

„Ähm, Dahl, jetzt starrt er dich so *richtig* an."

Ich blickte auf die anderen, die hier waren, um sich den Kampf anzusehen. Auch sie blickten alle auf mich.

Als ich wieder auf den Atlanen blickte, hatte er die Hand gehoben und krümmte einen Finger. Winkte mich zu sich.

Ich schluckte. Hörbar. Meinte er wirklich mich?

Ich blickte mich um. Aller Augen waren auf mich gerichtet, warteten ab, was ich tun würde.

Ach du Scheiße. Auf mich allein. Ich bildete mir das also nicht ein.

Monika gab mir einen Schubs, und ich taumelte vorwärts. „Geh schon, Mädel!"

Ich stieg eine Reihe weiter nach unten, ihm entgegen, und blickte zu Monika zurück. Sie hatte ein verschmitztes Lächeln auf dem Gesicht. „Tu nichts, was ich nicht auch tun würde. Also nein, nicht wirklich. Tu einen ganzen Haufen Dinge, die ich nicht tun würde." Sie nickte und ermunterte mich, dem Atlanen zu folgen.

Ich leckte mir die Lippen, blickte wieder auf den Atlanen. Oh ja, ich wollte ihn, und er wollte *ganz offensichtlich* auch mich.

Seine Haut glänzte vor Schweiß, was jeden Einzelnen seiner wohl definierten Muskeln betonte. Er drehte seine Hand herum, streckte sie mir entgegen und sagte mir ohne Worte, dass ich sie nehmen sollte.

Ich stieg die Reihen hinunter, eine nach der anderen, bis ich ihm gegenüberstand. Er war so verdammt groß, mehr als einen Kopf größer als ich, eher zwei.

Er stieß wohl Pheromone in Wellen aus, denn ich wollte nichts mehr, als seinen Nacken zu lecken und seine salzige Haut zu schmecken. Meine Handflächen über seinen Oberkörper gleiten lassen, hinunter an seinen Hosenknopf. Seinen Schwanz packen, ihn streicheln. Ihn beherrschen.

Ich wollte ihn *besitzen*. Ihn liebkosen. Ihn reiten. Ich wollte ihn, im Ganzen, nur für mich allein. Dass er mich füllte.

Zum Betteln brachte. Mich zum Kommen brachte, auf seinem riesigen—

Er hob seine Finger, strich mir über die Wange, und ich hielt den Atem an. Das Gefühl seiner zarten Liebkosung war unbeschreiblich und überraschend angesichts seiner Größe.

„Meins", sagte er mit lauter Stimme, als würde er jeden in Hörweite wissen lassen wollen, dass ich vom Markt war. Ich dachte an die enttäuschten Blicke, die wohl gerade die Gesichter der beiden Prillon-Krieger hinter mir zierten, und unterdrückte ein Grinsen.

Fürs Erste, für diese Nacht, gehörte er ganz mir.

Also legte ich meine Hand in seine, bereit für eine wilde Nacht mit einem Atlanen—und hoffentlich auch mit seinem Biest.

KAPITEL 2

Kampflord Anghar, die Kolonie

Mein Biest tobte. Der Prillone, der mir in der Kampfarena gegenüberstand, hatte keinen Sekundär gewählt, der an seiner Seite kämpfen konnte. Entweder war der arme Narr bescheuert, oder dieser sture Prillone war noch nicht lange genug auf der Kolonie, um einen gefunden zu haben.

Ich würde eher auf Zweiteres tippen. Ich sah das Verlangen in seinen Augen. Das Bedürfnis, wild und zügellos zu toben.

Jemandem wehzutun.

Er wollte auf mich losgehen. Kämpfen. Nichts mehr zurückhalten. Ich kannte das Gefühl, dieses verzweifelte, nagende Bedürfnis, zuzuschlagen, zuzutreten. Hauen.

Verletzen. Bluten. Etwas spüren, das echt ist.

Ich vermisste den Rausch einer Schlacht, die Euphorie eines Sieges. Solange wir gegen den Hive kämpften, waren wir bedeutsam für die Koalition. Beschützten andere. Taten wichtige Arbeit.

Aber jetzt? Wir arbeiteten in den Minen, bauten Mineralien für das Transporter-System ab. Wir zählten die Tage und vertrieben uns die Langeweile mit jedem Atemzug. Bedeutungslosigkeit. Wir waren nun nichts mehr, und das war, als würde man Messer schlucken. Es tat weh, bis ins tiefste Innere.

„Ich bringe dich zum Bluten, Kampflord." Der Prillone hechelte vor Begierde, den Kampf zu beginnen. Seine Hände waren an seinen Seiten zu Fäusten geballt, seine Brust breit und muskulös. Ich spürte Zorn und Vorfreude in mir brodeln.

Ich begrüßte die Herausforderung. Die Ablenkung. Das einzige, was ich noch mehr wollte, als ein paar Stunden in dieser Arena zu verbringen, war eine warme, nasse Pussy. Eine Gefährtin, die mich anbettelte, sie zu ficken. Sie zu schmecken. Mit meinem Samen zu füllen. Mein Biest rannte bei der Vorstellung in mir im Kreis.

Aber es gab keine Braut für mich. Das würde nie so sein. Ich hatte mich vor über drei Jahren für Bräute testen lassen, ohne Erfolg. Ich glaubte zufällig daran, dass der Bann auf Bräute für verseuchte Krieger einen guten Grund hatte. Wir waren beschädigte Ware. Würden es immer sein. Nicht, dass meine Meinung dazu von Bedeutung war. Die meisten Krieger hier hatten sich den Testprotokollen des Interstellaren Bräute-Programms unterzogen, als Primus Nial vor über einem Jahr den Bann auf die auf der Kolonie im Exil lebenden Männer aufgehoben hatte. Und wir konnten die Bräute an einer Hand abzählen, die seither auf Basis 3 gekommen waren.

Nur, weil er es den Verseuchten gestattet hatte, sich zuordnen zu lassen, hieß das noch lange nicht, dass es für irgendeinen von uns Hoffnung gab.

Bräute waren hier eine Seltenheit. Manche sagten, dass ihre Anwesenheit hier den anderen Kriegern Hoffnung gab. Aber ich war schon immer Realist gewesen. Für mich würde es keine Rettung geben. Keine weiche, schöne Frau hatte das Monster verdient, das ich in mir trug. Er war viel zu wild. Ich bezweifelte, dass selbst die legendären Gefährtenhandschellen der Atlanen eine Wirkung auf ihn haben würden und das Tier in mir besänftigen konnten.

Der Hive hatte mir zu viel genommen. Mich tagelang in den Biestmodus gezwungen und gefoltert. Am Ende hatten sie mich gebrochen, und mein Biest auch, und diese Schande schleppte ich noch immer mit mir herum.

Ich hätte sie dazu bringen sollen, mich umzubringen. Und als Seth Mills die Gelegenheit dazu hatte, hat er das nicht getan, hatte mir die Ruhe des Todes verwehrt. Und nun lebte ich. Und kämpfte. Nicht um Leben und Tod, nicht gegen den Hive, der uns immer noch innerlich verfolgte, sondern in einer runden Arena auf einer trostlosen Welt mit anderen verkorksten und verbannten Kriegern. Nicht, um Leute zu retten, sondern um die Monotonie dieser neuen Existenz zu durchbrechen.

Wenn ich nicht so ein harter Mistkerl wäre, würde ich allem ein Ende setzen. Aber trotz all des Geredes, das mir durch den Kopf ging, war ich ein Überlebenskünstler. Schon immer gewesen. Hoffnung oder nicht, ich würde bis zum bitteren Ende ausharren, bis mein Biest tobte und sie gezwungen sein würden, mich zu exekutieren. Ich war zu stur zum Sterben.

„Scheiß Atlane. Worauf wartest du?" Der Prillone tänzelte um mich herum. Umkreiste mich. Sein Blick war voll Horror, Wut und Hass, allesamt auf ihn selbst gerichtet. Wir waren eins in diesem Moment, und ich wusste, dass mein Blick seinem glich. Gebrochen. Wir waren beide gebrochen.

„Du kannst mich nicht besiegen,

Prillone. Aber das weißt du ja bereits, nicht wahr? Deswegen bist du gar nicht hier", warf ich ihm zum Spott entgegen und wusste, dass es die Wahrheit war. Er *wollte* den Schmerz spüren. Angreifen, ohne etwas zurückzuhalten. Er konnte mich nicht töten. Nicht ohne Rückendeckung von einem zweiten Prillonen. Und ich würde ihn nicht töten. Er war ein Krieger, ein ehrenhafter Soldat, der die gleichen Schrecken überlebt hatte wie ich. Todeskämpfe waren in der Arena nicht erlaubt, also war ein Kampf gegen mich das Nächstbeste für ihn. Aber ich konnte ihm wehtun. Ihn bluten lassen.

Spüren lassen.

Noch zwei Schritte. Drei. Kreischende Stimmen feuerten uns beide an, aber ein Klang ertönte, der die Aufmerksamkeit meines Biests vom Kampf ablenkte. Mein Blick wanderte hinauf in die Menge, bevor ich den Instinkt überhaupt begriffen hatte. Ich wandte niemals meinen Blick von einem Gegner in der Arena ab. Es war ein Anfängerfehler. Ein bescheuerter Fehler. Aber ich hatte keine Wahl. Mein Biest zwang mich dazu.

Es war eine Frauenstimme. Weiblich.

Mein Biest erwachte, heulte geradezu auf, während mir Feuer durch die Adern lief und mein Schwanz hart wurde.

Ich schüttelte den Kopf, versuchte, den Drang wegzublinzeln, dieser Stimme nachzujagen. Sie an mich zu reißen.

Sie war wahrscheinlich eine der Akademie-Kadetten, die zum Training hier waren und morgen abreisten.

Ich sollte es ignorieren. Sie ziehen lassen. Sie war nicht meine zugeordnete Gefährtin. Das konnte nicht sein.

Ich hatte keine.

Ein weiterer Grund, warum mein Biest so zappelig war. Es schien wenig Hoffnung zu geben, dass ich es lange genug hier aushalten würde, bis ich eine Gefährtin finden konnte, die mein Biest in Besitz nehmen wollte. Unter den Kriegern hier verstand nur Kampflord Bruan das Monster in mir, das tobte und ausbrechen wollte. Jeder Augenblick war ein Akt der Selbstdisziplin. Jeder Schritt. Jeder Atemzug. Das Biest zischte, und ich zwang es mit eiserner Faust nieder. Meine Willenskraft war das Einzige, was zwischen mir und einer Exekution stand.

Die Kampfarena half dabei, ein wenig der Ruhelosigkeit des Biests abzubauen, den *Hunger*. Aber meine Zeit als Hive-Drohne hatte die Wut des Biests nicht gezügelt, wie es das mit Kampflord Rezzer getan hatte.

Ich fühlte mich den Kommandos des Hive hilflos ausgeliefert, dem ständigen

Dröhnen in meinem Kopf, das nie ganz weggegangen war. Und das trieb mich ständig an die Grenze zum Wahnsinn. Die Schlacht gegen den inneren Feind war ständig am Laufen. Dieser Prillone vor mir war nur das neueste Auslassventil, und ich hatte fest vor, ihm Elend zu bereiten. Ihn zu Brei zu schlagen. Meinem Biest etwas Spaß zu gönnen. Ihm zu geben, was es wollte.

Ich sah die hoffnungslose Wut in den goldenen Augen des Prillon-Kriegers. Er war neu hier, erst heute angekommen. Ich kannte seinen Namen nicht, aber das brauchte ich auch nicht. Ich erkannte den Zorn, das Gefühl, in der Falle zu sitzen. Wir alle kannten es nur zu gut. Jeder einzelne Krieger, der hierher verbannt worden war, war nicht aus freier Wahl auf der Kolonie, sondern weil wir mit Hive-Technologie *verseucht* worden waren. Gefangengenommen. Gefoltert. *Modifiziert.*

Wir waren von den Leuten auf unseren Heimatplaneten nicht länger erwünscht, den Leuten, für die wir Opfer gebracht hatten. Wir waren zu gefährlich.

Ich ganz besonders.

Ich wollte die Regelung hassen, die vorsah, dass alle verseuchten Krieger den Rest ihres Lebens hier verbrachten, entweder als Minenarbeiter oder zu deren Schutz, aber das konnte ich nicht. Die Wahrheit war, wir *waren* gefährlich. Instabil. Die Hive-Implantate hatten auf einige Krieger seltsame Auswirkungen. Und manche, wie ich, hatten sie nie vollständig aus dem Kopf bekommen. Für mich war das konstante Summen ein ständiger Begleiter. Sogar hier, wo die Verteidigungssysteme des Planeten dafür gebaut waren, die Kommunikationsfrequenzen des Hive auszusperren.

Andererseits war, soweit mir gesagt worden war, der Hive hier, versteckt in den Höhlen unter der Planetenoberfläche. Eines Tages würde eine Abrechnung stattfinden, und dann würde ich sie jagen, sie töten. Mit bloßen Händen Drohnen in Stücke zu reißen würde mir nichts als Freude bescheren. Abgesehen von der warmen, nassen Pussy einer Gefährtin—auf deren Genuss ich keine Hoffnung hatte—konnte ich an nichts anderes denken als den Hive.

Unglücklicherweise gefiel Gouverneur Rone, dem knallharten Prillon-Krieger, der Basis 3 leitete, die Idee nicht, mich auf die Höhlen loszulassen. Nicht einmal im Rahmen einfacher Einsatzübungen für einen neuen Satz Kadetten von der Koalitions-Akademie. Das Trainingsprogramm war experimentell, die Höhlen unter der Oberfläche eine perfekte Simulation von mehreren Planeten in der Kampfzone, die Brutstätten von Hive-Aktivität waren.

Der Gouverneur hatte recht. Beim ersten Anblick eines Hive hier auf der Kolonie, oder ihres Anführers Krael—der verdammte Verräter—hätte mich das Biest in der Hand. Es würde kein Zurück geben, keine Beherrschung mehr.

Bei den Göttern, ich würde es nicht einmal versuchen. Ich würde sie mit bloßen Händen zerfleischen und dabei vor Freude heulen.

Von meinen Gedanken und dem bevorstehenden Kampf angestachelt, erhob sich das Biest in mir, begierig und kraftvoll. Ich drängte es zurück. Kämpfte um Beherrschung. Konzentrierte mich auf die Bedrohung vor mir. Sein Gesicht. Seine Fäuste. Die Leichtigkeit seiner Schritte auf dem weichen Boden. Er war kein junger, unerfahrener Kämpfer. Er war ein Prillon-Krieger in seinen besten Jahren. Stark. Schnell. Tödlich. Und er war gerade erst angekommen, frisch aus seiner persönlichen Hölle beim Hive.

Nicht, dass ihn das vor einer gehörigen Tracht Prügel bewahren würde, aber es würde den Kampf zumindest interessant machen.

Wir tänzelten umeinander herum. Kampfbereit.

Ich hörte sie erneut. Mein Schwanz, der bereits hart war, pochte schmerzhaft.

Das Biest krallte sich innerlich an mich, kämpfte darum, hervorzubrechen. Nicht, um den Prillonen zu bekämpfen. Sondern um sie zu bekommen.

Es wollte *sie*.

Scheiße.

Die Götter stehen mir bei, wenn sie die Gefährtin eines Kolonie-Kriegers war, oder irgend so 'ne blutjunge, unschuldige Kadettin, kaum mehr als ein Kind.

Ich behielt den Prillonen im Augenwinkel und durchsuchte erneut die Menge. Ich fand sie.

Erstarrte. Hielt die Luft an.

Bei den Göttern, sie war umwerfend schön. Goldenes Haar, das ihr aus dem Gesicht gebunden war, und mein erster Instinkt war, es aus seinem Band zu befreien, wie auch immer das aussah. Ihre Augen waren wie Gletscher, zu blau, um wahr zu sein. Und sie war menschlich. Ich erkannte ihre Spezies, da ich Gouverneur Rones Gefährtin Rachel kennengelernt hatte, und weil die Kriegerin, die mir das Leben gerettet hatte, bevor ich hierher gekommen war, eine der tapfersten Kämpfer, die mir je begegnet waren, ebenfalls eine Frau von der Erde gewesen war. Eine Frau, die meine Loyalität und meinen Respekt gewonnen hatte. Commander Chloe Phan.

Aber ihre Augen waren dunkel gewesen. Ihr Haar schwarz. Und sie war klein gewesen, und die Gefährtin eines Prillon-Kriegers und eines Menschen, den ich ebenfalls respektierte, und der mir das Leben gerettet hatte. Captain Seth Mills. Ich hatte gewusst, dass die furchtlose Kommandantin nicht mir gehörte. Aber das Wissen war einfach gewesen. Mein Biest war nicht an ihr als potentielle Gefährtin interessiert gewesen.

Diese Menschenfrau war etwas völlig anderes.

Faszinierend.

Jede Kurve war perfekt von einer engen schwarzen Uniform eingefasst, und ich erkannte den Schnitt als den der Ausbilder von der Koalitions-Akademie auf Zioria. Ihr Haar war golden, ihre Augen von einem schimmernden Blau, bei dem ich mich fühlte wie im freien Fall. Ihre Lippen waren zartrosa, und sie war groß gewachsen. Kurvenreich. Ihre Brüste waren groß und würden sich in meinen Händen paradiesisch anfühlen. In meinem Mund. Ich fragte mich, wie sie wohl schmeckte. Ihre Haut. Ihr Kuss. Ihre heißen, nassen, Pussy-Säfte, die mir über die Zunge fließen würden, während ich sie zum Schreien brachte.

Sie war kein Kind, sondern eine Frau, die wusste, was sie wollte.

Unsere Blicke trafen sich. Hielten aneinander fest.

Der Prillon-Krieger tänzelte hin und her. Ich ignorierte ihn. Er war nun irrelevant. Mein Biest hatte andere Prioritäten. Wenn er bluten wollte, würde er sich einen anderen suchen müssen, der ihm diese Unterhaltung bot.

Ich wollte die Frau. Und so, wie ihr Blick über mich glitt, meinen festhielt, wusste ich, dass sie keinen Widerstand leisten würde.

Sie gehörte mir.

Der Prillone griff an, aber ich war nicht länger in der Stimmung für einen Kampf. Ich wollte ficken. Schmecken.

In Besitz nehmen.

Ich hatte vorgehabt, mit dem Krieger zu spielen wie eine Katze, mich ein paar Mal von ihm schlagen zu lassen, etwas Blut fließen zu lassen, ihn ein wenig seiner inneren Unruhe ausbluten zu lassen und sich an mir austoben, bevor ich ihn erledigte. Aber ich hatte keine Lust mehr dazu.

Für einen Augenblick ließ ich das Biest an die Oberfläche, holte kräftig aus und steckte den Treffer des Prillonen auf meine Brust weg. Ich traf ihn am Kiefer, spürte seinen Knochen knacken. Wusste, dass sie mit einem ReGen-Stab in die Arena stürmen würden, um ihn zu stabilisieren, bevor sie ihn ein paar Stunden lang in eine ReGen-Kapsel stecken würden, um sicherzustellen, dass ich sein Gehirn nicht beschädigt hatte.

Er ging zu Boden, bewusstlos, und ich blickte zum medizinischen Team, um mich zu versichern, dass sie auch kamen. Sie hatten einsatzbereit gewartet. Sie hatten alles schon einmal gesehen, wussten, wie das hier enden würde, aber hatten wohl erwartet, dass ich ein wenig länger mit meiner Beute spielen würde, bevor ich ihn zu Boden streckte.

Die Menge war gespalten. Die eine Hälfte der Krieger jubelte, und die andere Hälfte buhte über die fehlende Show. Sie waren irrelevant. Mir war nur eine unter ihnen wichtig. Ich hob den Blick und suchte sie noch einmal in der Menge.

Sie hatte eine weitere Frau bei sich, und wie es aussah, hatten sie über mich geredet.

Gut so.

Ich wollte nicht, dass sie noch an irgendjemanden anderen dachte. Jemand anderen *wahrnahm.*

Der Prillone wälzte sich ächzend am Boden, während sie seinen Kiefer versorgten. Ich ging an ihm vorbei, der Frau entgegen. Er war nicht weiter von Belang. Er war mir nun nicht mehr im Weg. Und was ich wollte, war direkt vor mir.

Ich trat näher. Mein Biest kooperierte, zur Abwechslung einmal in perfektem Einklang mit dem, was ich wollte. Wir beide wollten sie. Heiß. Nackt. Weit offen. Das nehmend, was wir ihr geben wollten. Hartes, schnelles Ficken. Und auch langsam. Sie um die Beherrschung bringen. Sie dazu bringen, uns alles zu geben.

Ich erreichte die Umrandung der Arena und blickte zu ihr hoch, zu ihrem Sitz auf der Tribüne. Ihre blauen Augen waren weiter an mich geheftet, und ich krümmte ihr meinen Finger entgegen. Sie verstand. Sie wusste, was ich wollte. *Sie.* Wir beide wussten, wie das hier ablaufen würde. Ich konnte die gleiche Lust in ihren blauen Augen sehen.

Sie warf ihrer Freundin einen Blick zu, und ihre zarte Haut lief zu einem faszinierenden Rosa-Ton an. Sie biss sich auf die Lippe und drehte sich wieder zu mir herum. Ich streckte ihr die Hand entgegen und wartete. Geduldig. Sie würde zu mir kommen. Die Anziehung zwischen uns war elementar. Zu stark, um ihr zu widerstehen. Mein Schwanz war so hart, dass es ein ständiger Schmerz war. Ein Sehnen nach ihr. Nur nach ihr.

Den Göttern sei Dank, ließ sie mich nicht lange warten. Die Menge war verstummt. Die anderen Krieger und Kadetten sahen fasziniert zu, wie sie die Treppe hinunterkam und vor mir stehenblieb, zum Greifen nah.

Sanft, vorsichtig, mit einer Ehrfurcht, von der ich nicht gewusst hatte, dass ich dazu in der Lage war, streckte ich die Hand aus und strich mit meinen Fingern die weiche Linie ihrer Wange entlang.

Die erste Berührung versetzte mir einen Schlag, einen Rausch, der besser war als jeder Kampf, jeder Sieg. Das Biest war rasend, drückte gegen meine Haut, meinen Verstand, verlangte danach, sie zu schmecken. Sie zu berühren. Sie mit seinem Samen zu füllen. Meine Gedanken wanderten zu den Gefährtenhandschellen in meinem Quartier, und ich wusste, was er wollte. Was wir beide wollten. Das Wunder, das ich gerade gefunden hatte.

Meine Gefährtin.

„Meins." Das Wort brach aus mir hervor, und Biest und Mann sorgten beide dafür, dass jeder Krieger mein Gelöbnis hörte. *Meins.* Ich hatte mein Revier markiert. Wenn sie jemand anfassen würde, ihr wehtun, versuchen, sie mir wegzunehmen, würde ich ihn vernichten. Kräftiger und erbarmungsloser, als ich es mit dem Prillonen in der Arena getan hatte.

Ich griff über die Abgrenzung hinweg und hob sie hoch. Sie spielte mit, schwang ihre Beine über die hüfthohe Mauer. Als sie die Füße auf dem Boden absetzen wollte, schwang ich sie hoch und trug sie, an meine Brust geschmiegt.

Meins. Meins. Meins.

Der Gedanke verschlang mich, bis ich nicht mehr sprechen konnte. Nicht klar denken. Die Götter mögen mir helfen, wenn sie sich wehrte, würde ich nicht wissen, ob ich das Biest in mir zurückhalten konnte. Es war mir inzwischen so fern. Ich wusste, falls sie mich abweisen würde, würde es mein letzter klarer Gedanke sein, von ihr wegzugehen.

Sie *sollte* mich abweisen. Ich war es nicht würdig, ein Gefährte zu sein, aber mein Biest war anderer Meinung. Besonders jetzt, mit *ihr* in meinen Armen. Ich würde es tun, sie gehen lassen. Für sie. Und dann würden die anderen mich zum Stillstand bringen müssen. Mich exekutieren. Mich von meinem jämmerlichen Elend erlösen, denn nun, da ich sie festhielt, wusste ich, dass ich sie niemals hinter mir lassen konnte. Nicht ohne dabei den Verstand zu verlieren.

Das Biest war es leid, zu warten, und ich war es leid, es zu bekämpfen.

Ich beschleunigte meine Schritte. Die Flure waren leer, alle waren entweder in der Kampfarena, um den nächsten Kampf anzusehen, oder im neuen Garten, wo die meisten von uns ihre Mahlzeiten einnahmen, weil man dort den Kindern der Gefährtenpaare beim Spielen zusehen und sich auf diese Weise wieder normal fühlen konnte. Als wären wir vielleicht doch nicht alle Monster.

„Wohin bringst du mich?" Ihre leise Frage beruhigte den Wahnsinn in mir ein wenig, und ich räusperte mich, damit ich ihr antworten konnte. Ich wollte ihr keine Angst machen. Sie hatte es sich nicht anders überlegt. Genau gesagt lag sie entspannt in meinen Armen, ihre Wange an meine Brust geschmiegt, ihren Arm um meinen Hals gelegt, als würde sie hierhin gehören.

Und das tat sie.

„Auf mein Zimmer."

Ihr sanftes Lachen war höllisch sexy, und mein Schwanz sprang hoch wie ein Ionen-Blaster. Mit Gewissheit konnte sie den harten Schaft an ihrer Hüfte spüren. Gut so. Sie wusste, was ihr bevorstand, wie sie auf mich wirkte. Ich fragte mich, ob ich ähnlich auf sie wirkte, ob ihre Nippel harte Spitzen waren, ihre Pussy heiß und klebrig.

„Ist es weit zu deinem Zimmer?", fragte sie atemlos. „Du bist nämlich Sex am Stiel, und ich will wirklich nicht länger warten." Ihre Nägel bohrten sich in meine Schulter.

Sex am Stiel? Ich hatte keine Ahnung, was dieser seltsame Erden-Ausdruck bedeuten sollte, selbst mit der NPU, aber es klang, als wäre es zu meinen Gunsten. Was den Rest ihrer Worte anbelangte…

Das Biest brüllte und ich hatte nicht die Hoffnung, es zurückhalten zu können.

Sie wollte mich.

Jetzt sofort.

Meine Unterkunft war zu weit weg.

Ja. Zu weit.

Ehe ich mich versah, hatte ich sie vor mir, an die Wand gedrängt, hielt mit der Linken ihre Handgelenke über ihrem Kopf fest und umfasste mit der Rechten ihren Hintern. Er fühlte sich in meiner Hand so weich an, dass ich stöhnen musste. Das Biest bekam die Überhand, meine Muskeln wuchsen an, mein Körper explodierte und wurde *mehr*. Größer. Stärker. Schneller. Ich presste mir die Hitze ihrer Mitte gegen meinen harten Schwanz. Es konnte kein Missverständnis geben. Keine Frage darüber, was ich wollte. Was ich brauchte.

Jetzt sofort.

Hungrig. Götter, war ich hungrig. Nach ihr.

Ihre Augen waren riesig, während sie mich von oben bis unten ansah. Sehen konnte, wie ich mich wegen ihr verwandelte. Einen ganzen Kopf größer wurde. Mit länglichem Kiefer. Schultern, die mehr als doppelt so breit waren wie ihre. Wir atmeten beide schwer, unsere Lippen so nahe, dass ich ihren süßen Atem auf meiner Zunge schmecken konnte. Der Duft ihrer Haut drang in meine Lunge ein, und ich wusste, dass ich sie nie wieder aus meinem Kreislauf bekommen würde, diesen Moment niemals vergessen.

„Wie heißt du?", fragte sie, den Kopf nach oben gereckt, damit sie mich ansehen konnte. Wenn ich im Biestmodus war, war sie so viel kleiner.

„Angh" sagte ich und hob sie mit der einen Hand an ihrem Hintern hoch, schob ein Bein zwischen ihre, bis wir beinahe auf Augenhöhe waren. Ich konnte die Hitze ihrer Pussy auf meinem Schenkel spüren.

„Ich bin Kira."

Ihr Name war einfach. Geradeheraus. Feminin. Er passte zu ihr. *Kira.* Der Name meiner Gefährtin war Kira. Ich blinzelte, hielt ihren Blick, wartete ab, bis sie sich an die Gegenwart nicht des

Atlan-Kriegers, sondern meines Biests, gewöhnt hatte. Wartete, ob ihr Blick von hungrig und begierig zu ängstlich und angewidert wechseln würde. Ich wartete darauf, dass sie gegen mich wehren würde, mich zwingen, sie abzusetzen, damit sie schreiend davonlaufen konnte,. Ich wartete darauf, das eine Wort zu hören, das mich verdammen würde—*Nein.*

Und doch verstrichen die Sekunden, und nichts davon geschah. Sie keuchte. Ihre Augen wurden dunkler, wie die wildesten Stürme auf meinem Heimatplaneten. Ihre Wangen erröteten zu einem wunderhübschen Rosa—die Farbe, in der ich mir ihre Pussy vorstellte. Ich sog jedes Detail auf. Knurrte, als ihre Zunge hervorschnellte und sie sich über ihre vollen Lippen leckte.

„Das hier ist also der Biestmodus?"

Ihr Blick streifte mich mit offenkundigem Gefallen, verweilte auf meiner nackten Brust. Meinem Hals. Meinen Lippen. „Ich habe schon davon gehört. Darüber gelesen. Gott. Es ist—du bist—wow." Sie lächelte, ihr erstes Lächeln, und alles in mir wurde ruhig. Meine Eier schmerzten, mein Schwanz triefte mit Lusttropfen, der sich nicht länger halten ließ. Ich gehörte ihr. Mit einem Mal hatte sie mich fest in Besitz.

„Will dich."

Zwei Worte. Mehr brachte ich nicht zustande, und ein Knurren. Mein Zimmer lag auf der anderen Seite der Basis, zwei Stockwerke und einen Kilometer voll langer Korridore weit entfernt. Es hätte genauso gut auf einem anderen Planeten liegen können. Ich würde es niemals bis dorthin schaffen. Nicht jetzt. Unmöglich. Ich war mir nicht sicher, ob es überhaupt möglich sein würde, mit einem so harten Schwanz zu laufen, der an meinem Innenschenkel noch immer dicker anschwoll.

„Hier?"

„Jetzt." Ich verschob mein Bein und presste meinen Oberschenkel dahin, wo ich wusste, dass unter ihrer Uniform versteckt ihr Kitzler lag. Sie keuchte, lehnte ihren Kopf nach hinten gegen die Wand, und sie bewegte sich mit mir mit. Ihre Hüften kreisten, rieben sich an meinem Bein, und sie holte sich ihren Genuss, wie sie ihn wollte.

Ich hatte noch nie etwas Schöneres gesehen.

„In Ordnung. Jetzt sofort. Gott, bist du scharf. So scharf. Ja. Ich will dich." Sie hob ihre Beine, schlang sie mir um die Hüften, dann erstarrte sie. Ich hielt ganz still, ein Raubtier, abwartend, mein Schwanz nun perfekt ausgerichtet, um in ihre Pussy zu gleiten, wenn unsere Kleidung nicht im Weg wäre. Ihr geflüstertes Geständnis war abgehackt, als hätte sie Probleme, zu Atem zu kommen. „Ich tu das hier normalerweise nicht. Gott, ich weiß nicht, was zur Hölle mit mir los ist. Ich—"

Ich schnitt ihr mit einem Kuss das Wort ab.

Unser erster Kuss.

Unser *letzter* erster Kuss.

Ich versank völlig darin, wie sie schmeckte. Ich verschlang sie, trieb meine Zunge tief in sie, um ihre Süße zu kosten, ihr genussvolles Stöhnen zu verschlucken. Sie war köstlich. Einzigartig. Unterwürfig. Ich forderte von ihr, und sie gab. Ich hungerte, und sie ließ mich in ihr ertrinken, sie schmolz in meinen Armen. Sie erwiderte meinen Kuss, hielt nichts von sich zurück. Sie forderte ebenso viel, wie sie gab, hungerte ebenso wie ich.

Es war himmlisch. Ein Himmel, den zu kosten ich nie gedacht hätte.

Ihre Nippel waren harte Spitzen

unter ihrer Uniform. Ihre feuchte Hitze wogte zu mir hoch. Das Biest roch ihre Erregung, und ich öffnete den Verschluss an der Seite ihrer Hose, zog sie ihr an den Ansatz ihrer Schenkel hinunter, nachdem sie den festen Halt ihrer Beine um meine Hüften gelockert hatte, gerade genug, um mir den Zugang zu gewähren, den ich wollte.

Brauchte.

„Oh mein Gott, ja." Sie krümmte ihren Körper, hob ihre Knie an die Brust, um mir Zugang zu ihrer Mitte zu gewähren. Ihre Hose spannte sich um ihre Schenkel, aber ihre Pussy war direkt vor mir. Weit offen. Ihr Duft schlug mir ins Gesicht, mit mehr Kraft als alles, was ich in der Kampfarena je erlebt hatte.

Ich führte einen Finger in ihre weichen Furchen. Drückte nach innen.

Sie war perfekt. Heiß. Tropfnass. Bereit. Sie keuchte über den Eindringling, wand sich, krampfte ihre Innenwände zusammen, als würde sie mich noch tiefer in sich ziehen wollen. Als würde sie mehr wollen.

„Kira." Das Biest knurrte ihren Namen, während ich ihre Handgelenke packte und meinen Schwanz freilegte, meine Finger schlüpfrig von ihrer Erregung.

„Angh." Sie streckte den Rücken durch, schob sich mir entgegen, forderte, dass ich sie füllte. Sie fickte.

Ich hatte noch nie etwas wie sie gesehen. Hatte keine Ahnung gehabt, dass eine derartig begehrenswerte Frau überhaupt existierte. Ich konnte ihr nichts verwehren.

Ich legte meinen Schwanz gegen sie und drückte mich sanft vorwärts. Ich war so viel größer als sie. Im Biestmodus würde mein Schwanz sie weit dehnen, tief füllen. Ich wollte ihr nicht wehtun.

Ihre Pussy packte die Spitze meines Schwanzes wie eine Faust. Sie zuckte heftig, zerrte an meinem Griff um ihre Handgelenke. Ich erstarrte, hatte Sorge, dass ich ihr wehtat. Ich würde lieber sterben, als ihr etwas anzutun.

Ihre Augen öffneten sich, fielen auf meine. „So gut. Hör nicht auf. Bitte, hör nicht auf."

Nun bebte ich, drückte die Hüften vorwärts, dehnte sie. Füllte sie. Sie war so scharf. So eng. So feucht. Ihre Innenwände zuckten als Reaktion darauf, so weit geöffnet zu sein, und passten sich dem Schwanz eines Biests an. Das Biest schauderte bei dem Gefühl, und beruhigte sich. Gab sich damit zufrieden, sich auf unsere Gefährtin zu konzentrieren. Sie zu ficken. Mit unserem Samen zu füllen. Sie zu markieren. Sie in Besitz zu nehmen. „Meins."

„Angh." Ihr Kopf war nach hinten gelehnt, ihre Augen geschlossen. Ihre

Lippen glitzerten noch von meinem Kuss.

Ich brauchte mehr.

Ich beugte mich tief hinunter und küsste sie wieder, während ich meinen Schwanz tief in sie stieß und dort verweilte, an ihren Uterus geschmiegt, wo ich meinen Samen und meinen Besitzanspruch pflanzen würde. So hielt ich sie fest, eine Hand in ihrem Rücken, und stützte ihr Gewicht, damit sie das nicht musste. Ich wollte nicht, dass sie etwas anderes tat als zu *spüren.* Ich hob sie auf meinen Schwanz, rieb ihren kleinen Körper an meinem, während ich sie mit Schwanz und Zunge fickte. Ich war in ihr. Fickte sie. Schmeckte sie. Die nassen Klatschlaute unserer Vereinigung erfüllten den Korridor, unser keuchender Atem war das einzige weitere Geräusch.

Meins.

Ich zog mich heraus, stieß tief zu.

Ich verschluckte ihren Schrei, als ihre Pussy um mich herum zuckte, ihr Körper mir gab, was ich verlangte. Hingabe.

Sie kam in nur einer Minute, bäumte sich in meinen Armen auf wie ein Wildtier. Sie hielt nichts zurück. Verbarg ihre Lust nicht. Sie war ein umwerfender Anblick, der Ausdruck von Glückseligkeit, von purer Lust auf ihrem Gesicht ließ mein Biest vor Stolz anschwellen, meinen Schwanz pulsieren, meine Eier zucken. Und zu wissen, dass ich sie an die Grenze gebracht hatte und darüber hinaus, dass sie mir gehörte, das trieb mich ebenfalls an die Grenze.

Die enge Faust ihrer Pussy um meinen Schwanz zwang mich zum Höhepunkt, und ich hob den Kopf zu einem Brüllen an, während mein Samen in sie pumpte. Die halbe Basis konnte mich hören, aber das war mir scheißegal. Sie gehörte mir, und ich wäre stolz, wenn jeder wüsste, dass meine Gefährtin so perfekt war, dass sie mir solch exquisites Vergnügen bereitete.

Viele Sekunden hielt ich sie fest, mein Schwanz tief in ihr vergraben, immer noch hart. Samen spritzte immer noch aus mir hervor. Es war, als hätte ich alles aufgestaut, für sie aufbewahrt, für ihren Uterus.

Ich hätte gedacht, dass das Biest verblassen würde, aber es blieb. Fordernd. Hungrig. Es war noch nicht fertig. Eine schnelle Nummer war nicht alles, was das Biest brauchte. Es wollte unsere Gefährtenschellen an ihren Handgelenken. An unseren.

Ich senkte meine Stirn an ihre und rang um Worte.

„Mehr."

Sie lachte, und es klang nach Glücklichsein. Und sie nickte. „Muss es hier im Flur sein?"

Ich knurrte und zog mich aus ihrer nassen Hitze hervor, worüber mein Schwanz so gar nicht glücklich war. Dann stellte ich sie auf die Füße und steckte ihn mir zurück in die Hose. Ich trat gerade so weit zurück, dass sie sich ihre Kleidung zurechtrücken konnte, und meinem Biest gefiel es nicht, dass sie wieder bedeckt war. Aber es reichte aus, zu wissen, dass mein Samen tief in ihr war, und in diesem Moment aus ihr heraus sickerte, unsere Düfte sich vermischten. Vorerst.

„Nackt."

Scheiße. Sie würde wirklich noch denken, ich wäre ein grobschlächtiges Tier. Aber das Biest hatte nun die Kontrolle, und es war wild. Ich würde es nun nicht mehr kontrollieren können, bis ich ihr gehörte. Vollständig. Offiziell. Ich brauchte die Gefährtenschellen an meinen Handgelenken, brauchte die sichtbare Erinnerung daran, dass ich nun ihr gehörte. Brauchte den stechenden Schmerz, den sie bei Trennung auslösten, um mir zu helfen, das Biest zu beherrschen. Wir beide brauchten die Erinnerung daran, dass ich nun jemanden zu beschützen hatte, zu lieben, ihr zu dienen. Biest und Mann brauchten beide einen Grund, um weiterzukämpfen.

Kira streckte mir ihre Hand entgegen, genau wie ich es draußen in der Arena getan hatte. Sie war nun zerzaust, sah ordentlich durchgefickt aus. Auf ihrer Stirn stand Schweiß, ihr helles Haar war feucht von unseren Anstrengungen, ihre Wangen waren gerötet, ihre Lippen rot und geschwollen, alles auffällige Anzeichen meiner Besitznahme.

Ich nahm ihre Hand nicht. Stattdessen hob ich sie noch einmal in meine Arme und trug sie davon.

KAPITEL 3

Kapitel Drei
Kira, die Kolonie, Anghs Quartier

„Du bist wach", sagte Angh, seine schläfrige Stimme ein heiseres Raunen an meinem Ohr. Wir kuschelten in seinem großen Bett. Mein Kopf lag auf seinen dicken Bizeps, sein anderer Arm war über meine Taille geschlungen und umfasste meine nackte Brust. Ich spürte jeden Zentimeter von ihm an meinen Rücken gepresst, selbst seine Beine, denn die waren angewinkelt und in voller Länge an mich geschmiegt.

Ich lächelte in das dunkle Zimmer hinein. „Du ja auch." Ich wackelte mit den Hüften dem dicken Schwanz entgegen, der anwuchs, härter wurde, mir in den Rücken stupste.

Er schnaubte, verlagerte sein Gewicht und presste seine Hüften vorwärts, sodass sein Schwanz an der Ritze meines Hinterteils entlang glitt, zwischen meine Beine, und meine geschwollenen Pussylippen von hinten aufspreizte, während er sich mit der sofortigen Flut begrüßender Hitze benetzte. Und schon war ich wieder feucht. Scharf. Bereit.

„Schon wieder?", fragte ich und leckte mir über die Lippen. Meine Pussy tat ein wenig weh. Wie sollte sie auch nicht? Der Schwanz eines Atlanen war riesig—größer als jedes Bild eines Pornostars, den ich auf der Erde je gesehen hatte—und das war nicht mal im Biestmodus. Dann nämlich...*Gott.* Alleine die Erinnerung daran brachte mich einem Orgasmus nah.

Deswegen hatte er mich auch, als wir in sein Quartier kamen, gleich in seine Dusche gebracht—eine überdimensionale, wie ich annahm, um sein Biest unterzubringen—und mich von oben bis unten sauber gemacht, war dann auf die Knie gefallen und hatte mich mit seinem Mund zum Kommen gebracht. Zu sagen, dass Angh seine Zunge genauso präzise wie seinen riesigen Schwanz einsetzen konnte, war eine Untertreibung.

Und zu sagen, dass er unersättlich war? Die drei Orgasmen, die er mir unter dem dampfenden Strahl geschenkt hatte, bevor meine Beine nachgaben, waren der Beweis dafür.

„Mein Schwanz wird nie runtergehen. Nicht, solange du in meiner Nähe bist, ich deinen Geschmack auf der Zunge habe und das heiße Gefühl deiner Pussy über meinem ganzen Schwanz, deinen Duft in meiner Lunge."

Er war schon ein ziemlicher Höhlenmensch, und ich liebte es. Das hier war mehr als nur eine wilde Nacht lang zu ficken. Die Verbindung zwischen uns war etwas, das ich nur schwer beschreiben konnte. Hier in seinen Armen zu liegen und zu dösen fühlte sich wohlig an, richtig. Perfekt. Es war nicht unangenehm. Ich war nicht besorgt darüber, dass ich vielleicht einen dummen Fehler gemacht hatte, oder fragte mich, wie ich wohl davonschlüpfen konnte, ohne ihn zu wecken. Es würde keine peinlichen Blicke im Korridor auf meine zerzauste Erscheinung geben. Ich bereute keine Sekunde der Zeit, die wir miteinander verbracht hatten. Und ich liebte es, zu wissen, dass ich ihn erregte, dass sein Schwanz in meiner Nähe nicht erschlaffen würde.

Es war berauschend und gab mir ein Gefühl der Macht. Ich, mit meinen gerade mal etwas mehr als 1,50m, konnte ein Atlan-Biest in die Knie zwingen. Genau das hatte ich gerade in der Dusche erlebt.

Ich musste kichern. Bis er mein Bein über seinen Oberschenkel hob und von hinten in mich glitt.

„Angh..." Ich vergrub mein Gesicht in seinem Bizeps, biss sanft hinein, während er mich füllte, dehnte. Sein Duft umgab mich, und ich war so empfindlich, so erregt, dass, als seine Hand sich von meinem Nippel wegbewegte, über meinen Bauch strich und zu meinem Kitzler, meine Pussy bereits zuckte, mein Orgasmus durch mich rauschte, bevor er seine Reise beendet hatte.

Er streichelte mich zwei Mal. Drei Mal. Bis ich zitterte und weich wurde, zufrieden damit, mich ihm völlig hinzugeben. Noch einmal.

Angh verlagerte sein Gewicht, zog sich aus mir heraus trotz meines protestierenden Stöhnens. Er rollte mich herum, sodass ich auf dem Rücken lag, stützte sich auf seine Ellbogen und blickte auf mich hinunter. „Licht, zehn Prozent", sagte er laut, und die Kommunikations-Einheit des Zimmers reagierte, indem sie einen Hauch Helligkeit über die Wandleuchten schickte.

Seine dunklen Augen trafen meinen Blick. Hielten ihn. Ich war noch nie von einem Mann mit solcher Intensität angesehen worden, solchem Fokus und Verlangen. Er *wollte* mich.

Das hier war verrückt. Irre. Ich

konnte ihn nicht haben. Gut, ich konnte ihn *jetzt* haben. In seinem Zimmer, in seinem Bett—verdammt, seiner Dusche—aber das war's. Ich konnte einen Riesenschwanz genießen, solange ich noch hier auf der Kolonie war. Mir einen Vorrat von Orgasmen anlegen, der mich eine Zeit lang versorgen würde. Als ich Monika gesagt hatte, dass ich keinen Gefährten wollte, war das die Wahrheit gewesen. Ich war nicht auf der Suche gewesen, hatte die Möglichkeit nicht einmal in Betracht gezogen.

Ich war Ausbilderin. Ich konnte Gefährtin sein und diesen Job behalten. Es gab für die Koalitions-Akademie kein Problem damit; wenn es eines gäbe, dann hätten sie nicht viele Ausbilder. Vikens und besonders Everianer konnten nicht von einem Gefährten fern sein. Prillonen hatten die Kragen, über die sie stets in *Verbindung* standen. Niemand wollte sich mit einem verärgerten Prillonen rumschlagen müssen. Und ein gefährtenloses Atlan-Biest mit ausreichend Erfahrung, um die jungen, aggressiven Männer im Zaum zu halten? Unvorstellbar.

Aber bei der Arbeit für den I.C. war das eine andere Sache. Einen Gefährten zu haben war gefährlich. Nicht nur, dass der Feind die Verbindung zu einem anderen Wesen als Schwäche nutzen konnte, die Sterblichkeitsrate war auch hoch. Verdammt, die war bei allen Kämpfern hoch, aber die Missionen, auf die ich ging, waren gefährlich. Wenn wir nicht erfolgreich waren, kamen wir nicht zurück nach Hause. Hinter den feindlichen Linien und üblicherweise geheim, existierten die Missionen, auf die wir gingen, nicht einmal in den Akten der Koalition. Keine Aufzeichnungen wurden geführt. Unsere verdeckten Missionen waren so *verdeckt,* dass wir völlig im Dunkeln arbeiteten.

Mein Job *existierte* gar nicht.

„Du bist wunderschön, Kira", sagte Angh, strich mir übers Haar, und sein Daumen glitt mit jedem Strich über meine Wange. „Wunderschön und tapfer und perfekt."

Wow. Das war 'ne ganze Menge. Ich runzelte die Stirn, und er strich die Stirnfalten glatt. „Du aber auch", antwortete ich, um das Offensichtliche zu betonen. Er war wunderschön. Männliche Perfektion.

„Nein, Gefährtin. Ich *will* dich. Dein wahres Ich. Ich muss alles über dich wissen."

Bei diesen Worten leckte ich mir über die Lippen und hatte keine Ahnung, wie ich darauf reagieren sollte. Es gab eine Menge, die ich ihm nicht erzählen konnte. In etwa mein halbes Leben.

„Mein Biest ist höchst erfreut über dich."

Da lächelte ich, denn ich war nicht daran gewöhnt, mit einem Mann zusammen zu sein, der ein inneres...Tier hatte, das ihn beherrschte, zumindest in den etwas *hitzigeren* Momenten. Ich blickte Angh jetzt an, wo sein Biest sich zurückgezogen hatte und er normal groß war – er war immer noch riesig. Aber er konnte immerhin mehr als ein Wort auf einmal sprechen. Mehr als nur ein Grunzen von sich geben.

„Das freut mich", antwortete ich. „Ich bin über dein Biest auch höchst erfreut. Besonders über diese eine Sache, die es getan hat—"

Angh brachte mich mit einem Kuss zum Schweigen. Kein kleines Küsschen, sondern ein voller Ansturm. Ich keuchte auf, und er nutzte die Gelegenheit, um mit seiner Zunge meine zu suchen. Er leckte, streichelte, verschlang.

Er ließ nicht von mir ab, ließ mit seinen ausgezeichneten Küssen nicht nach, bis meine Gedanken ganz wirr waren, mein Körper nachgiebig, und meine Pussy sich nach seinem Schwanz sehnte. *Schon wieder.* Ich konnte nicht genug bekommen.

Erst dann hob er seinen Kopf. Er lehnte sich zurück und fasste nach etwas, aber ich konnte nicht sehen, was. Seine breite Brust blockierte alles. Ich zitterte, als er mir vier metallene Armschellen auf die Brust legte, direkt in die Mulde zwischen meinen Brüsten. Sie klirrten, als sie aneinanderstießen. Ich sah zu, wie sie sich mit jedem Atemzug hoben und senkten, und meine Nippel wurden durch ihre Kälte hart.

Er hob eine Schelle hoch und legte sie sich ums Handgelenk. Sie sahen aus wie die Armschienen von Wonder Woman, aber in Silber, und waren einige Zentimeter breit. In sie eingraviert war ein Muster aus Spiralen und Linien, das handgraviert aussah. Eigens angefertigt.

„Mein Biest sieht deine üppigen Kurven und will dich gleich nochmal."

„Dann nimm mich", bettelte ich.

Seine Augen wurden dunkel, sein Kiefer spannte sich an und seine Nasenflügel bebten, während er mich betrachtete. „Du weißt, wie groß ich bin, wie eng es in deiner köstlichen Pussy wird. Du hast noch nicht einmal meinen ganzen Biest-Schwanz aufgenommen."

Das hatte ich nicht gewusst. Ich war zu versunken in meiner Begierde gewesen, und ich hatte mich voll *gefühlt*. Wie konnte es da noch *mehr* geben?

„Ich werde dich wieder nehmen, Gefährtin, aber ich muss mein Biest unter Kontrolle halten, sonst wird es dich nehmen. Dich wieder füllen. Und dann würdest du morgen nicht laufen können."

Ich stellte mir vor, wie ich aussehen würde, wenn ich in ein paar Stunden zum Transporter humpeln würde. Etwas Peinlicheres könnte ich mir nicht vorstellen, als offensichtlich krummbeinig und wund zu sein von einer wilden Nacht voll Sex mit einem Biest-Schwanz. Es war eine Sache, dass alle Kadetten wussten, dass ich eine wilde Nacht mit einem Atlanen verbracht hatte—die eine oder andere unter ihnen hatte bestimmt selbst einen begierigen Kämpfer für eine Nacht gefunden— aber bei jedem Schritt zusammenzuzucken, das war zu viel. Das würde ich mir ewig anhören dürfen, besonders als Ausbilderin für diese Mission. Es gab Grenzen, die man als Ausbilder, als Vorbild und Anführer, nicht übertreten durfte. Krummbeinig und wund zu sein, das würde diese Grenze mit Sicherheit überschreiten.

„Die Schellen werden dein Biest

unter Kontrolle halten?", fragte ich. Ich wusste von ihnen, hatte sie an den Atlan-Ausbildern an der Akademie gesehen, aber ich verbrachte in ihrem Revier nicht viel Zeit. Die Biester blieben ziemlich unter sich. Sie wählten ihre eigenen Kommandanten und bildeten ihre eigenen Kampfeinheiten. Wir teilten uns das Trainingsgelände auf Zioria, aber das war auch schon alles. Und ich ging nie mit Atlanen auf I.C.-Missionen. Sie wurden weithin als zu instabil angesehen, zu unberechenbar. Wild.

Aber welch Überraschung, wild gefiel mir anscheinend so *richtig* gut.

„Das werden sie. Ich hoffe, dass dir dein Nickerchen gereicht hat, denn nun werde ich dich die ganze Nacht hindurch ficken können. Sei bereit, Weib, bis zum Morgengrauen mit meinem Schwanz gefüllt zu sein."

Meine Augen standen bei diesen

dreckigen Worten weit offen, aber ich erkannte auch, dass es nicht nur Gerede war, sondern ein Versprechen. Mit Leichtigkeit schob er mich wieder auf meine Seite und machte es sich hinter mir bequem. Die drei verbleibenden Schellen glitten vor mir aufs Bett.

Er winkelte meine Knie an und schob meine Schenkel in Richtung meiner Brust, und meine Pussy stand nass auf dem Präsentierteller. Angh schmiegte seine Hüften zwischen meine Schenkel und öffnete mich. Die Spitze seines Schwanzes rieb über meine nassen Furchen und presste sich an meinen Eingang.

Ich keuchte auf, als ich spürte, wie er sich in mich drückte, nur soweit, dass die breite Spitze mich durchbrach und sich nahe am Eingang niederließ. Ich zog mich um ihn herum zusammen, wollte ihn tiefer in mich ziehen, aber er hielt ganz still. Er packte die große

Schelle und schnallte sie sich um sein anderes Handgelenk, wo sie sich mit einem Klicken schloss. Er drang einen Hauch tiefer ein und mein Rücken bäumte sich vom Bett hoch, und die kleineren Schellen klirrten auf den warmen Laken neben mir. Vergessen.

„Angh", stöhnte ich und bewegte mich, um mehr von ihm aufzunehmen.

„Deine Schellen liegen dort und warten auf dich, Kira."

„Meine?", fragte ich atemlos. Meine Gedanken kreisten um seine Schwanzspitze und sonst nichts. Ich hatte keine Ahnung, dass es so viele köstliche Nervenenden direkt an meinem Eingang gab, die von einem großen—nein, riesigen—Schwanz in mir zum Leben erweckt wurden. Ich wollte mehr. Brauchte es.

„Ich kann sie dir nicht an die Handgelenke legen. Du musst sie anschnallen. Mein Biest begehrt es, sie an deinem Körper zu sehen, aber du musst zustimmen, dich aus freiem Willen dafür entscheiden. Ausdrücklich und ohne Zwang."

Ich schob die beiden Schellen von mir und zappelte von ihm weg. Er ließ mich gehen—keinesfalls würde ich mich rühren können, wenn er gewollt hätte, dass ich bleibe—und kniete mich hin, sodass ich auf ihn hinunterblicken konnte.

„Zwang? Zwang ist es, deinen harten Schwanz in meine Pussy zu stecken und mir den Rest von dir zu verwehren, dich zu weigern, tiefer zu gehen. Ich brauche, dass du mich fickst." Ich packte ihn an den Schultern und bewegte ihn dorthin, wo ich ihn haben wollte: auf seinem Rücken. Gott sei Dank ließ er mir meinen Willen, denn er war ein Riese und es wäre unmöglich, ihn auch nur dazu zu bringen, ein einziges Haar auf seinem Kopf zu bewegen, wenn er es nicht bewegen wollte. Anscheinend war es für ihn in Ordnung, mir meinen Willen zu lassen. Vorerst.

Seine Augen wurden sogar größer, und er grinste.

„Du bist aber willensstark", sagte er, machte es sich auf dem Rücken bequem und legte einen Arm unter seinen Kopf. Er sah so entspannt aus, so gelassen, selbst während sein Schwanz zur Decke hoch ragte und die breite Spitze davon glänzte, in mir gewesen zu sein. Sein Blick streifte über mich, langsam und voller Wertschätzung, verweilte kurz auf meinen Brüsten und blieb dann endgültig dort hängen, wo meine Beine zusammentrafen. Sein Biest schien besänftigt zu sein, denn er fiel nicht über mich her. So, wie er jetzt war, war Angh völlig anders. Ruhig, vielleicht sogar ein wenig verspielt.

Ich lächelte. „Ich bin Akademie-Ausbilderin, und das bedeutet, dass ich gern das Sagen habe."

Er brachte ein leises Lachen hervor, streckte die Hand aus und strich mit den Fingerknöcheln über meinen Nippel, beobachtete, wie er hart wurde. „Du willst das Sagen über mein Biest haben?", fragte er.

Ja, er war eindeutig in einer verspielten Laune. Jetzt war ich an der Reihe, mich an ihm satt zu sehen. Von den dunklen Haaren, die ihm lose und wild vom Kopf standen, zu seinem verwegenen Lächeln, den breiten Schultern, dem Flecken dunkler Haare auf seiner Brust, der zum Nabel hin schmäler wurde. Und dort waren auch seine Bauchmuskeln, wohl definiert und ein Augenschmaus. Und wo wir von Augenschmaus reden, der riesige Schwanz zwischen seinen Beinen, und die großen Hoden, wie die eines Fruchtbarkeitsgottes, darunter. Es fiel schwer, mit dem Blick dort nicht hängenzubleiben, aber seine Schenkel waren riesig, vielleicht sogar breiter als meine Taille. Muskulös und fest. Robust. Selbst seine Füße waren attraktiv, dabei hatte ich nicht auch nur die Spur eines Fuß-Fetisches.

„Ja, das will ich", sagte ich und leckte mir über die Lippen. „Ich will dich." Die Frage war, wo sollte ich anfangen?

„Na dann, in Ordnung. Tu, was dir beliebt."

Ich warf ihm einen Blick zu und sah, dass es ihm ernst war. *Oh, das würde ein Spaß werden.* Konnten Angh und sein Biest stillhalten, während ich mich über ihn hermachte? Ihn neckte? Ihm einen blies? Mit ihm spielte, ihn schmeckte, ihn ritt, wie ich wollte? Er war größer, schwerer als ich und konnte mich beherrschen, wenn er das wollte—und das hatte er vorhin auch. Aber jetzt nahm er sich vor, stillzuhalten und mir die Kontrolle zu überlassen.

Ich fühlte mich verdorben und mächtig, und fragte mich, wie lange er das aushalten würde. Ich hatte fest vor, das herauszufinden. Ich beugte mich vor und gab ihm einen kurzen, sanften Kuss. Währenddessen ließ ich die Augen offen, und so blickten wir einander an. Der etwas weniger zügellose Ausdruck auf seinem Gesicht gefiel mir. Der Atlane war nun in meiner Kontrolle , Angh, und ich mochte ihn. So sehr.

„Du wirst stillhalten?"

„Ja."

„Egal, was passiert?", entgegnete ich.

„Egal, was passiert."

Ich verlagerte mein Gewicht auf ein Knie, bewegte mich näher an seine Hüften heran. „Das werden wir ja sehen", sagte ich, bevor ich meinen Kopf senkte und seinen Schwanz in meinen Mund nahm.

Er zuckte zusammen, als hätte ihn ein Stromschlag getroffen. Ich keuchte auf, als mir klar wurde, dass ich ihn auf keinen Fall ganz in den Mund bekommen würde. Wenn ich schon nicht alles davon in meine Pussy stopfen konnte, dann ganz bestimmt nicht in meinen Hals. Ich hatte einen Würgereflex und hatte noch nie jemanden so tief aufgenommen. Also legte ich meine Hände um seine Schwanzwurzel und bearbeitete ihn mit Fäusten und Mund zugleich.

Er war warm, und seine Haut war so glatt, aber die Härte seiner Not darunter, wie er wuchs und anschwoll, während ich leckte und saugte, war berauschend. Ein Lusttropfen benetzte meine Zunge, während er sich anspannte und knurrte, sich aufbäumte und alle Mühe aufbrachte, mich nicht zu berühren. Ich genoss seinen Geschmack, seine säuerlich schmeckende Essenz.

„Gefährtin, du wirst noch mein Verderben sein, und ich werde es wahnsinnig genießen."

Ich höhlte meine Wangen und saugte ein letztes Mal, dann hob ich den Kopf und leckte mir über die Lippen.

„Bist du feucht und bereit für meinen Schwanz?", fragte er.

Ich rutschte wieder zu seinem Kopf hoch und betrachtete ihn. Bisher war dies eine wilde Nacht gewesen. Ich hatte meine Hemmungen beiseitegeschoben, und es war verwegen und wunderbar gewesen. Ich hatte keinen Grund, jetzt damit aufzuhören. Ich legte ihm meine Hände auf die Brust und schwang vorsichtig ein Bein um ihn, bis ich auf seinem Oberkörper saß. Wir hatten geduscht, und ich fühlte mich wagemutig. Wild. Ich hatte noch nie zuvor einen Mann darum *gebeten*, meine Pussy zu vernaschen, aber er war auch kein Mann. Er war Atlane. Ein Biest. Er schien irgendwie animalischer. Primitiv und grob, und meine Hemmungen waren nirgendwo zu finden. Ich wollte, dass er mich leckte. Mich mit Mund und Fingern und Zunge fickte. Ich wollte ihn küssen und meine Not auf seinen Lippen schmecken.

Er runzelte die Stirn und blickte zu mir hoch. Seine Hände waren immer noch hinter seinem Kopf, aber ich konnte das Silber seiner Schellen sehen und war dankbar, dass sie ihm halfen, sich zu beherrschen, sodass ich diesen Moment für mich haben konnte.

Schweiß stand ihm auf der Stirn, und sein Kiefer war angespannt. Dunkle Augen voller Lust. Bebende Nasenflügel. Seine Brust hob und senkte sich heftig unter mir, und ich hätte schwören können, dass seine Hände zitterten. Er hielt sich zurück, nur für mich, und das Wissen darüber gab mir ein mächtiges, verdorbenes Gefühl. So scharf. Feucht und bereit? Das war vor einer gefühlten Woche gewesen. Jetzt war ich verzweifelt.

„Ich weiß nicht", sagte ich, um seine Frage zu beantworten. „Warum findest du das nicht für mich heraus?"

Ich glitt über seinen Oberkörper, bis ich auf seinem Gesicht saß, direkt über ihm schwebte, meine Pussy wenige Zentimeter von seinen Lippen entfernt. Meine Knie landeten dort, wo seine Arme gewesen waren, sodass er sie aus dem Weg bewegen musste. Ich hatte eine Mission.

Seine Hände umfassten mich, packten meinen Hintern, und er stöhnte. „Gefährtin, genau hier. Hier ist es, wo ich sterben möchte."

Ich hatte keine Zeit, nachzudenken, denn er zog mich zu sich herab und vernaschte mich. Ein anderes Wort gab es dafür nicht. Sein Mund war hungrig, seine Zunge geschickt. Ich stützte meine Hände an die Wand, denn ich konnte sonst nichts tun.

„So viel dazu, die Kontrolle zu haben", raunte ich, kurz bevor ich seinen Namen schrie.

Seine Antwort darauf, dass er die Kontrolle übernommen hatte, war ein Lecken mit der flachen Zunge, und ein tiefes, biesthaftes Knurren der Lust. Er bearbeitete mich, bis ich kam, mit tiefen Stößen seiner Zunge, bis meine Pussy unkontrolliert zu zucken begann.

Als ich mich wieder bewegen konnte, glitt ich an seinem Körper hinunter und packte seinen harten Schaft, setzte ihn da an, wo ich ihn brauchte, und nahm ihn tief in mir auf, während er sich vom Bett hoch bäumte. Ich glitt hoch und nieder, meine Hand so klein auf seiner Brust, dass es lachhaft war, zu denken, dass ich ihn niederdrücken konnte. Aber genau das tat ich. Er hielt still, wie er versprochen hatte, und ließ mich machen.

„Halt still, Kampflord. In diesem Moment gehörst du mir."

„Ich gehöre dir." Er stieß nach oben, seine Hüften mir entgegen, und ich keuchte auf bei dem zusätzlichen Druck auf meinen Uterus, und wie sein Körper gegen meinen Kitzler rieb. Ich ritt ihn, bis ich noch einmal kam, und klappte dann auf seiner Brust zusammen, seinen Schwanz immer noch tief in mir vergraben.

„Ich kann nicht mehr. Es ist zu viel."

Angh lachte nur und rollte uns beide herum, strich mit seinem Schwanz in meinen Körper und wieder heraus, in einem langsamen, gemächlichen Rhythmus, der mich zum Stöhnen brachte und mich an seinen Schultern festklammern ließ. In seinem Haar. Ich schlang die Beine um seine Hüften und hob meinen Körper an, um ihn tiefer aufzunehmen. Bettelte ihn an, schneller zu ficken.

Er verwehrte es mir, schaukelte mich hoch in einen wilden Rausch, passte seine Geschwindigkeit nie an meine an, hielt meine Hüften ans Bett gepresst, wenn ich versuchte, das Tempo zu erhöhen.

Seine Dominanz war mein Niedergang. Der unnachgiebige Halt seiner Hände an meinen Hüften, während er mich fickte, brachte mich um den Verstand. Mein Körper explodierte. Mein Hirn wurde zu Brei. Es gab keine Kira mehr, nur noch ihn.

Er fickte mich, während ich kam, und sein Schwanz streichelte über meine pulsierende Mitte. Zog den Orgasmus in die Länge, dehnte meine Innenmuskeln, bewegte sich in mir. Unerbittlich. Beherrscht. Kontrolliert.

Mein Körper bebte, heiß und durcheinander. Ich konnte nicht atmen. Ich konnte nicht klar denken. Ich konnte nur spüren. Spürte das harte Gleiten, das mich füllte, wieder und wieder. Mich weit dehnte. Mich zu seinem Besitz machte. Und das Feuer baute sich noch einmal auf. Er wusste es, als ich nachgab, als ich den Rausch über mich kommen ließ und der Orgasmus sich wieder aufbaute. Stärker und stärker.

„Angh!" Ich bettelte. Ich war nicht sicher, ob ich wollte, dass er langsam oder schnell machte. Hart oder sanft. Ich wusste nicht, was ich brauchte. Ich...*brauchte* einfach nur.

Seine Lippen legten sich an mein Ohr, seine Stimme ein tiefes Grollen, bei dem sich meine Pussy um seinen Schwanz festzog wie eine Faust. „Du gehörst mir, Kira. Mir."

Diese simple Verkündung trieb mich über die Grenze hinaus, und er schwebte über mir, sah mich an, als wäre ich das Einzige, was im Universum existierte. Als ich die Augen öffnete, trafen sich unsere Blicke, und das Feuer, der *Besitzanspruch* in seinen Augen ließ mich verletzlicher fühlen als je zuvor in meinem Leben. Und er bewegte sich immer noch. Füllte mich. Brachte mich dazu, zu wimmern und seinen Namen zu sagen. Wieder und wieder.

Es würde noch eine lange Nacht werden.

Ich musste nur dafür sorgen, dass ich bei Sonnenaufgang auf einer Transportplattform stand. Ich musste rechtzeitig zurück zur Koalitions-Akademie. Wenn ich mein Transportfenster verpasste, würde es mindestens zwei Tage dauern, bis ich eine weitere Genehmigung für diese Distanz bekommen würde, und ich hatte eine Missionsbesprechung eine halbe Stunde nach unserer planmäßigen Ankunft. Ich musste gehen. Jemandes Leben hing davon ab. Und eine zweitägige Verzögerung würde mich dann so *richtig* in Schwierigkeiten bringen. *Es tut mir leid, Vizeadmiralin, ich konnte nicht auf die Mission, weil ich zu sehr damit beschäftigt war, ein Biest zu ficken.*

Unmöglich. Aber so, wie Angh meine Pussy in Besitz nahm, bezweifelte ich, dass er mich so bald aus diesem Bett lassen würde. Die Zeit zum Aufbruch würde schon bald genug gekommen sein, aber noch nicht. Nicht jetzt. Jetzt gehörte mir. Und ihm. Für *das hier.*

Ich zog seinen Kopf zu mir herunter, weit herunter, um ihn zu küssen, und ließ mich weiter von ihm ficken. Füllen. Genoss das Gefühl, dass ich in diesem großen, bösen Universum doch nicht ganz allein war. Dass ich jemandem wichtig war.

Nein, ich hatte es nicht eilig damit, ihn zu verlassen. Noch nicht. Ich hörte auf, mir um morgen Gedanken zu machen, und gab mich dem Atlanen und seinem Biest hin.

Morgen war so weit, weit weg.

KAPITEL 4

Kampflord Anghar, die Kolonie, Büro von Gouverneur Maxim

„Befehlen Sie ihre Rückkehr, sofort", schnappte ich mit einer Stimme, die dröhnte wie eine Kanone.

Ich lief im Büro des Gouverneurs auf und ab, während ein harter prillonischer Brocken namens Ryston in der Tür stand. Er hatte mikroskopisch kleine Hive-Verstärkungen, die sich durch jede Muskelgruppe in seinem Körper zogen. Die Implantate machten ihn beinahe gleich stark wie ein Biest in vollem Kampfrausch. Er war der Sekundär des Gouverneurs, und gemeinsam hatten sie Rachel zur Gefährtin, die Ryston wegen ihrer fortgeschrittenen Schwangerschaft gezwungen hatte, sich hinzusetzen. Die kupferfarbenen Kragen um die Hälse von allen dreien machten mein Biest rasend. Sie waren ein Zeichen für ihre Verbindung, diesen verdammten Bund, der nur von Gefährten geteilt wurde. Ich spürte das Gewicht der Schellen um meine Handgelenke, aber sie bedeuteten nichts, denn ihre Gegenstücke hingen an meinem Gürtel, und nicht an Kira.

Den Göttern sei Dank hielten die Schellen, und ihr Duft auf meiner Haut, das Biest in Schach. Vorerst. Der stechende Schmerz, der von den Schellen kam, war eine ständige Erinnerung daran, dass sie mir gehörte.

Kira gehörte mir. War meine Gefährtin. Mein Biest kannte diese Wahrheit und ich ebenso. Ich hatte keine Ahnung, warum sie mich verlassen hatte, während ich schlief, aber ich würde es herausfinden. Antworten verlangen. Und sie dann ficken, bis sie genau wusste, wo sie hingehörte, und es nie wieder bezweifeln würde.

Maxim war mir verdammt nochmal im Weg. *Seine* Gefährtin war munter und wohlauf, saß neben ihm mit seinem Kragen um ihren Hals und seinem Kind in ihrem Bauch. An dem Mitleid, das mir aus Rachels Augen entgegenströmte, erkannte ich, dass diese Unterhaltung keine gute Wendung nehmen würde.

Abgesehen von den dreien war noch ein weiterer Menschenmann im Raum, der silberäugige Leutnant Washington.

Denzel. Er hatte dunkle Haut wie ein Prillon-Krieger, aber seine Augen waren verstörend. Aus solidem, glänzendem Metall. Und er hatte die Kraft eines Kriegers, der fünfmal so groß war wie er, dank der restlichen Hive-Implantate in seinem Körper. Ich ignorierte ihn, und er verhielt sich still und wachsam.

„Das Transportfenster nach Zioria ist nun für die nächsten sechsunddreißig Stunden geschlossen. Das haben wir bereits besprochen, Angh", erinnerte mich der Gouverneur. „Ich verstehe, dass Sie Ihrer Gefährtin hinterher wollen, aber ich kann keine Planeten für Sie bewegen."

„Erklären Sie das meinem Biest." Das Biest raste. Ich hing am seidenen Faden, und der kupferhäutige Prillone wusste es.

Und seine Gefährtin auch.

Rachel stand auf, wenn auch ungeschickt mit ihrem riesigen Bauch, und schritt auf mich zu. Sie war hübsch, kleiner als meine Kira, mit dunkelbraunen Haaren und warmen braunen Augen. Hinter ihr sträubte sich der goldene Prillone Ryston, aber sie hob die Hand und winkte ihn ab. Ich würde ihr niemals etwas tun. Nicht, solange ich die Kontrolle hatte. Aber wenn er mich anfasste oder versuchte, mich niederzuringen, konnte es gut sein, dass ich diese Kontrolle verlor. Vielleicht war Denzel deswegen hier, damit sie drei Krieger stark waren, um mich bei Bedarf möglichst unter Kontrolle zu bringen.

Mein Biest konnte darüber nur lachen. *Ja klar.*

Die winzige Hand, die sie mir auf den Unterarm legte, war zur Beruhigung gedacht, aber ihre Berührung verärgerte mich nur. Sie gehörte nicht mir. Sie war nicht Kira.

„Es tut mir so leid, Angh. Sie wusste wahrscheinlich nicht, was die Schellen bedeuteten. Wir Erdenmädchen bekommen nicht gerade eine Menge erklärt, bevor wir abgefertigt und zu unseren Gefährten transportiert werden."

„Sie ist keine Interstellare Braut, Lady Rone", erklärte ich. „Sie ist Ausbilderin an der Koalitions-Akademie. Ich muss ihr nach. Ich brauche Antworten."

Kiras wesentlich kleinere Gefährten-Schellen hingen an einem kleinen Haken, der an meiner Rüstung befestigt war. Ich ertrug es nicht, sie anzusehen. Ihre Zurückweisung schmerzte zu sehr. Die Tatsache, dass sie mich verlassen hatte, sich in der finstersten Stunde vor dem Morgengrauen aus meinem Bett geschlichen und den verdammten Planeten verlassen hatte, war der Beweis für diese Zurückweisung. Auch Beweis dafür, wie gesättigt und zufrieden ich gewesen war, wie entspannt mein Biest in ihrer Gegenwart gewesen war, dass es ihre Abreise verschlafen hatte. Ich schlief kaum jemals, da das ständige Surren in meinem Kopf mich wachhielt, aber da war ich einmal eingeschlafen, und schon hatte sie sich davongemacht, verdammt noch mal.

Ja, der Transport des Akademie-Trupps war auf dem Plan gestanden und sie war die Leiterin der Gruppe, aber sie *musste* nicht mit ihnen mit. Sie waren keine Kinder, die sie zurück zu einem Betreuungsprogramm eskortieren musste. Es waren Erwachsene aus der ganzen Galaxis, die nicht von *meiner* Gefährtin an der Hand gehalten werden brauchten.

Was bedeutete schon ein Job, wenn es um Gefährten ging? Ich hatte von Everianern gehört, die alles stehen und liegen ließen, wenn ihr Mal erwachte. Verdammt, ich hatte den Prillonen in der Arena mit einem Schlag außer Gefecht gesetzt, weil ich Kira *sah* und sofort wusste, dass sie zu mir gehörte, und keine weitere Sekunde warten konnte, sie zu haben.

Wenn sie mich gewollt hätte, wäre sie geblieben. Wenn sie mich gewollt hätte, hätte sie die Gefährten-Schellen angelegt. Hatte Rachel recht? Hatte sie wirklich nicht gewusst, was sie bedeuteten? Was es mit mir machen würde, wenn sie sich davonschlich? Hatte eine Erdenfrau, die intelligent und tapfer genug war, den angesehenen Job eines Akademie-Ausbilders zu haben, es nicht *gewusst*?

Und doch klammerte ich mich irgendwie an die Hoffnung, an Lady Rones Worte, als wären sie ein Rettungsanker, denn die Alternative war zu schrecklich, um sie zu ertragen.

Meine Gefährtin wollte mich nicht. Sie wollte nur meinen Schwanz.

Ich hatte sie ausreichend befriedigt. Sie in einem verdammten Korridor hart rangenommen; wie konnte sie daran nicht erkannt haben, wie stark mein Drang nach ihr war? Und danach, als mein Biest erst mal gesättigt war, hatte ich mich über ihre Pussy hergemacht. Hatte sie dazu gebracht, zu schreien und zu betteln und die ganze Nacht lang meinen Schwanz zu melken. Sie war gründlich befriedigt worden. Gut durchgefickt. Mit Samen gefüllt.

In Besitz genommen.

Ich hatte ihr geschworen, ihr zu gehören, hatte die Worte gesprochen und mir als Beweis die Gefährtenschellen angelegt. Ich hatte sie gebadet und gefüttert, sie auf alle Arten umsorgt, die ich in so kurzer Zeit zusammenbekam. Ich hatte alles getan, um ihr Glück zu gewährleisten, um sie zu beeindrucken. Ich hatte ihr mein Biest gezeigt und den

Prillonen in der Arena besiegt. Ich sollte ihrer würdig sein.

Aber es schien, als wäre ich das nicht.

Ich war verseucht. Vielleicht hatte ich die ganze Zeit über recht gehabt. Die Kolonie war kein Ort für würdige Frauen. Was, wenn sie als Interstellare Braut abgefertigt und jemand anderem zugeordnet worden war? Einem wahrhaft würdigen Krieger. Jemandem, der unversehrt war und ihr ein besseres Leben bieten konnte, nicht auf dieser fernen und kargen Kolonie.

Vielleicht war das der Grund dafür, dass sie sich die Schellen nicht umgeschnallt hatte. Hatte sie gewusst, dass sie einem anderen zugeordnet worden war?

Bei dem Gedanken raste mein Biest und ich wich vor Rachel zurück, deren unschuldige Berührung ein Reiz war, den ich nicht brauchen konnte. Nicht jetzt, da meine Gefährtin fort war und ich deswegen ins Paarungsfieber verfiel.

Rachel trat mit einem Seufzen zurück, und Ryston eilte zu ihr, zog sie von mir weg, hinter mich. Ich wusste, dass er seine Arme fest um sie geschlungen hatte, während sie beide zusahen, wie ich den Gouverneur mit meinem Vorhaben konfrontierte.

Ich richtete meine Aufmerksamkeit auf die einzige Person hier, die meine Reise genehmigen konnte. Den einzigen, der mich von meiner Gefährtin fernhielt. Ich kniff die Augen zusammen, spuckte die Worte hervor: „Ich gehe ihr nach."

„Du bist im Paarungsfieber." Die kalte, überlegte Anschuldigung kam von hinter mir, nicht von Ryston, sondern von dem Menschen, Denzel. Ich drehte meinen Kopf langsam herum. Seine kalten, silbrigen Augen waren beunruhigend, egal, wie oft ich ihn schon gesehen hatte. Sie erinnerten mich an die Hive-Integrationseinheit, die mich gefoltert hatte, meinen Körper modifiziert, mir Dinge in den Kopf gesteckt, die surrten, selbst in diesem Moment. Ich lebte keinen Moment ohne eine Erinnerung daran, dass sie mich gebrochen hatten.

Es lag kein Mitleid in Denzels Ton, und keinen Raum für Lügen.

„Ja." Ich nickte, auch wenn sie meine Zustimmung nicht brauchten, um die Wahrheit zu erkennen. „Ich hatte mein Fieber zuvor in Schach gehalten. Aber sie hier zu haben, hat es ausgelöst."

Er nickte und blickte zum Gouverneur. „Ich reise mit ihm zur Akademie auf Zioria. Und helfe ihm, sie zu finden."

„Und was, wenn sie nicht mit Ihnen zurückkehren möchte?", fragte der Gouverneur.

Ich knurrte, und das tiefe Grollen

füllte die Stille. „Dann komme ich nicht zurück." Ich zuckte mit den Schultern. Die Antwort war nicht länger schmerzhaft. Ich war bereit, zu sterben. Ich war schon lange bereit. Captain Mills, ein Kämpfer wie ich und Leiter in der Aufklärungseinheit, mit der ich vor der Hive-Integration zusammengearbeitet hatte, hatte mich gerettet, obwohl ich ihn angefleht hatte, mir ein Ende zu setzen. Ich war damals schon ruiniert gewesen, und war es auch jetzt noch. Es gab keinen Raum mehr für Angst, nicht um mich selbst. Aber um Kira?

Sie könnte sich genau in diesem Moment in Gefahr befinden. Verletzt sein. Schmerzen erleiden. Sie könnte mich brauchen, und ich war hier, eine halbe Galaxis entfernt. Sie war außerhalb meiner Reichweite, und auch nur die *Möglichkeit*, dass etwas nicht stimmen könnte, machte das Biest verrückt vor Verlangen sie zu sehen, zu riechen, zu berühren, zu schmecken, sicherzustellen, dass sie in Sicherheit war, ganz und gesund.

„Nein! Angh, das ist...schlicht und einfach nein!" Rachels Stimme war voller Sorge, die ich nicht brauchen konnte. „Es muss einen anderen Weg geben!" Ihr Protest war gut gemeint, aber ich war im totalen Paarungsfieber, und die Männer im Raum wussten, was das bedeutete. Wenn ich nicht bald wieder mit meiner Gefährtin vereint war, wenn sie meine Besitznahme nicht akzeptierte, die Schellen freiwillig anlegte und mir gestattete, sie offiziell nach atlanischem Brauch in Besitz zu nehmen, dann würde ich zu einem wahren Monster werden. Ein Cyborg-verstärktes Biest, das den Verstand verloren hatte. Eine Killermaschine wie keine andere.

Die Schellen, die ich trug, hielten mich bei Verstand. Vorerst. Aber sie würden die Raserei in mir nicht lange kontrollieren können. Ich brauchte meine Gefährtin in meiner Nähe, um ihn zu besänftigen, bei Laune zu halten. Ich würde das Biest unterdrücken, mich beherrschen, bis ich die Wahrheit über ihre Gefühle erfahren hatte.

Der Gouverneur blickte zu Denzel. „Wenn Sie mit ihm gehen, dann fällt diese Aufgabe Ihnen zu." *Kampflord Anghar unschädlich zu machen, wenn nötig.* Er sprach den letzten Teil nicht aus, aber wir alle wussten es.

Ich drehte mich herum und versuchte, die Fähigkeiten des Kämpfers einzuschätzen, mental wie körperlich.

Unsere Blicke kreuzten sich. Hielten. Der kaltblütige Killer, der mir entgegenstarrte, würde mit keiner Wimper zucken, sollte das notwendig werden. „Du musst ihr die Wahrheit sagen", sagte er.

Ich schüttelte den Kopf. „Nein. Ich

werde sie zu nichts zwingen. Sie muss selbst entscheiden, ob sie meine Gefährtin sein möchte."

„Du bist bereit, für deine Ehre zu sterben?", fragte er.

Ich hielt seinen Blick, sodass er verstand. „Nein, ich bin bereit, für sie zu sterben, für ihr Glück. Ich werde keine Nötigung einsetzen, oder sie gegen ihren Willen manipulieren. Ich werde keine Gefährtin akzeptieren, die mich aus Mitleid wählt. Da würde ich lieber sterben." Ich stockte, dann stellte ich klar. „Ich *werde* lieber sterben."

Denzel deutete ein Nicken an, als eine kleine Respektsbekundung. „So sei es. Ich reise mit dir. Bis zum bitteren Ende."

Erleichtert neigte auch ich den Kopf zum Dank. „Bring ein Ionen-Gewehr mit. Ein Blaster würde mich nur wütend machen."

„Ich bringe gleich zwei." Der silberne Blick des Menschen war ruhig. Solide.

Ja. Er würde ausreichen.

Ich wandte mich wieder an Maxim und zog eine Augenbraue hoch. Ballte die Fäuste. „Ich gehe meine Gefährtin holen. Der Leutnant kann mich begleiten. Wenn sie meinen Besitz ablehnt, wird er tun, was nötig ist."

Der Gouverneur betrachtete uns beide eine Minute lang eingehend. Die längste verdammte Minute meines Lebens. „So sei es. Diese Schellen werden das Fieber nur eine Zeit lang in Schach halten. Holen Sie Ihre Gefährtin, sonst mögen die Götter Sie holen."

KAPITEL 5

Kira, Sektor 437, Kampfgruppe Karter, Shuttle-Hangar

„Scheiße!" Commander Chloe Phan zog sich den Helm vom Kopf und schmiss ihn in einem Anflug von Zorn gegen die Shuttle-Wand. „Das klappt so nicht. Wir sind nun schon dreimal da raus und sind keinen Schritt näher dran, die Barriere zu zerstören."

Chloe war wie ich von der Erde, wie

ich eine I.C.-Agentin, und ansonsten mein genaues Gegenteil. Sie war schön und exotisch, mit glattem schwarzem Haar und dunkelgrünen Augen. Ich war blass und farblos neben ihr, mit meinem blonden Haar und meiner milchig weißen Haut. Aber sie war menschlich, blitzgescheit, und in diesem Moment verschaffte sie einem Ärger Luft, den auch ich verspürte. Wir waren nun schon dreimal draußen an der Grenze von Sektor 437 gewesen, auf der Suche nach den zentralen Steuerelementen der neuesten Waffe, die der Hive einsetzte, um den Raum zu kontrollieren; ein unsichtbares Netzwerk an Minen, die so gewaltig waren, dass sie in nur wenigen Minuten eine gesamte Kampfgruppe zerstören konnten.

Und das hatten sie auch, vor weniger als zwei Wochen.

Da diese Elemente von den derzeitigen Schiffssensoren der Koalition nicht aufgespürt werden konnten, hatte die Koalition an nur einem Tag eine gesamte Kampfgruppe in Sektor 19 verloren. Fort. Völlig vernichtet.

Aus diesem Grund war Commander Grigg in der Kommandozentrale des I.C. erschienen—uneingeladen, was geradezu an Selbstmord grenzte, selbst für einen aufgebrachten Prillonen—und hatte gefordert, dass ein I.C.-Agent mit den Gehirn-Implantaten sofort in den Einsatz auf sein Schlachtschiff geschickt wurde, um zu verhindern, dass so etwas unter seinem Kommando passierte.

Die Frau, die mit ihm gegangen war, Erica James, war eine meiner besten Freundinnen, ein Hippie der Sorte „make love not war" aus Oregon. Sie war halb schwarz und halb weiß...ihre Mutter war ein Hippie, und ihr Vater Raketeningenieur. Die Frau war unfassbar witzig, völlig anders, und die

Art Persönlichkeit, die ich am wenigsten an der Front unseres Krieges mit dem Hive erwartet hätte.

Bestimmt stellte sie ihnen in Sektor 17 gerade ihre Welt auf den Kopf, wenn diese großen, bulligen Alpha-Alienmänner sich nach ihr richten mussten, während sie über das Implantat in ihrem Kopf Dinge hören konnte. Ich hatte mehrere Stunden damit verbracht, zu grinsen und mir vorzustellen, wie die Dinge dort wohl so liefen. Und wie die Krieger dort mit Ericas Vorliebe für 70er Jahre Disco-Musik klarkamen. Die Vorstellung von einer Gruppe atlanischer Kampflords, die zu *Macho Man* von den Village People abtanzten, fand ich zum Brüllen komisch.

Völlig verrückt! Aber Tanzen oder nicht, die Kampfgruppe Zakar war immer noch am Kämpfen und immer noch unbeschadet, also nahm ich an, dass sie ihren Job gut machte. Ich hatte auch nichts von einer vermissten Gruppe von Kampflords und Kriegern gehört.

Erica erledigte ihre Aufgabe, aber Chloe und ich taten uns schwer. Und das führte meine abschweifenden Gedanken wieder ins Hier und Jetzt zurück. Sektor 437, und die Kampfgruppe Karter. Besonders, da Chloe praktisch Dampf aus den Ohren brodelte. Diese Kampfgruppe hatte ihre eigenen Probleme. Sie saßen nicht direkt in der Falle, aber frei bewegen konnten sie sich auch nicht. Ich konnte rein und raus transportieren, zu meinem offiziellen Job an der Koalitions-Akademie zurückkehren. Auch andere konnten transportieren, und sie konnten Vorräte verschicken, aber solange wir diese verdammte Barriere nicht beseitigt hatten, würde die gesamte Kampfgruppe erst mal nirgendwohin gehen. Es war, wie auf der Autobahn in einem fünfzig Kilometer langen Stau zu stecken, weil ein Sattelschlepper quer über der Fahrbahn steht. Niemand kam vorwärts, und wegen der Autos, die sich hinten uns stauten, steckten wir fest.

Kurz gesagt, der Hive war am Gewinnen, und keiner von uns war darüber glücklich.

„Dann ziehen wir nochmal raus, wieder und wieder, bis wir finden, wonach wir suchen, Commander." Der Prillone, der zu Choe sprach, war ein Prachtkerl, ein ausgezeichneter Pilot und Chloes Gefährte. Und bei der Arbeit nannte er sie bei ihrem Titel. Ich liebte es, wie er ihren Rang respektierte, ihr Wissen, selbst während er ganz offensichtlich der Dominante war. Ich wusste nicht viel über ihren anderen Gefährten, aber wusste, dass er ganz gehörig Eier haben musste, denn Chloe brauchte einen Partner—oder zwei—der einen starken Willen hatte und eine sanfte Hand. Nach dem Prillon-Brauch, dem sie folgten—die gleichfarbigen Kragen um ihre Hälse waren nicht zu übersehen—hatte sie zwei Gefährten, und sie hatte mir erzählt, dass einer von ihnen menschlich war, der andere offensichtlich ausgesprochen prillonisch. Wie zum Teufel *das* nun passiert war, da hatte ich keine Ahnung. Zwei waren einer zu viel für mich. Ein großer Atlane war mehr als genug, um jedes meiner Bedürfnisse zu stillen. Ich wusste nicht, wie ich zwei überleben könnte. Ich würde an einer Orgasmus-Überdosis sterben. Innerlich zuckte ich mit den Schultern und dachte mir, dass das gar keine schlechte Art zu sterben wäre.

Ich dachte an den großen, gutaussehenden, starken, sexy Angh. Es brach mir immer noch das Herz, selbst mit der deprimierenden Erinnerung daran, wie schlecht der Krieg wirklich lief—

und wie sehr ich immer noch gebraucht wurde—dass ich ihn nicht behalten konnte. Ihn schlafend in seinem Bett zurückzulassen war eines der härtesten Dinge, die ich je tun musste.

„Nein, Dorian, das werden wir nicht", widersprach Chloe. „Ich kann das nicht alleine. Und *sie*—" Ich war die *sie*, auf die Chloe angewidert deutete —"kann sie nicht hören." Der Blick, den sie mir zuwarf, war unverblümt ehrlich und ohne Bedauern. „Tut mir leid, Kira, aber Ihre Anwesenheit hat nicht so geholfen, wie wir es erhofft hatten."

„Ich kann die Drohnen hören, aber sonst nichts. Es tut mir leid." Ich seufzte, da mir klar war, dass ich auf dieser Mission nicht im Geringsten hilfreich gewesen war. Ich hatte versagt, war ein Fehlschuss und völlige Zeitverschwendung. Wir hatten irgendwann gelernt, dass, wenn zwei von uns mit den Implantaten zusammen arbeiteten, der Empfang verstärkt werden konnte. Ich hätte für Chloe die *Signalverstärkung* sein sollen, aber es hatte nicht funktioniert. Mein Implantat hatte einen Scheiß geholfen. *Ich* hatte für diese Mission einen Scheiß getan.

„Ich weiß. Ich schätze, wir sollten von Glück reden, dass Sie das Hive-Trio hören konnten, das uns auf der Oberfläche dieses Asteroiden entgegenkam. Das hat uns den Arsch gerettet. Ich war zu sehr davon abgelenkt, nach den Minen zu suchen."

Ich hatte uns gerettet, aber das war mehr Glück als Können gewesen. Wir waren in einen Hinterhalt geraten, durch den der Hive seinen Vorteil vor der Koalition beschützen wollte. Was hieß, dass wir nahe dran waren. Aber nahe dran war einen Scheiß wert, wenn eine gesamte Kampfgruppe in nur wenigen Stunden besiegt werden konnte. Ich hatte sie kommen hören und mir eine Schramme am Arm eingefangen, als ich den Hive-Späher abwehrte, der mich schnappen wollte. Das war das Letzte gewesen, was er getan hatte. Ich hatte ihn mit einem Schuss aus meiner Ionen-Pistole erledigt, während Chloe und die Vizeadmiralin sich um seine beiden Freunde gekümmert hatten.

Und ich hatte mich bemüht, *so sehr bemüht,* in meinem Kopf die Kommunikation des größeren Hive-Netzwerks zu hören, so verstörend das auch war. Hin und wieder hatte ich ein Summen im Kopf gehabt, aber es verstummte immer, bevor ich mich darauf konzentrieren und intensiver lauschen konnte. Bevor ich es Chloe leichter machen konnte, es zu hören. Wie eine Brise, die mir in den Kopf flüsterte und dann weiterzog.

„Ich gebe mir Mühe. Und sie sind direkt hier. Ich kann sie spüren, ihre Energie, aber es bleibt stets knapp außer meiner Reichweite." Ich nahm ihre Bemerkungen nicht persönlich. Es war ja nicht so, als hätte ich irgendeine Kontrolle über das dämliche Implantat. Und auch nicht über den Hive. Ich war ein Werkzeug, ein Stück Ausrüstung und keine Person, in dieser Art von Mission.

„Niemand hat gesagt, dass Sie das nicht tun, Captain." Diese Worte sprach mein vorgesetzter Offizier, eine Vizeadmiralin von Everis. Sie war eine der wenigen Frauen von jenem Planeten, denen ich begegnet war, und auch der einzige weibliche Everis-Jäger auf der Agenten-Liste der Koalitionsflotte. Ihr Name war Niobe, und sie war der höchstrangige Offizier auf Zioria, hatte das Kommando über die Koalitions-Akademie, alle Offiziere und Kadetten. Sie war außerdem eine weitere I.C.-Agentin auf dem Planeten. Wir waren gemeinsam bereits auf dutzenden Missionen gewesen, und auch wenn ich sie nicht als Freundin bezeichnen würde, respektierte ich sie und ihr Urteilsvermögen. „Und Sie haben uns heute gerettet. Gut gemacht. Wir sind nahe dran."

„Wir sind schon seit *Monaten* nahe dran." Chloe streifte sich den Raumanzug ab, und ihr Gefährte trat vor, um ihr zu helfen. Aber sie winkte ihn davon. „Vielen Dank, Dorian. Das schaffe ich alleine. Ich brauche nur einen Moment."

Er nickte und trat zurück. „Was immer du brauchst, Gefährtin. Sprich, und du sollst es bekommen."

Sie lächelte ihn an und legte eine Hand an seine Wange. Eine Flut von intimer Kommunikation fand zwischen den beiden statt, um die ich sie beneidete. Und die ich vermisste. Bestimmt würde er, wenn er das Implantat hätte, sich mit ihr zusammenschließen und alles vom Hive hören können. Aber so funktionierte das nicht. Er war Pilot, ein ausgesprochen guter sogar, und *Hive-Übertragungen zu belauschen* war nicht seine Aufgabe.

Angh hatte mich auch so angesehen. Hatte mich angesehen, als konnte er nicht glauben, dass ich da war, dass er mich ins Bett bekommen hatte. Als wäre ich der Mittelpunkt seiner Welt. Nein, seines ganzen Universums. Zumindest hatte es sich währenddessen so angefühlt.

Aber es war gut möglich, dass das von Orgasmen ausgelöste Halluzinationen gewesen waren.

„Ich werde Doktor Helion kontaktieren und ein anderes Teammitglied zur Unterstützung in der nächsten Mission anfordern", sagte Vizeadmiral Niobe. Sie hatte ihre Ausrüstung bereits ausgezogen und sie fein säuberlich für die Reinigungscrew aufgestapelt, die im

Abseits wartete. Sie würden das Shuttle auf Hive-Technologie scannen und es für den nächsten Ausflug bereit machen. Eine essentielle Aufgabe, denn wir würden wieder verwenden. Und wieder.

Bis wir einen Weg fanden, dieses Hive-Minennetz zu zerstören, würden wir den in diesem Sektor verlorenen Boden nie wieder zurückgewinnen. Die beiden Minenplaneten Latiri 4 und Latiri 7 waren immer noch aktive Kampfgebiete. Die Koalitionsflotte war vor über zwei Jahren zum Rückzug gezwungen worden, als die Explosionswaffe erstmals zum Einsatz kam. Wir waren von einem festen Standbein in diesem Sektor dazu übergegangen, ihn innerhalb von nur wenigen Stunden beinahe völlig zu verlieren.

Aber Commander Phan hatte die gesamte Kampfgruppe gerettet. Verdammt, den gesamten Krieg, wie ich es sah. Und obwohl wir beide die experimentellen Hive-Implantate im Kopf hatten, konnte sie aus irgendeinem Grund die Minen miteinander *reden* hören, und ich konnte das nicht. Ich konnte die Hive-Soldaten hören. Die Späher. Aber nicht ihre Schiffe oder ihre Minen.

Und daher fühlte ich mich im Augenblick wirklich verdammt nutzlos.

Doktor Helion, der Prillon-Krieger, der die experimentelle Gehirn-Technologie für den I.C. leitete, arbeitete an einer Lösung, aber im Moment schien es keine logische Erklärung dafür zu geben, dass es bei ihr funktionierte und bei mir versagte. Abgesehen von grundlegenden biologischen Unterschieden in der Art und Weise, wie ihr Gehirn strukturiert war.

Da jedes Gehirn einzigartig ist, konnte der Doktor nicht wissen, wer in der Lage sein würde, sie zu hören, und wer nicht. Wer den Empfang für jemand anderen verstärken konnte. Anscheinend war das für Chloe Phan nicht ich.

„Das ist toll, Vizeadmiral, aber die Lösung für dieses Problem sitzt in diesem Augenblick auf der Kolonie und langweilt sich zu Tode", sagte Chloe. Sie hatte immer noch die Schärfe einer frustrierten Kämpferin in ihrer Stimme, aber sie war auch von Respekt geprägt. „Ich bin nicht zum Wohle meiner Gesundheit hier. Ich wollte in den Ruhestand, das Leben auf Prillon Prime genießen. Aber Commander Karter hat uns gebeten, zu bleiben, also taten wir das. Und jetzt sage ich Ihnen, wir brauchen Kampflord Anghar."

Niobe sah aufmerksam dabei zu, wie Chloe ihre Rüstung und ihren Helm zusammenpackte. Gott sei Dank, denn so bemerkten sie beide nicht meine erschütterte Reaktion darauf, Anghs

Namen von einer anderen Frau zu hören. Mein Herz setzte aus, als mir klar wurde, dass ich richtig gehört hatte. Chloe kannte Angh?

„Erzählen Sie mir mehr über den Atlanen. Er ist verseucht?", fragte Niobe. „Wie schlimm ist es?"

Chloe seufzte. „Bei allem Respekt, Vizeadmiral, er ist ein hochdekorierter Kampflord, der eine Gefangenschaft beim Hive überlebt hat. Das Ausmaß seiner Verseuchung sollte nur dann zum Thema werden, wenn Sie auch seine Schuhgröße wissen wollen."

Ich stimmte Chloe zu und freute mich darüber, dass sie den Atlanen in Schutz nahm.

Die Besessenheit der Koalition mit der Idee, dass ihre Krieger *verseucht* waren, sobald sie vom Hive gefangen genommen worden waren, war für die meisten Menschen unangenehm. Aber für uns war der Krieg auch noch recht neu. Die anderen Koalitionsplaneten kämpften bereits seit hunderten Jahren.

Als Vizeadmiral Niobe ihren Kopf kurz neigte, um ihren Fehler anzuerkennen, fuhr Chloe fort. „Ja, er ist auf der Kolonie. Er hat viele Monate als Drohne überlebt, bis Captain Mills ihn auf einer Aufklärungsmission befreien konnte. Monate, Sir. Er ist die stärkste Person, die ich kenne. Und nicht nur, weil er Atlane ist." Chloe senkte ihr Kinn leicht und hob ihre Hand an die Schläfe. „Hier drin. Er ist ein verdammt harter Brocken, und der ehrenhafteste Kampflord, Krieger oder Kämpfer, der mir je begegnet ist. Wir brauchen ihn hier draußen. Mir ist egal, was der Rest der Koalition denkt. Er hat mir schon einmal geholfen, den Sektor zu retten. Ich sehe keinen Grund, dass er uns nicht noch einmal dabei helfen sollte."

„Wie?", fragte ich. Das Wort sprudelte hervor, bevor ich es aufhalten konnte. Das war etwas, das ich über den Kampflord, in den ich mich wohl gerade verliebte, nicht gewusst hatte. Was für eine verrückte Vorstellung, denn ich hatte ja nur eine Nacht mit ihm verbracht. Aber meine dauerhafte Reaktion auf ihn war alles andere als normal. Mein Körper sehnte sich nach ihm, und schmerzte auch von ihm. Meine Pussy war wund, und wenn mich jemand nackt sehen würde, wären da Knutschflecken und andere Spuren unserer wilden Liebesnacht zu sehen.

Mehr über seine Vergangenheit zu erfahren, war nicht gerade hilfreich. Dadurch mochte ich ihn nur noch mehr. Er war inzwischen mehr als nur eine schnelle Nummer. Er war ein hochdekorierter, anerkannter und kompetenter Kampflord. Wenn Chloe sich für ihn verbürgte, dann hatte er sich ihren Respekt verdient. Auf die harte Tour.

„Wie hat er Ihnen geholfen?", fragte ich. „Er war hier?"

Vizeadmiral Niobe fiel mein Interesse auf, und sie kniff die Augen zusammen, als konnte sie irgendwie wissen, dass ich in der Nacht zuvor Zeit in seinem Bett auf der Kolonie verbracht hatte. Sie wusste alles, was auf der Akademie vor sich ging, aber ich war mir nicht sicher, ob sie wusste, dass ich es gewesen war, die die Übung auf jenem Planeten geleitet hatte.

„Kennen Sie Kampflord Anghar?", fragte sie.

Ich nickte. „Ja. Ich bin ihm während des letzten Trainingslaufes auf der Kolonie begegnet." Ich würde nicht lügen, aber ich konnte den Part auslassen, wo ich auf seinem Gesicht gesessen und er mich mit seiner Zunge zum Kommen gebracht hatte.

„Das ist weniger als zwei Tage her."

Ich nickte und wischte mir das Haar

aus dem Gesicht. „Korrekt. Ich habe ein paar Stunden vor meiner Abreise kurz mit ihm gesprochen." Und ihn gefickt. Und seinen Namen geschrien. Und seinen Schwanz geritten, bis ich in seliger Erschöpfung zusammengebrochen war. Aber das alles brauchte sie nicht zu erfahren. Und das war gut so, denn plötzlich stand Chloe direkt vor meinem Gesicht.

„Wie geht es ihm?", fragte sie, ihre Stimme voll mit freundschaftlicher Sorge. „Ich habe ihn beinahe zwei Jahre lang nicht gesehen."

Ich verspürte einen Schwall hässlicher Eifersucht, aber ich wusste, dass Chloe Gefährten hatte. Und zwar ausgesprochen gute, wenn man sich den wachsam im Hintergrund stehenden prillonischen Piloten so ansah. Ich hatte gehört, dass sie ein Kind hatte, denn sie hatte sich die vorgesehene Pflegezeit genommen. Sie würde kein Kind mit dem Prillonen und einem Erdengefährten haben, während sie insgeheim Angh nachlüsterte. Aber eifersüchtige Gedanken waren von Natur aus irrational, und ich schüttelte das Gefühl ab.

Chloes Frage schien ihren Gefährten nicht im Geringsten zu stören. Da war keine Eifersucht.

Ich zuckte mit den Schultern. „Es geht ihm gut, schätze ich. Er hat in der Arena gekämpft, als ich ihn zum ersten Mal sah." Ich blickte zu Captain Dorian Zanakar. „Hat einen Prillon-Krieger mit nur einem Schlag an den Kiefer ausgeknockt."

Dorian lachte schallend. „Das klingt ganz nach ihm. Wenn er etwas will, dann holt er es sich, auch einen Sieg."

Und dieses *etwas*, das er gewollt hatte, war ich gewesen. Ich nickte neutral meine Zustimmung.

Chloe lächelte erleichtert, trat zurück und gestattet es ihrem Gefährten endlich, ihr einen Arm um die Taille zu schlingen, während sie zur Vizeadmiralin blickte. „Wir müssen ihn wieder da rausbringen. Er hat mir geholfen, das ursprüngliche Netzwerk zu zerstören. Wir brauchen Leute, die diese Dinger hören können, und er kann sie hören. Vertrauen Sie mir."

Vizeadmiral Niobe blickte zu mir. „Sie haben mit ihm gesprochen. Denken Sie, dass er stabil genug ist, mit dieser Art von Einsatz klarzukommen? Er ist Atlane. Wenn auch nur die Chance besteht, dass er seine Selbstbeherrschung ans Paarungsfieber verliert, dann erfahre ich das lieber jetzt. Das Letzte, was ich brauche, ist ein außer Kontrolle geratenes Atlan-Biest mit Cyborg-verstärkter Kraft."

Alle Augen richteten sich auf mich, und ich dachte an Angh. Hatte er sich unter Kontrolle? Und was genau war dieses *Paarungsfieber*, von dem sie da sprach? Er hatte auf keinen Fall krank oder angeschlagen gewirkt, während wir zusammen waren. Er war wild gewesen, hatte zugegeben, dass sein Biest aktiv war, aber das hatte daran gelegen, dass er geil war, nicht krank. Und ich hatte sowohl ihn als auch sein Biest gesättigt. Er hatte keine Art Fieber gehabt, als ich aus seinem Bett schlüpfte.

„Er ist stark, wie Commander Phan sagte", bestätigte ich. „Ich konnte keine Anzeichen von Schwäche oder Krankheit erkennen. Wenn wir ihn brauchen, um uns zu helfen, das Hive-Netzwerk in diesem Sektor zu zerstören, sehe ich keinen Grund, ihn nicht einzusetzen."

Und vielleicht bestand auch nur eine kleine Chance, dass ich ihn wiedersehen würde.

Die Vizeadmiralin nickte und traf ihre Entscheidung. „In Ordnung, Commander." Sie wandte sich an Chloe. „Ich werde nach meiner Rückkehr nach

Zioria beantragen, dass er zum I.C.-Kernkommando überstellt wird."

„Gott sei Dank." Chloe schmiegte sich in Dorians Umarmung, und ich hatte plötzlich einen Kloß im Hals. Diese beiden gingen so natürlich miteinander um. So vertrauent. Da war etwas, das ich nicht erklären konnte, oder auch nur so recht glauben, dass es real war. Aber ich wollte es auch für mich. Diese ganze Sache mit den *Gefährten*—sich auf tiefste Weise verbunden zu fühlen...auf allen Ebenen—war etwas, das ich nicht völlig verstand. Aber ich sehnte mich nach einer Verbindung wie der, die Chloe und Dorian teilten. Und ich konnte mir vorstellen, dass die Verbindung sogar noch viel intensiver war, wenn ihr anderer Gefährte bei ihnen war.

Das wollte ich. Ich wollte es mit Angh. Meinem Atlanen. Meinem Biest. Der Gedanke daran, dass er irgendeine andere Frau so halten würde, brachte meinen Körper aus Protest zum Schreien. Da wollte ich selbst in Biestmodus gehen.

Aber wenn er zum I.C. überstellt werden würde, dann würden sie ihn quer durch die Galaxis schicken. Der Hive setzte seine neue Waffe immer weitläufiger ein, und immer mehr Gefechtsverbände hatten Mühe damit, in diesem verrückten Krieg die Fronten zu halten.

Ich wollte ihn. Er wollte mich. Das wusste ich. Die Gefährtenschellen, die er mir auf die Brust gelegt hatte, waren eine verdammt klare Einladung gewesen. Aber keinem von uns beiden stand es frei, sich zu verlieben. *Ihm* vielleicht schon, aber er brauchte von seiner Gefährtin, dass sie bei ihm auf der Kolonie lebte, und das konnte ich nicht tun. Ich konnte mich nicht in einen Kampflord von der Kolonie verlieben. Die Vizeadmiralin war recht...flexibel, aber ich bezweifelte, dass sie *so* flexibel war.

Wir kämpften in einer größeren Schlacht als in der unserer Herzen. Ich hatte dummerweise geglaubt, dass die Koalition mich brauchte. Das tat sie. Aber die Wahrheit war, dass die Koalition uns beide brauchte. Sie brauchte Angh, hatte aber irgendwie ihn und seine Fähigkeiten übersehen. Hatte ihn zurückgelassen, um eine fade, weniger nützliche Existenz auf der Kolonie zu verleben. Milliarden von Leben hingen davon ab, dass Leute wie wir den Hive *belauschten* und einen Weg fanden, diesen Krieg zu gewinnen. Und wenn das bedeutete, dass wir nicht zusammen sein konnten, dann war das eben so. Ich hatte ihn wegen meines Jobs beim I.C. zurückgelassen. Die deprimierende Wahrheit war, dass ich ihn überhaupt nie richtig gehabt hatte.

Wir beide hatten unsere Aufgaben

zu erledigen. Wenn er mich noch wollte, würden wir uns einfach unsere Lust holen müssen, wo wir konnten. Momente finden, in denen wir zusammen sein konnten und uns dann mit einem Kuss verabschieden. Jede einzelne Mission war gefährlich. Es gab für keinen von uns eine Garantie, dass wir zurückkehren würden. Und doch sehnte ich mich nach ihm, nach jeder Berührung, jedem Kuss und jeder Umarmung, die ich nur kriegen konnte.

„Mami!" Das schrille Quieken schien auf dem riesigen Schlachtschiff so fehl am Platz, dass ich erschrak. Ein kleines Mädchen mit den grünen Augen ihrer Mutter und tiefschwarzem Haar kam in vollem Tempo auf Chloe zugerannt, die Arme weit ausgestreckt und mit freudigem Gesicht. Sie schien knapp zwei Jahre alt, ihre Pausbacken eher die eines Babys als eines kleinen Mädchens, und ihre süßen kleinen Beinchen stapften so schnell sie konnten, was nicht besonders schnell war. Und ein wenig tollpatschig. Ich befürchtete, dass sie stolpern und hinfallen würde, bevor sie uns erreichte.

Chloes gesamte Haltung änderte sich beim Hören dieser Stimme, und die knallharte Kriegerin wich augenblicklich der fürsorglichen Mutter. Sie hob das kleine Mädchen hoch und drückte es fest, übersäte die weichen Bäckchen ihrer Tochter mit dutzenden Küssen, während das Mädchen „Mami, Mami, Mami" rief.

Sämtliche Arbeiten im Shuttle-Hangar stockten, als die vom Krieg abgehärteten Kämpfer sich herumdrehten, um das Schauspiel zu beobachten. Dorian kuschelte sich heran und nahm die kleinen Hände des Mädchens, um sie auf die Handflächen zu küssen. „Was ist mit deinem Papa, Dara? Ich brauche auch Küsse."

Die Kleine lachte und streckte Dorian ihre Arme entgegen. Er hob sie aus den Armen ihrer Mutter und übersäte seine Tochter mit Küssen, kitzelte sie, bis sie wieder am Kreischen war. Chloe lächelte nachsichtig, und ihre Haltung war entspannt, als Captain Seth Mills, ihr menschlicher Gefährte, herankam und sie für einen feurigen Kuss in die Arme nahm.

Wow. Das dominante Alphamännchen-Testosteron brachte meinen ganzen Körper zum Köcheln, als ich zusah, wie sie in seinen Armen dahinschmolz.

Sie hatte vielleicht den höchsten Rang im Trio, aber es war mehr als klar, dass sie sich ihren Gefährten im Schlafzimmer nur zu gerne hingab. Und die goldenen Kragen, die alle drei um den Hals trugen? Es war nicht ganz dasselbe wie ein Ehering, aber es war ein auffälliges und sichtbares Zeichen von Zusammengehörigkeit. Diese drei waren Gefährten, eine Familie. Sie waren niemals allein. Niemals einsam. Niemals verloren.

Chloe zog sich zurück, und ihr Atem ging auffallend schneller als vor dem Kuss. „Wo ist das Baby?"

Seth lächelte zu ihr hinunter. „Keine Sorge, Tiger-Mama. Er ist im Kinderzimmer und schläft. Aber die hier"—er deutete mit seinem Kinn in Richtung ihrer Tochter— „war bei Commander Karter und hat den Missionsfunk überwacht. Sobald sie hörte, dass euer Shuttle zurück war, war es mit ihrer Geduld vorbei."

„Ich sagte doch, ich möchte sie nicht dort drin haben", schimpfte Chloe. „Sie kann verstehen, was dort gesprochen wird, Seth."

„Ich mag den Mander, Mami."

Chloe strahlte. Ihre Liebe für das kleine Mädchen brachte ihr Gesicht zum Leuchten. „Das weiß ich, meine Süße. Commander Karter mag dich auch, aber das ist nur ein Ort für Erwachsene. Nicht für kleine Mädchen."

Sie schmollte und stupste sich an die Ohren. „Ich höre dich dort. Ich mag es, wenn ich dich höre."

Chloe seufzte und schüttelte den Kopf, und starrte auf der Suche nach Unterstützung zu Dorian hoch. „Du bist damit einverstanden? Sie ist noch nicht mal zwei."

„Wir sind im Krieg, meine Liebe", antwortete er sanft. „Sie ist in Sicherheit, wenn sie beim Commander ist. Bei jedem auf diesem Schiff. Wenn es zu schlimm wird, wird er sie beschützen. Aber wir können sie auch nicht anlügen. Das hier ist unser Leben, wie wir es uns ausgesucht haben. Wir können die Dinge jetzt nicht ändern."

„Ich weiß. Ich wünschte nur, wir könnten diesen Scheiß-Krieg beenden!"

Sie brodelte wieder, und ich fühlte mich, als würde ich allein vom Zuschauen ihre emotionale Achterbahnfahrt mitmachen. Allein davon, ihnen zuzuhören.

„Keine Schimpfwörter, Mami. Jetzt wirst du verhauen." Dara quietschte nahezu vor Vergnügen bei dieser Vorstellung.

„Ja, das wird sie." Seths Stimme war voller Feuer, und meine Pussy zuckte sehnsüchtig zusammen, als ich sah, wie Chloe seinem Blick begegnete und sich herausfordernd über die Lippen leckte.

Bei Gott, in ihrem Quartier würde es feurig zur Sache gehen, sobald die Kinder schliefen.

Das machte mein Verlangen nach Angh nur noch größer. Gott, ich vermisste den verdammten Atlanen.

Seth löste den Blickkontakt und schaute wieder zu seiner Tochter. „Als Dara hörte, dass du hier bist, ist sie

Karter vom Schoß geschlüpft und losgelaufen." Sein Lächeln war ganz der stolze Vater. „Nicht wahr, meine Kleine?"

„*Daddy* kann mich nicht fangen", sagte Dara, was Dorian zum Lachen brachte.

„Das liegt daran, dass dein *Daddy* langsam ist, aber dein Papa ist schnell", fügte Dorian hinzu.

„Fang mich!" Sie zappelte in den Armen ihres Vaters. So schnell war ihre Begrüßungsrunde vorüber, und sie wollte spielen. Dorian lachte leise, aber er setzte seine Tochter auf die Füße und erfüllte ihren Wunsch, jagte sie herum —ohne sie je zu packen—während sie quer durch den Hangar rannte und spielte und quietschte. Ein halbes Dutzend grinsender Krieger passten auf sie auf, schoben Kisten mit scharfen Kanten zur Seite und alles, worüber sie stolpern konnte, bevor sie sich diesen

Gegenständen auch nur näherte. Sie wurde sichtlich vergöttert und von jedem auf dem Schiff gut beschützt. Ein Anflug von Neid durchzog meine Brust, bis es wehtat.

Ich hatte den Gedanken an eine Familie, ein wahres Zuhause, aufgegeben, als ich mich dem I.C. angeschlossen hatte. Aber hier stand Chloe Phan, eine Kommandantin im aktiven Einsatz, die erst vor wenigen Jahren in Schande auf die Erde zurück geschickt worden war und sich als Interstellare Braut gemeldet hatte, um wieder ins All zurückzukehren und nun ein Leben zu führen, von dem ich nur träumen konnte.

Wie zum Geier hatte sie das hinbekommen? War diese Art von Partnerschaft nur für jene vorgesehen, die über das Bräute-Programm zugewiesen wurden?

„Wollen wir, Captain?" Die Frauenstimme kam von hinter mir. Ich hatte völlig vergessen, dass Vizeadmiral Niobe da stand und wahrscheinlich mitbekam, wie ich das Gefährtentrio und ihre Tochter geradezu angaffte. „Sie haben in nur wenigen Stunden eine Kampfsimulation zu leiten. Wenn wir gleich zum Transport gehen, schaffen wir es noch rechtzeitig nach Zioria."

Ich blinzelte und setzte meine Beine in Bewegung. „Ja. Natürlich." Die Vizeadmiralin war kein Freund von Verspätungen oder Ausreden.

Ich würde nicht länger hier stehen und Chloe und ihre perfekte Familie anschwärmen. Zwei scharfe Krieger-Gefährten, die immer noch im Krieg mitkämpften, eine wunderschöne Tochter und ein Baby, das ich noch nicht gesehen hatte, und das irgendwo auf dem Schiff friedlich in seinem Zimmerchen schlief.

Sie waren der Grund dafür, dass wir diese Hive-Weltraumminen unschädlich machen mussten. Sie, und tausende Familien wie diese in den Kampfgruppen, und Millionen—*Milliarden*—Familien auf den Koalitionswelten.

Während ich der Vizeadmiralin zurück zum Transport folgte, schluckte ich einen Kloß von harten, kalten Fakten hinunter. Die Koalition brauchte Angh mehr als ich das tat. Familien wie Chloes würden durch seine Arbeit geschützt werden. Arbeit, die nichts mit mir zu tun hatte. Mein Herz schrie alles oder nichts. Es tat teuflisch weh, zu erkennen, dass ich ihn höchstens hier und da für einen Quickie haben konnte. Das würde mir nicht reichen.

Ich würde ihn wahrhaft ziehen lassen müssen.

KAPITEL 6

Kira, Unterrichtsraum 731-D, Koalitions-Akademie, Zioria

„—und so kann der Einsatz von zwei Teams, die zeitgleich aus den Flanken infiltrieren, Verluste vermeiden, den Hive verwirren und es ermöglichen, dass weiter entfernt ein Fern-Transportpunkt eingerichtet wird."

Ich deutete auf eine Video-Anzeige, die eine ganze Wand des Unterrichtsraums einnahm. Die darauf angezeigten Grafiken bewegten sich passend zu meinen Worten. Die Kombination aus Audio- und visuellen Materialien würde am Nachmittag von einer praktischen Übung im Simulator für taktisches Training im Freien verstärkt werden. Das würde nach dem Mittagessen stattfinden.

Ich hatte zwar den ersten Vortrag am Morgen verpasst, und ein anderer Ausbilder war für mich eingesprungen, aber mein Team war nun bereit, ihr erworbenes Wissen auszuprobieren. Es war nicht das Gleiche wie Training im tatsächlichen Gelände, nicht so intensiv und beängstigend wie die Kampfsimulation, die wir in den tiefen Höhlen auf der Kolonie durchführten, aber es funktionierte. Gab ihnen eine Kostprobe. Viele der Kadetten würden diesen Nachmittag nicht erfolgreich absolvieren, aber sie würden mit ihren Teamkollegen zusammenarbeiten und die Simulationen in ihrer Freizeit wieder und wieder durchlaufen können, bis ihre Teams den simulierten Einsatz erfolgreich bewältigten und überlebten.

Da dies der erste Tag dieser praktischen Übung war, rechnete ich mit nur wenigen erfolgreichen Absolventen. Die Kadetten hatten gelernt, dass der erste Tag—üblicherweise—Versagen bedeutete, und das war für sich schon eine gute Lektion. Schlachten liefen nie wie geplant. Das hatte ich auf die harte Tour gelernt, und war erst vor wenigen Stunden auf dem Schlachtschiff Karter wieder einmal schmerzlich an diese Tatsache erinnert worden.

Der Grund für meine Teilnahme an jener Mission war es gewesen, als Signalverstärker für Commander Phan zu dienen und dabei zu helfen, ein weiteres Hive-Minennetz unschädlich zu machen. Und ich hatte versagt. Mein

Schädel-Implantat hatte sich nicht mit Chloes gleichgeschalten. Wir waren beide im Blindflug in unseren Weltraum-Anzügen durchs All geflogen und hatten um einen Durchbruch gebetet, obwohl wir nichts als das schwarze All vor uns hatten. Wir wussten, dass die Minen da draußen waren. Wir konnten sie nur nicht *finden*.

Und daher war ich müde. Meine Augen waren trocken, fühlten sich beinahe an, als wäre Sand darin. Als wäre ich in der Wüste gewesen und nicht auf einem Schlachtschiff. Mein Körper war erschöpft und sehnte sich nach Schlaf. Ich war in mein Quartier gegangen, hatte mich geduscht und mir meine Ausbilder-Uniform angezogen—meine I.C.-Kleidung lag in einem schmutzigen, zerrissenen Haufen auf dem Boden meines Quartiers. Ich blickte auf mein Bett, dann auf die Uhr, und ließ mein Bett für die zweite

Hälfte des morgendlichen Stundenplans aus.

Die Vizeadmiralin bestand darauf, dass unsere Missionen den Stundenplan nicht mehr als absolut notwendig störten. Und wenn das bedeutete, mit dem Gefühl zur Arbeit zu gehen, dass ich von einem Panzer überrollt worden war... nun, dann war das Teil meines Jobs. Niemand durfte wissen, wie viele I.C.-Agenten auf Zioria waren. Die Akademie war die perfekte Tarnung. Solange es niemand von uns vermasselte.

Den Kadetten fiel es schon auf, dass ich hier und da eine Unterrichtsstunde verpasste—sie müssten blind und dämlich sein, wenn nicht—aber meine Arbeit für den I.C. erforderte mein Verschwinden zu den unterschiedlichsten Zeitpunkten, Zugang zu geheimsten Informationen, und die Fähigkeit, ein Doppelleben zu führen.

Derzeit war ich dauerhaft dem Geschwader von Commander Phan auf dem Schlachtschiff Karter zugeteilt. Aber das mochte sich nun ändern.

Sie würden jetzt Kampflord Anghar wollen. Ich hoffte, dass sie mich auf dem Laufenden halten würden, mich helfen lassen, denn ich wollte ganz, ganz dringend eine Ausrede haben, ihn wiederzusehen. Und ich wollte nicht bis zum Ende des nächsten Semesters warten müssen, wenn ich die nächste Abschlussklasse für ihre Kampfsimulationen dorthin brachte.

Das war *Monate* entfernt. Und so besessen, wie meine Gedanken waren, und wie ich beinahe gelähmt war von dem Bedürfnis, mich neben ihm im Bett zusammenzurollen und ihn anzuflehen, mich zu halten, während ich schlief, wusste ich, dass das zu lange sein würde. Viel zu lange.

Ich beantwortete Fragen der Studenten und ignorierte, wie sehr mein Körper schmerzte, und zwar nicht nur von der Mission. Das war gar nichts gewesen. Nein, diese Schmerzen waren von der wilden Nacht mit Angh. Gott, das war...scharf gewesen. Irre. Umwerfend. Monika hatte recht gehabt; ich hatte es gebraucht, flachgelegt zu werden. Und nun, da ich einen heißen Atlanen und sein Biest gehabt hatte, waren alle anderen männlichen Wesen für mich ziemlich ruiniert. Im. Ganzen. Universum.

Er hatte mir geradezu die Hirnzellen verbrutzelt mit den Orgasmen. Der Kerl war *gut.* Der Sex war intensiv. Er hatte mich Gefährtin genannt und sich seine atlanischen Schellen angelegt. Er hatte geradezu romantisch dahergeredet, und ich war zu high von den Endorphinen gewesen, und von all den anderen Chemikalien, die mein Körper mit der Überdosis Orgasmen freigesetzt hatte, um alles verarbeiten zu können, was er gesagt hatte. Nein, nicht Überdosis. Das hieße ja, dass das, was er mit mir angestellt hatte, genug gewesen wäre. Mehr als genug.

Ich könnte *niemals* zu oft kommen, wenn ich mit diesem megageilen Atlane zusammen war. Ich fragte mich, ob er bei meinem nächsten Trip zur Kampfgruppe Karter dabei sein würde. Vielleicht konnte ich die Vizeadmiralin dazu überreden, mir etwas Freizeit zu gewähren, und Angh zu einer zweiten Runde. Spaß für uns beide, zwei willige Erwachsene, die wilden Affensex hatten. Die. Ganze. Nacht. Lang.

Meine Pussy zuckte bei dem bloßen Gedanken vor Hitze zusammen. Ich würde mir den Trainingskalender ansehen, sobald die Unterrichtsstunde vorbei war, und sichergehen, dass mein Name auch auf dem Dienstplan der nächsten Kolonie-Übung stand. Wenn ich monatelang warten musste, dann musste ich das wohl. Aber zumindest hatte ich so eine Garantie, ihn wiedersehen zu können. Für gewöhnlich bemühten wir Ausbilder uns, die Kolonie tunlichst zu vermeiden, tauschten Gefallen ein und begingen alles bis hin zur Bestechung, um den drei Tagen Training in dunklen Höhlen zu entgehen. Aber jetzt? Wenn ich wusste, dass das Biest dort auf mich wartete, würde ich mich jedes verdammte Mal freiwillig melden.

Aber das waren verrückte Gedanken. Es war doch nur eine Nacht gewesen. Eine Nacht, um meine wilde Seite hervorzukehren, meine Hemmungen neben meiner Kleidung zu Boden fallen zu lassen und dem Biest die Kontrolle zu überlassen. Es war scharf und verrückt und total wild gewesen. Aber es war nur eine Nacht.

Der Erdenspruch „dieser Kerl war

ein Biest im Bett" traf hier wirklich zu. Ich hatte nur eine Galaxis weit reisen müssen, um es zu erleben. Ich bezweifelte, dass irgendwer von meinen Freunden auf der Erde mir glauben würde, außer Monika. Sie hatte mir den ganzen Morgen schon von ihrem Pult aus vielsagende Blicke zugeworfen. Ich wusste, dass ich ihr nach der Unterrichtszeit alles im Detail erzählen müssen würde. Wenn ich es schaffen würde, so lange wach zu bleiben. Ich brauchte einen ReGen-Stab für meine Pussy...und mein Hirn.

Ich räusperte mich. „Hat noch jemand Fragen?", fragte ich und bemühte mich, mit meinen Gedanken beim Thema zu bleiben und nicht dabei, wie groß der Schwanz eines Atlanen im Biestmodus war.

Aah! Konzentrier dich.

Das Zimmer erinnerte mich an einen typischen Vortragssaal an einer

Uni auf der Erde. Mit Sitzreihen wie im Kino, die stufenweise anstiegen, sodass die Videowand—gut, die hatten die Uni-Säle auf der Erde nicht—von ihren Pulten aus gut zu sehen war. An einer Seite befanden sich Fenster, von denen die Simulations-Arena draußen zu sehen war, und auf der anderen Seite war der Gang des Akademiegebäudes zu sehen, aber diese Fenster waren für den Vortrag abgetönt. Niemand konnte hinein oder hinaus sehen.

Die Sitzreihen des Vortragssaals erinnerten mich auch an die Kampfarena auf der Kolonie, nur waren die dort im Halbkreis angeordnet gewesen, wie beim Gladiator. Ich erinnerte mich an den Film über den Gladiator, den mit dem heißen Filmstar...dem Australier, glaubte ich? Ich hatte ihn immer umwerfend gutaussehend gefunden, mit definierten Muskeln und männlicher Intensität. Aber Angh schlug ihn bei

Weitem. Er war größer, schärfer, und das Testosteron, das der Atlane ausstrahlte, hatte mein Höschen ruiniert.

Selbst jetzt, Stunden später, wurden meine Nippel allein beim Gedanken an ihn hart. Und was die nassen Höschen betraf, war meines *immer noch* ruiniert. Jedes Mal, wenn ich an Angh dachte, und das war in etwa jede zweite Minute, bekam mein Höschen eine weitere Dosis Lust ab. Wenn ich mir nicht vor einiger Zeit eine Verhütungsspritze gegönnt hätte, wäre ich mittlerweile in Panik, nicht nur übermüdet und übersext.

Ein Kadett von Viken meldete sich. „Ausbilderin Dahl, wie werden diejenigen, die den Transportbereich eingerichtet haben, den nächsten Schritt machen können?"

Ich ging zum anderen Ende der Videowand und drückte einen Knopf an der Fernbedienung in meiner Hand.

Die Simulation fing von vorne an, und ich erklärte, wie die Transportgruppe hinter den anderen beiden Teams hereinkommen würde, die feindliche Basis einnehmen und eine Transportzone einrichten. Das würde ein Minen-Team sein, und der Job war in einer wirklichen Schlacht sowohl riskant als auch gefährlich. Ich stellte die Anzeige an der relevanten Stelle auf Pause, um die Frage zu beantworten, und ging nach vorne, um auf die genaue Stelle zeigen zu können.

„Hier. Wir werden uns eine Anhöhe suchen. Von dort haben wir den Überblick über das Gelände, den wir brauchen, um ihre Nachhut auszuschalten und—"

Ein lauter Knall erschreckte uns alle. Ich schwieg, und alle Köpfe drehten sich in Richtung Tür.

Ein weiterer Knall ertönte von der geschlossenen Tür, als würde jemand nicht nur klopfen, sondern dagegen hämmern. Ich hatte keine Waffe bei mir, und auch die Kadetten nicht. Waffen waren für den Trainingssimulator draußen, oder das andere Gebäude, in dem das Thema unterrichtet wurde. Der Alarm im Gebäude ging nicht an. Das Kommunikationsgerät an meinem Handgelenk zeigte keine Benachrichtigungen—wie bisher bei diversen Probeläufen für Notfälle—und die hätten mich auch aus einem tiefen Schlaf geweckt. Das hier war etwas anderes.

Ich ging zur Tür und sah, wie am Türknauf gerüttelt wurde. Ich hob die Hand, als ein paar der Kadetten sich erhoben und bereit hielten für... etwas. Wir wussten ja nicht einmal, was die Bedrohung war.

Ich drückte einen Knopf an der Fernbedienung, und die Fenster wurden wieder transparent und ließen

Licht herein. Wenn es eine Bedrohung gab, wollte ich sie sehen können.

Die Tür ging auf—das hier war keine Schiebetür wie auf einem Raumschiff, sondern eine Tür wie auf der Erde auch. Mit dem Krach von reißendem Metall wurde die Tür aus den Angeln gerissen. Ich hatte nicht einmal Gelegenheit, näherzutreten, denn herein stürmte Angh, mit der Tür in der Hand. Er hatte immer noch den Knauf gepackt, aber das Metall war verbogen, die Angeln zerfetzt als wären sie aus Alufolie.

Ich hielt den Atem an, während sein Blick kurz durch den Raum schweifte und dann auf mir haftete. Er keuchte schwer, als wäre er in einer Kampfarena gewesen. Ich bemerkte, dass er teilweise in den Biestmodus gewechselt war, übergroß, aber nicht riesig. Sein Haar war wild, seine Uniform fein säuberlich. Die Schellen glitzerten. Nicht nur die an seinen Handgelenken, sondern auch die, die er mir in jener Nacht auf die nackte Brust gelegt hatte. Die, die er für mich gewollt hatte. Sie hingen an seinem Gürtel wie Glocken, die mir in den Ohren klingelten. Das leise, fast musikalische Klirren war für mich laut wie Kanonenfeuer.

Er sagte nichts, aber das musste er auch nicht. Er war meinetwegen hier.

Du liebe Scheiße.

Meine Weichteile wurden in seiner Gegenwart hellwach, auch wenn ich selbst zu müde wäre, um noch eine Runde einzulegen. Da ich wusste, wie ausdauernd Angh gerne fickte, würde ich mehr als nur ein Nickerchen brauchen. Ich brauchte auch erst noch mein Frühstück.

Er war noch attraktiver, als ich ihn in Erinnerung hatte. Größer. Mächtiger. Intensiver. Mein Puls schoss nach oben, meine Hände wurden feucht.

Auch *andere* Stellen wurden feucht. Mein Körper *erkannte* ihn und wollte ihn. Ich wollte in seine Arme springen und mich von ihm herumwirbeln lassen, bis ich wieder an die Wand gedrückt war. Verrückte Gedanken für eine verrückte Situation.

Ich bemerkte nur nebenbei, dass ein Mann ihm gefolgt war, aber als der Angh eine Hand auf die Schulter klatschte, konnte ich ihn nicht länger ignorieren. Er war menschlich. Dunkelhäutig, dunkle Haare, dunkle Uniform. Alles an ihm war dunkel. Zwei Meter schokobrauner Schönheit.

„Alter, du hättest die Tür einfach öffnen können." Er schüttelte den Kopf, und wenn seine Augen keine silbernen Hive-Integrationen gewesen wären, hätte er sie wohl verdreht.

Alter? Diesen Ausdruck hatte ich seit der Erde nicht mehr gehört. Anghs Anhängsel hier war menschlich. Afro-

Amerikaner, dem Akzent nach zu schließen. Und aus den Südstaaten. Ich sah ihn mir an. „Sie sind aus dem Süden?"

„Atlanta, Georgia." Er verbeugte sich tief, und Monika trat vor.

„Ich bin aus Berlin, in Deutschland." Ihre Stimme war etwas höher als gewöhnlich, und ich drehte den Kopf herum, um sie warnend anzufunkeln. Sie ignorierte mich natürlich und sprach weiter. „Ich habe Sie gesehen. Auf der Kolonie. Ich wusste nicht, dass dort auch Menschen sind. Außer den Gefährtinnen natürlich." Sie strich ihr Haar nach hinten und lächelte. Ein ganz großes „komm und hol mich"-Lächeln. Das konnte ich in diesem Moment echt nicht gebrauchen. Ein Satz weiblicher Hormone, die uns in Schwierigkeiten brachten, war hier schon genug.

Und ich steckte verdammt tief in Schwierigkeiten, wenn man sich den

Atlanen mit der keuchenden Brust so ansah.

Angh starrte nur und keuchte. Schwer.

Der Mensch packte die Tür an der Seite und zerrte daran. Angh ließ sie endlich los, und ich war schockiert, als der wesentlich kleinere Menschenmann die Tür nahm, als würde sie nicht mehr wiegen als ein Stück Treibholz, und sie in den Flur warf.

„Soll ich den Sicherheitsdienst rufen?", fragte ein Kadett, aber ich drehte meinen Kopf nicht herum, um zu sehen, wer es war.

Ich schüttelte den Kopf. „Ja, aber nicht, weil es hier eine Bedrohung gibt. Richten Sie bitte aus, dass alles in Ordnung ist. Bestimmt ist der Türalarm ausgelöst worden."

„Aber—"

„Wegtreten, Kadett", antwortete ich mit einem Tonfall, den ich ansonsten nur draußen im Trainingssimulator einsetzte.

Dann setzte das Geflüster ein. Das Raunen. *Darüber* würde es Gerede geben. Ewig.

KAPITEL 7

ira

Ich ließ meinen Blick zu Monika blitzen, die sich neben mich stellte. „Ähm, Ausbilderin Dahl..."

Sie sprach mich mit meinem Titel an, da wir im Unterricht waren. Aber ich wusste, dass sie eigentlich sagen wollte: *Was soll der Scheiß, Mädel? Das scharfe Atlan-Biest, das du gefickt hast, ist gerade auf Zioria aufgetaucht und hat die*

Tür zu deinem Vortragssaal aus den Angeln gerissen, um zu dir zu gelangen.

„Wenn er sich zum Affen machen möchte, dann ist das in Ordnung. Ich schätze, Sie sind Ausbilderin Kira Dahl." Anhängsel-Mann trat vor und streckte mir die Hand zur für die Erde typischen Begrüßung, den Handschlag, entgegen. „Mein Name ist Denzel. Leutnant Denzel Washington."

Ich blickte über seine Schulter hinweg zu Angh, dann erwiderte ich Denzels silbrigen Blick.

Monika kicherte neben mir. „Denzel Washington? Ernsthaft?"

Denzels Cyborg-Augen richteten sich auf sie, und ich hätte schwören können, dass ihnen beiden der Atem stockte. Nach einer langen, unbehaglichen Stille grinste er. „Nur ein Mensch würde meinen Namen amüsant finden." Er war zwar vorhin schon eher locker drauf gewesen, aber nun veränderte sich seine gesamte Haltung. Er war das genaue Gegenteil von Angh. Ruhig, gelassen und gefasst. „Ja, meine Mutter hat für den Schauspieler geschwärmt und hatte zufällig den gleichen Nachnamen. Ich war chancenlos."

„Chancenlos?", fragte Monika. „Für einen chancenlosen Mann sehen Sie ziemlich gut aus."

Der flirtende Ton in Monikas Stimme war nicht zu überhören, und der interessierte Ausdruck auf dem Gesicht des Leutnants nicht zu übersehen. Meine Kadetten waren ebenfalls spürbar fasziniert. Jeder Kadett im Raum machte einen langen Hals, um besser sehen zu können. Und ich konnte diese Art Klatsch am Campus so ganz und gar nicht gebrauchen. Bis morgen würde ich mir zehn verschiedene Spitznamen eingehandelt haben.

„Die Studenten sind entlassen", rief ich aus. „Bereiten Sie sich auf die

Schlachtsimulation nach dem Mittagessen vor."

Das brauchte sich die Gruppe nicht zweimal sagen zu lassen. Ihr Geflüster wuchs zu ausgewachsenen Unterhaltungen an, und sie rannten praktisch zu den Türen raus, höchstwahrscheinlich, um alle möglichen Geschichten rumzuerzählen.

Denzel starrte Monika an, und als ich den Kopf zu ihr herumdrehte, sah ich, dass *sie* auch ihn anstarrte. Sie war wunderschön. Sein Interesse konnte ich nachvollziehen. Sie war groß und schlank, mit mahagonifarbenem Haar, das ihr bis zur Taille reichte, und einem Schlafzimmerblick in ihren dunkelbraunen Augen, der ihn auffraß, als wäre er ihr Lieblingsnachtisch. Keiner von ihnen sprach auch nur ein weiteres Wort.

Na dann ist ja gut.

Ich machte ihnen den Weg frei und

ging zu Angh hinüber. Ich würde ihn ja wohl kaum meiden können. Ich wollte nicht den Raum verlassen und jede weitere mögliche Szene im Gebäude vermeiden.

„Was machst du hier?", fragte ich. Ich musste den Kopf in den Nacken legen, *ganz weit*, um ihn ansehen zu können. Sein Atem war nicht ruhiger geworden. Die Lippen, die ich geküsst hatte—ganz oft—standen leicht offen. Seine Wangen waren gerötet, als hätte er Fieber, und seine Muskeln zuckten geradezu, als er mich beäugte. Als wäre ich ein Beutetier. *Genau so* hatte er mich angesehen, als er in der Arena den Finger gekrümmt und mich an seine Seite gerufen hatte.

Meine Gier nach ihm hatte nicht nachgelassen. Nach einer Nacht mit ihm war meine Libido nun wieder auf Hochtouren, und ich begehrte ihn ebenso.

„Ich bin hier, um dich zu holen", sagte er mit tiefer Stimme. Er war nicht im Biestmodus, denn er konnte mehr als ein Wort auf einmal sprechen, aber es schien nahe an der Oberfläche zu lauern. „Du bist ohne Erklärung verschwunden, Kira. Hast dich nicht mal verabschiedet."

Ich nickte und leckte mir über die Lippen. Sein Blick fiel auf meinen Mund. „Es tut mir leid. Mein Transport ging am frühen Morgen, und ich wollte dich nicht wecken." Lahme Antwort, aber wahr. Als er nur wortlos starrte, brabbelte ich weiter. „Ich dachte, du würdest müde sein, nachdem wir...du weißt schon."

Sein Blick wurde düster, und ich konnte die Hitze spüren, die er ausstrahlte wie ein Hochofen. Er dachte in diesem Moment an Sex mit mir. Und ich dachte an seinen Schwanz, und seinen Mund, und...alles andere.

Na toll. Meine Wangen waren so heiß, dass sie wahrscheinlich die Farbe von Maraschino-Kirschen hatten.

„Raus mit euch." Er sprach zu Denzel und Monika, aber sein Blick hatte sich nicht von mir abgewandt.

Denzel nahm Monika am Ellbogen und führte sie zum Eingang, seine Hand beschützerisch—und auch besitzergreifend—an ihren Rücken gelegt. Aber sie drehte sich herum, um nach mir zu sehen. „Geht das für Sie in Ordnung, Dahl? Ich kann das Sicherheitsteam rufen."

Ich blickte zu Angh hoch, in dessen Gesicht ich nun Leid sehen konnte—in den angespannten Zügen um seine Augen und seinen Mund. Seine Selbstbeherrschung hing nun nur noch an einem sehr dünnen Faden. Ich hatte ihn irgendwie verletzt—ich war mir noch nicht ganz sicher, wie—aber ich wusste, dass er mir nichts tun würde. Niemals.

„Geht nur, Mel." Ich blickte tief in Anghs Augen. „Er würde mir niemals wehtun."

„Niemals", bestätigte der Kampflord. Mit einem Schulterzucken wandte Monika ihre Aufmerksamkeit wieder Denzel zu.

„Was geht hier vor?", fragte ihn Monika. „Was macht ihr beiden hier?"

„Gehen wir irgendwohin, wo wir in Ruhe darüber reden können...und über andere Dinge."

Mit perfekten Manieren führte Denzel sie in den Korridor, hob die Tür vom Boden auf und setzte sie so gut er konnte wieder an ihren Platz.

Wir hatten zumindest einen Ansatz von Privatsphäre. Die Fenster waren immer noch durchsichtig, und auf ihrer anderen Seite hatte sich eine Zuschauermenge im Flur gebildet.

Mit einem Seufzen ging ich zur Steuerung an der Wand und verdunkelte die Fenster wieder. Ich hatte keine Ahnung, was gleich mit Angh passieren würde, aber ich wusste, dass ich dafür kein Publikum brauchen konnte.

Nachdem das erledigt war, ging ich zu dem Atlanen zurück, der genau am gleichen Fleck stand wie zuvor, als wäre er eine Eiche, deren Wurzeln bis zum Mittelpunkt der Welt reichten.

„Was machst du hier?", fragte ich, und wiederholte so Monikas Frage.

Er knurrte, kniff die Augen zusammen, hob seine Hand und krümmte einen Finger, wie er es in der Arena getan hatte. „Komm her, Gefährtin."

Und mit einem Mal konnte ich es ihm, und mir selbst, nicht verwehren. Ich wollte seine Arme um mich spüren, beinahe ebenso sehr, wie ich atmen wollte. Ich hatte ihn vermisst, und die Sehnsucht, die nun in mir ausbrach, war seltsam und ein wenig beunruhigend.

Ich kam ihm entgegen, presste mein Gesicht an seine Brust und schlang meine Arme um seine Mitte, während seine riesigen Hände sich auf meinen Rücken legten und mich streichelten. Er beugte sich hinunter und vergrub seine Nase in meinem Haar.

Er erstarrte. „Warum rieche ich Prillon-Blut in deinem Haar? Und das Feuer von Ionen-Blastern?" Er fiel auf die Knie, nicht, um mit mir zu sprechen, sondern um persönlich jeden Zentimeter meines Körpers auf Verletzungen zu überprüfen, von den Knöcheln aufwärts. Seine Berührungen waren klinisch, aber ich spürte sie überall. „Erklär mir, warum du nach dem Blut eines anderen Mannes riechst, Gefährtin, oder ich werde mein Biest nicht unter Kontrolle halten können."

„Angh!" Ich berührte seine Hände, die meine Schenkel drückten und bearbeiteten, meinen Hintern, auf meinen

Bauch pressten, meine Brüste befühlten, nicht verführerisch, sondern mit der zielgerichteten Absicht, jegliche Verletzungen aufzuspüren. Glaubte er wirklich, dass meine Brüste Schaden genommen hatten?

Als er an meinem rechten Ellbogen angelangt war, zuckte ich zusammen. Ich konnte es nicht verbergen. Er erstarrte, und sein Blick traf meinen. „Du bist verletzt. Das ist inakzeptabel."

„Es geht mir gut." So war es wirklich. Es tat weh, aber es würde verheilen, so wie jeder andere Kratzer oder blaue Fleck, jeder Schmerz und jede Wunde, die ich mir in meinen Missionen so einhandelte. Ich hatte schon Schlimmeres erlebt.

„Wer hat dir wehgetan, Kira? Nenne mir seinen Namen, und ich werde ihn zerstören."

Junge, brauchte ich wirklich eine Erinnerung daran, warum überfürsorgliche, dominante Männer eine schlechte Idee für einen One-Night-Stand waren? Ach ja. Deswegen. Wegen genau dieser Situation. Abgesehen davon, dass er die Tür von meinem Vortragssaal demoliert hatte, sah er aus, als hätte ich ihm das Herz durchbohrt. Als wäre die Prellung an meinem Arm von dem Hive-Mistkerl—dessen stahlharten Tritt ich mit dem Ellbogen abgewehrt hatte, bevor ich ihm einen Schuss ins Herz verpasste —das Wichtigste im Universum. Der Hive war zuvor ein Prillon-Krieger gewesen, und sein Blut war über meine Rüstung gespritzt. Was hieß, dass wohl auch mein Quartier nach seinem Blut roch. Und das war verdammt großartig.

„Er ist bereits tot, Angh. Es ist nichts. Nur ein blauer Fleck."

Meine Antwort schien ihn nicht zu beschwichtigen. „Warum hast du keine medizinische Versorgung aufgesucht?"

„Es ist nichts." Ich wagte nicht, ihm

zu sagen, warum ich nicht auf die Krankenstation gegangen war. Nicht nur, weil ich keine Zeit dazu gehabt hatte. Wenn ich hingegangen wäre, hätten sie mich in eine ReGen-Kapsel gesteckt, und das wunde, ausgesprochen befriedigte Gefühl in meiner Pussy, meine körperliche Erinnerung an ihn und unsere wilde Nacht zusammen, wäre für immer fort gewesen. Ich *wollte* wissen, dass er mich völlig besessen hatte, gefüllt. Mich zum Schreien gebracht. Der leichte Schmerz zwischen meinen Beinen war mein persönliches, äußerst privates Souvenir an unsere gemeinsame Zeit. Ich wollte mehr, hatte das Gefühl, als würde ich *immer* mehr wollen von diesem äußerst attraktiven Atlanen, aber ich hatte einen Job zu erledigen. Ich hatte Versprechungen gegeben. Verträge unterzeichnet.

Ich war gerade nicht an einem Punkt, wo ich eine Beziehung eingehen konnte. Ich gehörte noch zwei weitere Jahre lang dem I.C. Jede Mission rettete Leben, mal eines, mal hundert. Ich konnte nicht selbstsüchtig sein. Meine Pussy hatte nicht das Sagen in dieser Situation, ganz gleich, wie laut mein Körper danach schrie, dass ich meine Kleider ausziehen und ihn anbetteln sollte, mich noch einmal zu ficken. Hier und jetzt. Gegen die Wand gedrückt. Auf dem Schreibtisch. Selbst auf dem harten Boden.

Aber wenn ich das täte, würde das alles nur schlimmer machen. Was immer das hier war, es musste enden. Meine Vorgesetzte im I.C. würde *nicht* amüsiert sein über die Tatsache, dass ich überhaupt einen Atlanen gefickt hatte, und noch dazu auf einem Übungseinsatz. Aber einen zum *Gefährten* zu nehmen? Sie würden mich wohl ins Gefängnis werfen. Sie hatten es auf früheren Missionen absolut klargestellt, dass es keinen Ausweg aus meiner Dienstverpflichtung geben würde, und den wollte ich auch gar nicht. Ich rettete Leben. Einen Haufen Leben. Und das würde auch er, sobald die Vizeadmiralin ihn in die Finger bekam. Die Krieger und Zivilisten, die vom Hive gefangen und gefoltert wurden, brauchten mich mehr als dieser Atlane, mehr als ich es brauchte, die Lust zu stillen, die meine Libido höherschraubte, sobald ich Angh ansah. Und der Krieg brauchte ihn, mein großes, böses Biest.

Das um Geduld kämpfte, und Selbstbeherrschung. Ich legte ihm die Hände an die Wangen und hob sein Gesicht hoch, damit er mich ansehen konnte. Zur Abwechslung war er mal kleiner als ich. Aber nur knapp, obwohl er kniete. „Angh, warum bist du hier? Warum hast du meine Tür eingetreten?"

„Du bist meine Gefährtin, Kira."

Er meinte es ernst. Scheiße. Er glaubte daran, war auf einen anderen Planeten transportiert, hatte mir die Tür eingetreten, um es mir zu sagen. Um mich zu holen. Die Everianer mit ihren Malen waren nicht die einzigen Verrückten da draußen. Ich erkannte nun, dass ein Atlane und sein Biest doppelt verrückt waren.

„Das bin ich nicht", entgegnete ich und schüttelte den Kopf. „Wir hatten eine tolle Nacht. Eine unglaubliche, scharfe Nacht, aber ich kann nicht deine Gefährtin werden. Wir sind nicht zugeordnet worden. Ich bin keine Interstellare Braut. Ich weiß, dass du getestet worden bist."

Gott bewahre mein dämliches, idiotisches Gehirn. Letzte Nacht, bevor ich zur Mission aufbrach, hatte ich mich damit gequält, meinen Hochsicherheits-Zugang dazu zu nutzen, ihn in der Datenbank zu suchen. „Du hast eine perfekt passende Gefährtin irgendwo da draußen, die dir schon morgen zugewiesen werden könnte. Und ich kann die Akademie nicht verlassen." Ich legte eine Hand auf meine Brust, dann auf seine. „Du kannst die Kolonie nicht verlassen. Wir leben in zwei unterschiedlichen Welten. Wir stammen *von* zwei unterschiedlichen Welten."

„Du wirst mit mir zur Kolonie zurückkehren", sagte er mit scharfem Ton. „Wir werden dort leben. Unsere Kinder großziehen. Du gehörst mir, Kira. Und ich dir. Ich will keine Interstellare Braut. Ich will *dich*. Ich trage deinen Besitzanspruch. Ich verspreche mich dir, nur dir. Du besitzt mich jetzt bereits, Gefährtin. Ich gehöre dir." Er hob die Hände und zeigte mir die Schellen, die immer noch um seine Handgelenke geschlossen waren.

Er knurrte nicht und sprach nicht in Ein-Wort-Sätzen. Er hatte die Kontrolle, nicht sein Biest. Ja, der Sex war großartig gewesen. Umwerfend. Verdammt fantastisch. Aber es war nie die Rede davon gewesen, dass ich seine *Gefährtin* sein sollte. Also, für immer. „Nein. Ich bin nicht deine Gefährtin. Das kann ich nicht sein."

Mit einem so tiefen Seufzen, dass sein gesamter Körper bebte, lehnte er sich vor und drückte mir seine Stirn zwischen die Brüste. Atmete, beherrschte sich. Als er den Kopf wieder hob, lächelte er. „In Ordnung, Kira. Ich werde auf die Kolonie zurückkehren. Aber ich würde dich um eines bitten, bevor ich gehe."

„Alles, was du willst." Das war ein Versprechen. Alles, was ich ihm geben konnte, würde ich ihm geben. Außer, seine Gefährtin zu werden. Ich *wünschte*, ich könnte mich ihm schenken, aber das war unmöglich. Ich gehörte dem I.C., war eine greifbare

Sache, die zu ihrem Inventar gehörte wie ein Ionen-Blaster oder ein Schreibtisch. Ich war ein Stück Ausrüstung, das dazu eingesetzt wurde, den Hive zu bekämpfen, und sie waren noch lang nicht mit mir fertig. Oder ihm.

Angh gehörte nun auch dem I.C., und eines Tages würde er einer glücklichen Braut gehören, die sein perfektes Gegenstück sein würde. Das hätte er verdient. Eine Frau, die an seiner Seite bleiben konnte und damit zufrieden war—und sie würde zufrieden sein, so, wie er seinen Schwanz schwang, als wäre er ein Zauberstab. Er hatte eine Gefährtin verdient, die keine gespaltenen Loyalitäten hatte. Eine Frau, die jeden Tag bei ihm sein konnte, jede Nacht, seine Kinder großziehen, und sich nicht mit dem Gedanken an tausende ungerettete Tote quälen musste. Ich konnte meinen Job beim I.C. nicht so einfach hinter mir lassen, ganz gleich, wie sehr ich ihn wollte.

„Nur noch eine unglaubliche, scharfe Nacht voll gedankenlosem Ficken", sagte er.

Er warf mir meine eigenen Worte zurück, und meine Pussy ging mit nur einem Herzschlag von heiß auf Inferno über. Meine Nippel wurden hart, mein Höschen war ruiniert. Mein Verlangen nach ihm war sogar noch größer als beim ersten Mal, als ich ihn in der Kampfarena gesehen hatte. Jetzt wusste ich ja, wer er war, was er war und wie *geschickt* er war. Und all das war direkt auf mich fokussiert. Jeder wilde, sexy Zentimeter. Und es gab da ganz schön viele Zentimeter. Überall.

„Ja." Ich beugte mich hinunter und küsste ihn, aber ich riss meine Lippen von seinen, als es nach nur drei Sekunden heiß und animalisch wurde. Ich keuchte bereits jetzt so schwer, als wäre ich draußen auf dem Trainingsgelände und nicht hier drinnen mit nur seiner ausgesprochen geschickten Zunge, die meine Knie weich werden ließ. „Aber nicht jetzt. Ich muss in fünfzehn Minuten zu einer Besprechung mit den anderen Ausbildern am Trainingsgelände sein."

„Ich will mehr als fünfzehn Minuten." Er ließ seine Hände an meinen Hintern gleiten und umfasste ihn, zog mich an sich heran, sodass ich den harten Schaft seines angeschwollenen Schwanzes spüren konnte. Jeden heißen Zentimeter.

„Ich auch. Deswegen können wir nicht gleich anfangen." Ich küsste ihn noch einmal. Weil ich musste. Er war mein Kryptonit. Ich hatte keinen Widerstand in mir. Gar keinen. Nicht, wenn seine großen Hände auf mir waren, sein Geschmack in meinem Mund, ich ihn an mir spüren konnte.

„Wie lange dauert dieses Training?", fragte er.

„Ein paar Stunden." Ich konnte vielleicht vorzeitig davonschlüpfen, aber nach dem Vorfall mit der ausgerissenen Tür wohl nicht. „Dann werde ich gründlich duschen, und danach gehöre ich ganz dir."

Er stand ohne weitere Worte auf und ließ mich gehen. Ganz plötzlich fühlte ich mich kalt. Allein. Er ging zur Tür, hob sie auf und lehnte sie an die Wand. „Eine Nacht lang."

Ich nickte und ging vor ihm durch den Durchgang. „Ja. Eine Nacht lang."

In der Zwischenzeit hatte sich der Flur geleert. Zum Glück. Ich konnte Monika und Denzel nirgendwo sehen, aber die konnten auf sich selbst aufpassen.

„Das wird es wert sein."

Ich wollte ihn fragen, was das hieß, aber die Vormittagsglocke klingelte, und die Flure füllten sich in kürzester Zeit mit Kadetten, die zur nächsten Unterrichtsstunde oder praktischen Übung irgendwo anders am Campus unterwegs waren.

Er trat nahe an mich heran, dann beugte er sich hinunter, sodass ich ihn hören konnte. „Was wir in der ersten Nacht getan haben, Gefährtin, das war gar nichts."

Ach du Scheiße. Wenn es noch besser werden würde als beim letzten Mal, würde ich vor Lust sterben.

KAPITEL 8

ngh

Die Kadetten schwärmten über das Gelände unter mir wie eine Insekten-Armee. Ich stand neben einem Trainings-Commander der Akademie und sah dem Treiben von einer Aussichtsplattform aus zu. Auf dem felsigen Gelände unter mir befand sich ein simuliertes Schlachtfeld, das demjenigen verdächtig ähnlich war, auf dem ich auf Latiri 4 gekämpft hatte, bevor wir es an den Hive verloren hatten. Bevor ich alles an den Hive verlor.

Kampfgruppe Karter war zum Rückzug vom Planeten und seinem Zwilling Latiri 7 gezwungen gewesen, als die seltsame neue Waffe des Hive zum Einsatz kam. Mit Commander Phan war es uns gelungen, die Kampfgruppe zu retten, und ich hatte Berichte gelesen, dass meine alten Schiffskollegen in dem Sektor wieder stetig an Boden gewannen. Den Großteil dieser Fortschritte verdankten wir den Fähigkeiten und Talenten von Commander Phan von der Erde, und dem eigenartigen Hive-Implantat in ihrem Schädel.

Wir waren die einzigen beiden gewesen, die sie hören konnten. Den Feind. Und damit war es uns gelungen, deren Angriffsnetz von Sprengkörpern zu entschärfen. Dabei war ihr dieses Implantat vom I.C. selbst eingesetzt worden. Meines stammte direkt vom Hive. So wie auch die Implantate in meinen Armen, meinem Rücken, meinen Muskeln.

Ich war verseucht. Commander Phan war das nicht. Und so kämpfte sie mit der Kampfgruppe weiter, während ich auf die Kolonie geschickt worden war, wo ich zu den Göttern beten und flehen durfte, mir eine Gefährtin zu schenken, irgendeine Art normales Leben.

Aber selbst das war mir verwehrt geblieben, und ich hatte die Hoffnung aufgegeben. Aber jetzt—

„Du musst ihr die Wahrheit sagen. Sag ihr, was mit dir passiert, wenn sie deinen Besitzanspruch nicht akzeptiert." Denzel stand zu meiner Rechten, Schulter an Schulter, und wir sahen zu, wie sich unter uns das Schlachtszenario entfaltete. Irgendwo da unten war meine Gefährtin und führte ihre Kadetten in eine simulierte Schlacht, die nur zu echt wirkte. Es machte mich nervös. Mein Biest war unruhig, auch wenn ich wusste, dass es nicht real war. Ich hatte „real" gesehen und wollte es nicht wiederholen.

„Ihr die Wahrheit sagen? Das werde ich nicht", sagte ich ihm. „Sie hat ihre Wahl getroffen." Ich sah zu, wie sie mit einem kleinen Angriffsteam ein Flanken-Manöver ausführte. Sie waren von ihren Feinden noch nicht entdeckt worden, und schon bald würde es zu spät für sie sein, sie noch abzuwehren. In nur kurzer Zeit würde meine Gefährtin mit ihrem Team auf sie treffen, und das Spiel würde vorüber sein.

Kira bewegte sich wie ein Schatten, trug ihre Waffe, als wäre sie eine Verlängerung ihres Arms. Ich hatte nur Augen für sie. Konnte sie mit Leichtigkeit in einer großen Menge ausmachen, oder in einer Schlachtsimulation. Für andere war sie leicht erkennbar in Ausbilder-Uniform gekleidet, die anderen um sie herum trugen die Uniform der Kadetten. Wenn sie ihre Flinte anlegte, verfehlte sie nicht, egal, wie groß die Entfernung war. Die anderen Ausbilder im Gelände waren gut geschult. Geduldig. Aber sie bewegten sich nicht wie sie, als wäre sie nicht mehr als ein Geist, der durch die Dunkelheit glitt und ihre Feinde zerstörte. Es war offensichtlich, warum sie Ausbilderin war. Es war offensichtlich, dass sie Zeit im Kampf verbracht hatte. Sie hatte Geschichten zu erzählen, die ich nicht kannte, aber ich wollte sie alle erfahren.

Ein unerwarteter Stolz erfüllte mich, während ich sie beobachtete. Sie war ein Anblick für die Götter. Wunderschön und tödlich. Furchtlos. Sie wich einem Ionen-Schuss aus, erwiderte das Feuer blitzschnell und setzte ihren „Feind" außer Gefecht.

Ich wusste, dass die Ionen-Schüsse nur Lichtblitze waren, dass die Gefallenen nicht wirklich tot waren, aber die Bilder und Laute der Schlacht waren real, nicht gefälscht. Auch die Schmerzensschreie waren echt, denn die spezielle Trainingsrüstung simulierte den Stich eines tatsächlichen Ionen-Treffers in die Rüstung, wenn ein Kadett getroffen wurde. Sie mussten auf alles vorbereitet sein. Darauf trainiert zu werden, mit dem Schock eines Ionen-Strahls in einer echten Schlacht umgehen zu können, konnte den Unterschied zwischen Leben und Tod ausmachen.

Oder schlimmer noch. In jemanden wie mich verwandelt zu werden.

Ich hatte diese Simulationen durchgemacht, dieses Training. Ich war auf genau diesem Trainingsgelände gewesen. Es waren heute keine Atlanen darunter, hauptsächlich die kleineren

Rassen, von der Erde, Trion und Everis. Ich wusste, dass die Krieger von Atlan und Prillon für andere Arten von Missionen ausgebildet wurden, das Gelände für andere Szenarien nutzten und zu anderen Zeiten trainierten.

Unter mir war ein Scherenmanöver auf ein feindliches Basislager im Gang, das meine Gefährtin anführte. Die anderen drei Akademie-Commander hatten sie zum Gegner, und deren Teams waren in Bewegung, um die Basis-Flagge zu schützen, die ihren Stützpunkt repräsentierte.

Kira und ihr Team waren auf einer Anhöhe und gingen in eine Flanken-Position, während der Rest ihres Teams einen Frontalangriff vortäuschte. Sie schlugen schnell und hart zu, dann zogen sie sich in eine enge Schlucht zurück und nahmen Scharfschützen-Stellung ein, um ihre Gegner festzunageln und an deren Front weiter zu beschäftigen.

Die Atlanen waren üblicherweise bei einer vollen Bodenoffensive vorne dabei, preschten durch die Mitte und rissen unterwegs Körper in Fetzen. Die Prillonen kombinierten gewöhnlich Boden- und Luftangriffe, da ihre Piloten ein fast schon gespenstisches Gefühl dafür hatten, Ziele am Boden mit wenig bis gar keiner Fehlertoleranz zu treffen.

Aber die Tarnmanöver, die ich hier zu sehen bekam, waren bemerkenswert.

„Verdammt, ist die gut." Denzel sah ebenfalls zu, mit verschränkten Armen. Er pfiff leise, als sie sich hinter den Commander des gegnerischen Teams schlich und mit ihrer Flinte auf ihn zielte. „Den Treffer kann sie nicht landen. Sie ist fünfhundert Meter vom Ziel entfernt."

Der Beobachter der Akademie

schnaubte verächtlich. Er war ein riesiger Prillon-Krieger, jung aber stark. „Captain Dahl schießt nicht daneben. Nicht aus so geringer Distanz. Ich habe sie einen Hive-Späher aus einer Meile Entfernung durchs Herz schießen sehen."

Ich schnaubte, aber sagte nichts. Einen Hive-Späher? Was zum Teufel hatte meine Gefährtin in einem Angriff auf einen Hive-Späher zu suchen? Als der Gegner fiel—von diesem entscheidenden Treffer—und seine Rüstung ihn dazu zwang, reglos am Boden liegenzubleiben, sah ich zu, wie Kira ihrem Team lautlos signalisierte, sich auf die Zielflagge zuzubewegen.

Die Gegner fielen einer nach dem anderen. Sie schlug von hinten zu, schaltete den nächststehenden Gegner aus, bis das gesamte gegnerische Team nach vorne konzentriert war und niemand mehr übrig war, der die Flanke deckte.

Als sie vortrat und ohne Widerstand die Flagge von ihrer Basis hob, wurde mir klar, dass ich keine Ahnung hatte, wozu meine Gefährtin fähig war. Ich wusste wenig bis gar nichts über sie und ihr Leben. Ihre Vergangenheit. Ihre Ausbildung. Ihre Arbeit hier. Ich wollte sie. Brauchte sie. Mein Biest heulte nur nach ihr, und doch gab es noch so viel zu lernen. Sie war der Kern meiner Seele, und doch ein völliges Enigma.

Ich wandte mich an den Prillonen, der grinste, während die Sirene erklang, die einen Sieg verkündete. „Hive-Späher? Ziehen die Ausbilder hier häufig in feindliches Gebiet?" Ich hatte von so etwas noch nie gehört, aber ich musste zugeben, dass ich nicht viel über die Koalitions-Akademie, oder wie sie betrieben wurde, wusste. Ich hatte meine Ausbildung auf Atlan absolviert, in einer anderen Einrichtung, bevor ich zum Commander meiner Einheit gewählt wurde. Die Wahl war eine große Ehre gewesen, und ich hatte stolz gedient. Bis zu dem Tag, als ich vom Hive gefangengenommen worden war.

Der Prillone räusperte sich, dann wandte er sich mit einer hochgezogenen Augenbraue an mich. „Verzeihen Sie, Kampflord, haben Sie mich etwas gefragt?"

Ich verzog das Gesicht. Er hatte mich gehört, das wussten wir beide. „Ich habe gefragt, Prillone, ob es für die Ausbilder hier üblich ist, dass sie auf Angriffsmissionen gegen Hive-Posten gehen? Ziehen sie in den aktiven Kampf?"

Er grinste. „Normalerweise nicht. Nein. Aber Captain Dahl ist nicht gerade normal, oder?"

„Haben alle Ausbilder hier den Rang eines Captain?"

„Nein. Natürlich nicht." Er schüttelte den Kopf, als wäre ich ein Narr, wandte sich von uns ab und machte sich auf den Weg zum Schlachtfeld. Die Sieger und diejenigen, die besiegt worden waren, standen nun Schulter an Schulter auf dem Gelände, während der Prillone berichtete, was er von seinem Aussichtspunkt im Turm hatte sehen können. Stärken. Schwächen. Fehler.

Während der ganzen Zeit stand meine Gefährtin mit der Siegesflagge in einer Hand und ihrer Flinte in der anderen da. Sie hatte sich den Helm abgenommen und hielt ihn sich mit dem Flaggen-Arm an die Hüfte gestützt. Ihr Haar war ein wildes, verschwitztes Durcheinander, und ihre Augen waren intensiv und fokussiert nach der Herausforderung, aber nicht überrascht. Ich sah keine Arroganz oder Erregung. Um sie herum hoben und senkten sich Brustkörbe vor Anstrengung. Kadetten übergaben sich oder zerrten an ihren Uniformen, kämpften mit der Hitze oder mit dem Nachhall der Schmerzen von den Ionen-Schüssen, die sie abbekommen hatten.

Sie wirkte ungerührt. Eine Steinstatue. Ruhig. Berechnend. Unberührt von der Aussicht auf Schmerz oder gar Tod.

Ich kannte diesen Blick. Ich hatte ihn im Spiegel gesehen.

Es war der Blick eines erfahrenen Kriegers, nicht eines Lehrers an der Akademie. Nicht der einer Frau, die in einem Vortragssaal arbeitete. Sie hatte ihren Trupp durch die Übung geführt, aber für sie war es keine gewesen. Sie hatte das hier schon mal gemacht, und die Ionen-Schüsse waren dabei echt gewesen.

Sie sagte, sie konnte nicht mir gehören, dass sie eine Aufgabe zu erledigen hatte.

Warum dachte ich nun, dass meine

Gefährtin Geheimnisse vor mir hatte? Selbst nach einer so intimen Nacht, in der unsere dunkelsten Begierden, unsere Körper völlig offengelegt waren, wusste ich nicht, was in ihrem Kopf vor sich ging.

Ich würde eine Nacht Zeit haben, um alles zu erfahren. Und ich wollte *alles* wissen. Jedes Geheimnis. Jede Stelle, an der sie gerne berührt wurde. Jeden Laut und Geruch und Geschmack von ihr auf meiner Zunge. Ich wollte mehr über ihr Leben wissen, ihre Vergangenheit, ihre Träume für die Zukunft. Ich wollte eine ganze Lebensspanne in nur einer Nacht. Aber ich würde nehmen, was ich bekam, die gestohlenen Augenblicke voll Glückseligkeit, und dann würde ich sie ziehen lassen. Das musste ich. Ich hatte keine Wahl.

Denzel verkrampfte sich neben mir, als die Frau namens Monika ebenfalls ihren Helm abnahm. Sie wimmerte, hielt sich die Seite, als hätte sie einen Treffer in die Rippen kassiert.

„Geh nur. Kümmere dich um deine Frau", befahl ich.

„Sie gehört nicht mir."

Jetzt war ich an der Reihe, die Arme zu verschränken und einen anderen Krieger anzublicken, als wäre er bescheuert. „Dann stört es dich also nicht, wenn dieser Trion-Mann neben ihr sie zur Krankenstation begleitet, wie er es ihr gerade anbietet?"

Denzels Kopf schnellte herum, um sich die Konkurrenz anzusehen. „Oh nein, mein Freund."

Er rannte los, und ich lachte. Zumindest ein Gutes hatte dieser Ausflug gehabt. Nein, zwei gute Dinge. Es schien, als hätte Denzel seine Gefährtin gefunden. Und ich würde noch eine weitere Nacht im Himmel mit meiner verbringen dürfen.

„Wir treffen uns morgen Mittag in der Transportstation", rief ich ihm nach.

Denzel winkte zum Einverständnis und rannte weiter auf das simulierte Kampfgelände zu, schob Leute zur Seite, bis er direkt vor seinem weiblichen Wesen stand. Sie blickte zu ihm hoch, weit nach oben, und was immer er sagte, brachte sie zum Lächeln, und sie legte ihre Hand in seine. Er hatte ein verdammt gutes Händchen für Frauen.

Es schien, als würde Denzel heute Nacht ein glücklicher Mann sein, und ich hatte ebenfalls alle Absicht dazu. Kiras warme, nasse Pussy wartete. Ihr Körper. Ihr Lachen. Ihr Bett. *Alles.*

KAPITEL 9

Kira, Privatquartier

Ich schloss die Augen, während die Trockendüse mir heiße Luft über den ganzen Körper blies. Es war, als stünde ich direkt vor einem Händetrockner auf einer öffentlichen Toilette auf der Erde. Es war eines der Dinge, an die ich mich nie gewöhnt hatte—in einen Mini-Orkan gesteckt zu werden, anstatt ein

Handtuch zu benutzen. Heute störte es mich nicht, weil ich es eilig hatte.

Angh war in seinem Quartier.

Und wartete.

Mein Herz setzte einen Schlag aus, und als die Maschine ausging, holte ich tief Luft und atmete aus. Ich war nervös wie ein fünfzehnjähriges Mädchen mit ihrem ersten Schwarm. Aber mein Körper verhielt sich nicht wie der eines Teenagers. Nein, meine Reaktionen waren die einer erwachsenen Frau. Meine Pussy tat immer noch weh von unserer letzten gemeinsamen Zeit, meine Nippel wurden hart bei der Erinnerung an sie in seinem Mund, an sein saugendes Zerren, an das köstlichen Gefühl seiner Zähne, wenn sie darüber glitten. Mein Rücken hatte blaue Flecken an der Wirbelsäule entlang, und die stammten davon, an die Wand gedrückt zu werden und unsanft gefickt mit einer Verzweiflung, die wir beide teilten. Das Schaben der Bartstoppeln an meinen Innenschenkeln. Die gnadenlosen Künste seiner Zunge.

Ich bebte, und es fühlte sich an, als wäre meine Körpertemperatur gerade zehn Grad nach oben geschnellt.

Mein Körper erinnerte sich an alles, wollte ihn noch einmal. Mein Kopf wollte ihn auch, wusste aber, dass es keine gute Idee war. Schlechte Ideen fühlten sich manchmal richtig, richtig gut an, und das hier war so ein Fall.

Eine Nacht.

Er wollte nur noch eine Nacht. Und ich auch. Das konnte ich ihm nicht verwehren, oder mir selbst.

Ich öffnete die Badezimmertür, trat hinaus und sah Angh im Eingang an der Wand lehnen. Nackt. Ausgesprochen nackt und ganz ausgesprochen erregt. Warum sah er heute nur *noch größer* aus? Ich konnte nicht glauben, dass dieses Biest von einem Schwanz in mir Platz gehabt hatte. Es war eines Pornostars würdig. Kein Wunder, dass meine Pussy wehtat. Kein Wunder, dass mein Körper *Ja!* schrie. Und *Mehr!*

Ich erstarrte, überrascht, und dann augenblicklich erregt. „Ich...ich wusste nicht, dass du hier bist."

Sein Mundwinkel zuckte nach oben, während sein Blick über meinen Körper wanderte, von den Zehenspitzen bis hin zu meiner Stirn, mit kurzen Boxenstopps an meinen Brüsten und meiner Pussy. „Die Gästequartiere sind adäquat, aber ich brauchte eigentlich nur die Badekabine. Dein Bett ist es, in dem ich heute Nacht sein möchte. Auch wenn ich nicht beabsichtige, zu schlafen."

Ich leckte meine Lippen. Schlaf? Wer braucht schon Schlaf? Ihn wiederzusehen, jeden nackten, glorreichen

Zentimeter von ihm, ließ mich sofort heiß werden, und ich wusste, dass ich unersättlich sein würde, sobald ich ihn in die Hände—und in den Mund—bekam.

Wir standen nur da und starrten einander an. Ich ließ seine Größe auf mich wirken, er war gut einen Kopf größer als ich. Sein Haar war dunkel und ein wenig verworren, und auch ein wenig feucht, als hätte er die Trockendüse ausgelassen in seiner Eile, zu mir zu gelangen. Seine Augen waren dunkel und geheimnisvoll wie immer, aber das Feuer in ihnen, die Not, war glühend heiß. Ein Bartschatten überzog sein kantiges Kinn, und ich wollte ihn wieder über meine Haut kratzen spüren. Seine vollen Lippen standen etwas offen, als würde er schwer atmen. Und das tat er auch, denn ich konnte sehen, wie seine breite Brust sich hob und senkte. Ein Hauch dunkler Haare überzog seine Brust, besonders zwischen seinen flachen, dunklen Nippeln, und lief auf seinen Nabel hin spitz zu. Darunter verliefen sie in gerader Linie zu einem kleinen Büschel Locken am Ansatz seines Schwanzes.

Aber ich hatte so vieles übersehen, dass ich wieder bei seinen Schultern anfangen musste, unter denen die Muskeln spielten und zuckten. Seine muskulösen Unterarme spannten sich an und entspannten sich wieder, jedes Mal, wenn er die Fäuste ballte und öffnete. Sein Waschbrettbauch, seine schlanke Taille, seine schmalen Hüften. Und dann war da sein Schwanz, dick und lang, mit einer breiten Spitze geschmückt. Die Haut darauf war glatt und straff, und eine pulsierende Ader verlief am Schaft entlang. Weiter unten waren kräftige Beine, seine Oberschenkel so breit wie meine Taille. Er war gebaut wie ein Panzer, ein äußerst attraktiver Panzer, bei dem einem das Wasser im Mund zusammenlief.

Aber es gab eine Sache—nein, zwei Sachen—die ich übersprungen hatte, zwei Stellen, die zu sehr schmerzten, um darauf zu verweilen. Die Schellen an seinen Handgelenken. Breit und silbrig, mit eleganten Linien verziert. *Die Symbole seiner Familie.* Für ihn bedeuteten die Schellen, dass er in Besitz genommen war. Dass er mir gehörte. Unter all den Frauen in der Galaxis hatte er mich gewählt.

Diese Tatsache war zugleich eine Ehre und ein Schreck, denn es stand mir nicht frei, meinem Herz zu folgen. Ich hatte einen Vertrag mit dem I.C. geschlossen, und niemand ging so einfach davon. Nicht, bevor seine Zeit nicht abgedient war. Und nicht, wenn es noch so viel zu tun gab.

Ich konnte Angh haben, aber wie viele Leute würden sterben, weil ich selbstsüchtig war? Weil ich nicht stark genug war, meinem Herzen das Einzige zu verweigern, das es je wirklich gewollt hatte?

Ihn. Mein Biest. Er gehörte mir. Die Wahrheit lag da, in seinen Augen, in der Art, wie er mich ansah, als wäre ich die einzige Frau, die existierte. Ich wusste es, tief in meiner Seele wusste ich, dass er für mich kämpfen würde. Für mich töten. Für mich sterben.

Ich hatte es nur zu dem Zeitpunkt, als er mir die Schellen auf die Brust gelegt hatte, noch nicht verstanden. Ich war zu sehr in den Bedürfnissen meines Körpers versunken gewesen, stumpfsinnig vor Verlangen. Um mit ihm zusammen zu sein, würde ich ja nicht gerade einen Schreibtischjob als Ausbilderin für Planetarische Geschichte oder Interplanetarische Biologie hinter mir lassen. Das waren in der Schule meine schwächsten Unterrichtsfächer gewesen.

Jetzt erkannte ich, wie viel ein wenig mehr Büffeln während meiner Schulzeit wert gewesen wäre. Ich hätte Anghs Absichten sofort verstanden, die Tiefe seines Verlangens nach mir. Das Geschenk, dass er mir machte, als wir zusammen waren und er diese Schellen auf meine Brust gelegt hatte.

Einen Gefährten. Ein Leben voll absoluter Hingabe und Schutz von einem der stärksten, ehrenhaftesten Männer, die mir je begegnet waren.

Er hatte mir die zu ihm gehörigen Schellen angeboten, und ich hatte das kühle Gewicht des Metalls gespürt, als er sie mir auf die erhitzte Haut gelegt hatte. Aber nicht das Gewicht ihrer Bedeutung. Ich hatte sie abgewiesen. Hatte keinen Schmuck von ihm annehmen wollen. Konnte sie angesichts meiner beruflichen

Position nicht tragen. Aber es war ja nicht nur Schmuck. Die Schellen waren ebenso mächtig wie das Mal eines Everianers. Es war eine Besitznahme. Eine Verbindung. Ein Angebot von Ewigkeit.

Bei dem Gedanken daran, was er wollte, musste ich wegblicken. Ich wollte ihn. Das tat ich wirklich. Mein Körper schrie mich an, die Distanz zwischen uns zurückzulegen und meine Hände an ihn zu legen. Auf ihn zu klettern wie ein Affe. Ihn zu küssen, lecken, mich über seinem großen Schwanz herabsenken. Aber ich konnte ihn nicht behalten. Nicht für mehr als eine Nacht.

Ich hatte mein Leben dem Kampf gewidmet. Mich zu einem Leben im Dienst der Koalitionsflotte verpflichtet, des Krieges, des Schutzes von hunderten Planeten und Milliarden von unschuldigen Leben. So wie Angh es getan hatte, als er sich seinen atlanischen Mitstreitern angeschlossen hatte, um den

Hive zu bekämpfen. Ich war menschlich, und ich hatte keinen der *Auswegsklauseln*, die die anderen Spezies hatten. Ich hatte keines der Probleme jener anderen Rassen. Everianer hatten eine Klausel dafür, wenn ihr Mal erwachte. Atlanische Kampflords würden in Kerker gesteckt, wenn sie in das Paarungsfieber verfielen. Prillonen konnten von ihren Gefährten entfernt sein, aber ihre Kragen verbanden sie telepathisch, was ziemlich cool war. Und zugleich irgendwie unheimlich. Und die Prillonen lebten und starben auf ihren Schlachtschiffen. Zogen dort ihre Familien groß. Ihre Frauen nahmen zwei Gefährten, falls einer von ihnen im Kampf umkam.

Das hatte ich über die anderen Rassen und ihre Bräuche gelernt. Ich war ein Commander für Kampfeinsätze. Ich leitete kleine Angriffstrupps, die aus Menschen, Trion- und Viken-

Kriegern bestanden. Wir waren nicht groß genug für einen Infanterie-Kampf, um uns dem Hive am Boden von Angesicht zu Angesicht zu stellen. Das überließen wir den größeren Rassen, den Prillon- und Atlan-Kriegern, und ein paar anderen, die stark genug waren, einen Hive vom Boden hochzuheben und seinen Körper buchstäblich in Stücke zu reißen.

Das hatte ich gesehen. *Das* war etwas, das ich über den Atlan-Krieger wusste, der mich nun anstarrte, als wäre ich die begehrenswerteste Kreatur, die er je gesehen hatte.

Ich wollte ihn. Wenn ich ganz ehrlich mit mir war, dann war ich schon mitten drin, mich in ihn zu verlieben. Und doch steckte ich in meinem Vertrag fest. Ich hatte keinen besonderen Kragen, kein uraltes Mal, das zum Leben erwachen und mir eine Freikarte nach draußen verschaffen würde. Ich konnte einen Krieger wie Angh kennenlernen und mich in ihn verlieben, aber es konnte niemals mehr werden als ein schnelles, wildes Abenteuer.

Was zum Teufel machte ich denn? Ich stand da und starrte einen nackten atlanischen Kampflord an, der mich ganz offensichtlich begehrte, und dachte darüber nach, was ich *nicht* haben konnte, während er mir so offensichtlich genau das anbot, was ich wollte. Ihn. Nackt. Hier und jetzt.

„Ich bin nicht müde, Kampflord", sagte ich endlich, um ihm zuzustimmen, dass wir heute Nacht nicht viel Schlaf bekommen würden. Wenn ich eine Nacht mit ihm hatte, wenn es das war, was er wollte, dann würde ich keine Sekunde davon mit Schlafen verschwenden. Ich ging zu ihm, und er traf mich auf halbem Weg.

Er hob die Hand, wischte mir das Haar aus dem Gesicht, aber berührte mich nicht. Nur sein Schwanz stieß gegen meinen Bauch. Für jemand so großen war seine Berührung sanft. Ich fühlte mich so klein, winzig, neben ihm. Meine Augen waren auf Höhe seiner Brust, und ich konnte mich nicht länger zurückhalten. Ich hob die Hand, legte sie ihm auf den Bauch, sah zu, wie die Muskeln spielten, hörte, wie er heftig einatmete. Es war wie ein Stromschlag, ihn wieder zu berühren. Verlangen fuhr wie Strom durch mich hindurch, schnell wie ein Blitz, direkt in meine Pussy. Ich zog voller Vorfreude meine inneren Muskeln zusammen. Ich konnte spüren, wie meine Nippel hart wurden, schmerzten. Und das nach nur einer leichten Berührung.

Meine Hand glitt von links nach rechts, und meine Augen folgten, schauten ihn an, glitten über seinen ganzen Körper. Eine Narbe hier, ein angespannter Muskel da. Ich bewunderte seinen Körperbau, seine Vollkommenheit. Ich beachtete die Cyborg-Teile in seinem Bizeps nicht weiter, das sanfte Schimmern von Metall in den Muskelsträngen seines Nackens und seiner Schulter. Er war umwerfend, und all das war nun einfach ein Teil von ihm, so wie auch alle anderen Narben.

Er machte keine Anstalten, mich zu berühren, aber seine Fäuste öffneten und ballten sich, als würde das seine gesamte Selbstbeherrschung brauchen. Ich legte den Kopf in den Nacken und blickte zu ihm hoch. Weit hoch. Seine dunklen Augen trafen auf meine, und ich konnte sein Herz in ihnen sehen. Er verbarg nichts vor mir. Er war roh und wund. Nicht nur das brennende Verlangen, sondern seine Not, seine verzweifelte und absolute Hingabe.

In seine Augen zu blicken, war das stärkste Aphrodisiakum. Ich wusste, dass ich bei ihm in Sicherheit war. Immer. Da lag Liebe in diesen dunklen Tiefen, in der Art, wie er zitterte, sich zurückhielt, während ich ihn berührte. Er ließ mir meinen Willen, vorerst, und ich erkannte an den Schauern, die ihm über den Körper liefen, wie viel ihn diese Selbstkontrolle kostete. Und doch tat er es, für mich.

„Du bist so verdammt schön." Dieses Geständnis floss aus mir heraus, während ich die Finger an beiden Händen spreizte, so weit ich konnte, um so viel wie möglich von seiner Haut zu berühren. Ich öffnete die Lippen, und seine Augen blickten aus meinen Mund. Und das war es, ein leises Reißen der Spannung zwischen uns. Die Spannung löste sich auf, und das tat auch seine Selbstbeherrschung. Seine Hände wanderten an meine Schultern, er senkte seinen Kopf und küsste mich. Verschlang mich.

Ich versank, ertrank, wirbelte,

schwindlig. Seine Zunge fand meine, packte sie, saugte, leckte. Sein Mund nahm mich in Besitz. Hitze schoss durch mich, mein Kopf wurde leer. Ich gab mich dem Kuss hin. Und ihm. *Uns.*

Seine mit Schwielen überzogenen Handflächen glitten an meinen Armen hinunter, dann wieder hoch. Meine Nervenenden erwachten von dieser einfachen Berührung zum Leben. Gänsehaut zog sich über meinen Körper, aber mir war nicht kalt. Ich verglühte innerlich.

Aber als seine Hand meinen Arm dort berührte, wo ich verletzt worden war, zuckte ich zusammen. Stöhnte in seinen Kuss hinein. Ich war an den Schmerz gewöhnt, lebte damit, aber ich hatte vergessen, mich darauf einzustellen. Hatte alles vergessen, und dabei war es nur ein Kuss gewesen.

Angh zog sich zurück, blickte auf mich hinunter. Sein Atem war unregelmäßig, seine Lippen rot und feucht vom Kuss. Seine Augen waren wie schwarzes Feuer, aber voller Sorge. Er nahm seine Hände von mir, als hätte ich ihn verbrannt. Vielleicht hatte ich das auch, denn ich fühlte mich, als stünde ich in Flammen.

„Ich habe dir wehgetan", sagte er.

Ich schüttelte den Kopf. „Ich war vorher schon verletzt."

Er schloss die Augen und fluchte. „Das ist inakzeptabel."

„Es geht mir gut. Kehren wir zum Küssen zurück."

Er kniff die Augen zusammen. „Ich werde dich *nicht* anfassen, wenn du verletzt bist", wiederholte er, aber diesmal waren seine Worte dunkler, tiefer, als wäre es das Biest, das sprach. „Ist es dein Arm?"

Ich streckte den Ellbogen raus. „Es ist mein Ellbogen. Ich habe ihn mir gestern gestoßen." Mehr sagte ich nicht.

Das brauchte ich gar nicht. Ich bezweifelte, dass es ihm zu diesem Zeitpunkt wichtig war, *wie* ich verletzt worden war, sondern wie er es wieder gut machen konnte.

„Brauchst du eine ReGen-Kapsel? Wir gehen sofort ins Med-Zentrum."

„Nein. Auf gar keinen Fall. Es kann mit einem Stab geheilt werden."

Er hob den Kopf und blickte sich im Badezimmer um. „Hast du einen Stab?"

„Im anderen Zimmer."

Er trat zurück, ließ mich vorgehen, um ihn zu holen. Es fühlte sich seltsam an, nackt in meinem Quartier herumzuspazieren, während er hier war, wir uns aber nicht aktiv küssten oder Sex hatten. Aber er hatte mich weggestoßen, als hätte ich einen Kübel Eiswasser über ihn geschüttet, und weigerte sich, mich anzufassen. Wenn ich Sexytime haben wollte, musste ich erst meinen Arm richten.

Ich ging an die Wandkonsole, holte den ReGen-Stab heraus und schaltete ihn an. Ich schwenkte ihn über meinen Arm, und das blaue Licht linderte den Schmerz rasch. Es wäre *tatsächlich* eine ReGen-Kapsel notwendig, aber das brauchte Angh nicht zu wissen. Nicht in diesem Moment. Es war nichts gebrochen, und mit Hilfe des Stabes würde es schlussendlich heilen. Aber ich würde diese Nacht mit Angh nicht damit verschwenden, bewusstlos in einer Kapsel zu liegen. Auf keinen Fall. Ein Stab würde ihn zufriedenstellen und mir schneller das bescheren, was ich wollte. Ihn. In mir. Am liebsten jetzt sofort.

Nachdem er gesehen hatte, wo meine Verletzung war, nahm er mir den Stab ab und schwenkte ihn selbst. „Warum hast du dich nicht früher darum gekümmert? Es gefällt mir nicht, dass du nicht besser auf dich selbst aufpasst."

Scheiße. Ich würde mir entweder eine größere Lüge einfallen lassen müssen, oder ihm die Wahrheit sagen.

„Kannst du es nicht gut sein lassen? Es geht mir gut. Alles wird in Ordnung sein." Scheiße. Jetzt wurde ich rot. Ich konnte die Hitze auf meinen Wangen spüren. Ich wusste, dass auch meine Brust rosa werden würde. Vielleicht würde es ihm nicht auffallen.

Ich legte den Stab weg und sah ihn an. Seine Arme waren verschränkt, seine Augenbraue hochgezogen. Verdammt. Er wusste, dass ich der Frage auswich.

„Kira, es gibt keine Orgasmen für dich, bis du mir die Wahrheit sagst."

Beinhart. Oh Mann. „In Ordnung. Ich—", stammelte ich. Es gab keine andere Erklärung dafür. Aber die Wahrheit zuzugeben, würde bitter werden.

„Wenn ich wegen meines Ellbogens ins Med-Zentrum gegangen wäre, hätten sie mich in eine ReGen-Kapsel gesteckt. Und das hätte mich geheilt."

„Ganz genau." Er guckte verwirrt drein.

„Überall, Angh. *Überall.*" So. Nun hatte ich es gestanden. Vage, aber ich hatte die Wahrheit gesagt.

„Du bist an anderen Stellen verletzt?", fragte er, die Augen voller Sorge.

„Nicht so verletzt, wie du denkst. Aber es gibt Stellen, die ein wenig wund sind."

Seine Augenbrauen schwangen sich nach oben, aber er blieb still. Wartete. Begriffsstutzig. Warum, oh warum musste eine Frau immer *jedes einzelne Detail penibelst erklären?* „Ich bin wund von dir. Von uns. Von unserer ersten Nacht. Ich wollte nicht, dass das...weggeht." Ich senkte mein Kinn, blickte auf seinen immer noch harten Schwanz und streckte die Hand nach der dicken Spitze aus. Er war überhaupt nicht schlaffer geworden, trotz all dieses Geredes. „Von deinem Schwanz. Meine Pussy ist nicht gewohnt an...nun, dich."

Da grinste er. Verwegen. Und er hatte ein Grübchen. Wie hatte ich ein Grübchen übersehen? Gott, ich wurde schwach. Wenn ich nicht bereits nackt wäre, würde ich ihm beim Anblick dieses Grübchens die Unterwäsche entgegenwerfen.

„Du wolltest dich an unsere Nacht erinnern, und was ich mit dir angestellt habe?"

„Ja."

Er knurrte, und das Knurren kam höchstwahrscheinlich von seinem Biest, das mich darüber informieren wollte, wie sehr ihm meine Worte gefielen.

Er ignorierte die Hand, die ich um seinen Schwanz gelegt hatte, und nahm mich am Ellbogen. Seine riesigen

Hände hielten das Gelenk, als wäre ich zerbrechlich wie ein Kolibri. „Bist du jetzt geheilt?", fragte er.

Ich bewegte den Arm, um zu prüfen, ob der Stab seine Arbeit getan hatte. Das hatte er, und zwar rasch. Vielleicht war ich nicht so stark verletzt gewesen, wie ich dachte, und hätte von Anfang an nicht mehr als einen Stab gebraucht. Oder vielleicht war ich so high von der Lust nach meinem Biest, dass meinem Körper alles andere ziemlich egal war.

„Ja. Und ich will dich." Der Raum war nun nur noch von unserem Atem erfüllt. Die Sorge war aus seinen Augen verschwunden. Das Verlangen war wieder zurück.

„Gut so."

Er hob mich hoch, trug mich zum Bett und legte mich auf den Rücken. Er folgte mir, seine Hand neben meinem Kopf abgestützt. Ein Schenkel glitt zwischen meine, öffnete mich, und dann legte er sich so hin, dass er zwischen meinen Schenkeln zu ruhen kam. Ich spürte seinen Schwanz auf meinem Bauch, heiß und dick.

Eine Hand schob sich unter meine Kniekehle, hob sie hoch, spreizte mich weit.

„Bist du feucht wegen mir?"

„Ja", hauchte ich. Das kühle Bettzeug an meinem Rücken stand im starken Kontrast zu seiner Hitze über mir.

Er blickte mich an, betrachtete mich eingehend.

„Das werde ich selbst nachprüfen." Er küsste mich am Hals, dann wanderte er weiter meinen Körper hinunter, hielt an meinen Brüsten an, um mit meinen Nippeln zu spielen und sie zu lecken, bevor er weiter nach unten glitt. „Ich werde nicht zulassen, dass mein Schwanz dich verletzt. Unser wildes Ficken hat dir zuvor schon wehgetan, und dabei warst du tropfnass nach mir. Ich werde dir nicht wehtun, wenn auch nur die Chance besteht, dass du noch nicht bereit bist."

„Ich bin bereit", keuchte ich.

„Das werde ich selbst entscheiden", sagte er, und sein Atem hauchte über meine Pussy.

Ich streckte den Rücken durch, wollte seinen Mund. Besonders, da ich wusste, was er damit anstellen konnte. Da er mit einer Hand mein Bein zur Seite hielt, war ich offen für ihn. Mit seiner anderen Hand umkreiste er meinen Eingang mit einer Fingerspitze. „So feucht."

„Sagte ich doch."

„Ja, du bist feucht. Aber bereit? Nein."

Sein Finger tauchte in mich, nur ein klein wenig, und ich bäumte mich auf. Seine Hände waren tellergroß, seine Finger zwar kleiner als ein Schwanz, aber immer noch recht groß. Er spielte mit mir, und ich zuckte um ihn herum, bemühte mich, ihn tiefer in mich zu ziehen. Aber das Biest ließ sich nicht bewegen. Stattdessen bewegte er sich mit genüsslichen kleinen Kreisen direkt an meinem Eingang, während seine Zunge sich auf die gleiche gemächliche Art über meinen Kitzler hermachte.

„Angh!", schrie ich, und meine Hände fuhren in sein Haar.

Ich war vorgewärmt. Ich war praktisch von dem Moment an für einen Orgasmus vorgewärmt gewesen, als ich ihn in der Kampfarena gesehen hatte. Nichts hatte sich seither verändert. Ich war in jener einen Nacht von seiner Kunstfertigkeit so oft gekommen, dass ich völlig befriedigt sein sollte. Aber nein, es hatte mich nur begierig nach mehr gemacht. Also war kein Vorspiel notwendig, um mich auf Hochtouren zu bringen. Stattdessen streckte ich den Rücken durch und schrie meine Lust hinaus, hatte meinen ersten Orgasmus dieser Nacht, rein von diesen schlichtesten—wenn auch intimen—Berührungen.

„Gott, oh. Mein. Gott." Ich riss ihm praktisch die Haare aus, als ich kam. Er wurde nicht schneller, ließ nicht nach in der neckenden Bewegung seiner Finger, dem Schnellen seiner Zunge.

„Angh!", schrie ich der Decke entgegen, aber er hörte nicht auf.

Ich kam noch einmal, verlor meinen Körper an ihn. Ich war ihm ausgeliefert, der Hitze, dem Verlangen, dem Glück.

Endlich, nach Minuten, Stunden, Tagen, hob er seinen Kopf und zog seinen Finger aus mir hervor.

„Du bist nass. Du bist bereit", sagte er und wischte sich mit dem Handrücken über seinen glitzernden Mund.

Ich konnte nicht sprechen, konnte dem dämlichen Biest nicht sagen, dass ich die ganze Zeit schon bereit gewesen war, aber er war ein Alpha-Atlane, gänzlich dominant und gut mit seinem Mund. Verdammt.

Aber nun ließ er mich nicht länger warten, hob sich nur wieder über mich und drückte mein Knie hoch und nach hinten, damit er seine Hüften an meine lehnen konnte, seinen Schwanz an meinen Eingang.

„Jetzt", hauchte ich.

Er glitt tief in mich, dehnte mich weit. Meine Innenwände zuckten und dehnten sich, um ihn ganz aufzunehmen. Da seine Finger nicht tief eingedrungen waren, stöhnte ich erfreut darüber, endlich etwas in mir zu haben. Und dieses Etwas fühlte sich an wie weichster Samt über Stahl. Riesig, lang, dick, heiß.

Er füllte mich und füllte mich, und dann füllte er mich noch ein wenig mehr. Erst, als seine Hüften gegen meine pressten, wusste ich, dass ich ihn zur Gänze aufgenommen hatte.

Ich blinzelte, öffnete meine Augen und sah, wie Angh mich anhimmelte. Seine Augen waren beinahe schwarz, sein Kinn angespannt. Schweiß benetzte seine Stirn, und er hielt sich zurück. Keuchte. Angestrengt.

„Angh, bitte", bettelte ich.

„Ich werde dir nicht wehtun."

Ich schüttelte den Kopf, und mein Haar glitt über die Laken. „Das wirst du nicht. Fick mich. Fick mich heftig, so wie du es willst. Wie wir beide es brauchen."

Er zog sich heraus, stieß tief zu. Hart. Noch einmal.

„Ja!", schrie ich, um ihm zu versichern, dass ich es wollte. Es brauchte, ebenso sehr wie er.

Seine Hand zog sich fester um mein Bein, mit eisernem Griff, während er mich hemmungslos fickte. Hart und tief stießen seine Hüften, und sein Schwanz glitt und rieb über jede lustvolle Stelle in meinem Inneren. Seine Schwanzspitze stieß gegen das Ende meines Korridors. Er rieb an meinem Kitzler, und da der so empfindlich war, so vorgewärmt für weitere Orgasmen, brauchte ich mich gar nicht selbst zu berühren, brauchte es auch von ihm nicht. Ich kam, während er mich nahm, spürte ihn so tief in mir, so tief, dass es mich entfachte. Ich schrie und krallte mich in die Haut auf seinem Rücken. Gab mich ihm völlig hin. Vielleicht hatte ich selbst ein kleines Biest in mir.

Angh stieß ein letztes Mal tief zu, dann spannten sich seine Muskeln an, während er ganz still hielt. Er stöhnte, dann knurrte er, kam und entleerte sich in mir. Alles, was er hatte. Ich konnte den heißen Strom seines Samens spüren, der mich benetzte, mich füllte, bis ich überlief.

Wir waren heiß und verschwitzt, klebrig und dreckig. Es war perfekt.

Angh nahm sich keine Zeit, Atem zu schöpfen, sondern lehnte sich zur Seite, bis wir herum rollten. Nun lag er auf dem Rücken, und ich saß auf ihm, seinen Schwanz immer noch tief in mir. Immer noch hart, als wäre er nicht gerade erst gekommen. Seine Hände wanderten an meine Hüften, und er hob mich hoch und senkte mich wieder hinunter.

Ich riss die Augen auf bei diesen neuen Empfindungen. Ich war so nass von ihm, dass das Gleiten leicht fiel. Sein Samen benetzte uns, machte mich schlüpfrig, und ich zappelte auf ihm.

„Nochmal", sagte er und blickte zu mir hoch. Seine Hände wanderten an meine Brüste, umfassten sie, spielten mit ihnen. „Fick mich, Gefährtin. Benutze meinen Schwanz zu deinem Vergnügen. Mein Biest und ich wollen zusehen."

Ich konnte es ihm nicht verwehren. Warum auch? Ich hatte einen Biest-Schwanz tief in meiner Pussy, bereits drei Orgasmen auf meiner Punkteliste, und er wollte, dass ich noch mehr hatte.

Ich fing an, mich zu bewegen, mich an ihm zu vergnügen. Ich konnte nicht genug bekommen.

Aber eine Nacht würde ausreichen müssen. Das musste so sein. Also setzte ich meine Hände auf seine breite Brust und fickte ihn. Gab mich völlig hin. Gab mich ihm völlig hin. Gab ihm und seinem Biest genau das, was sie wollten.

Als wir beide schließlich völlig erschöpft waren, döste ich ein, auf seiner Brust liegend, sein Schwanz immer noch in mir. Keiner von uns schien auch nur einen Augenblick der Trennung zu wollen. Er zog die Decken über uns, und ich driftete weg, liebte ihn, lauschte seinem Herzschlag, während er über meinen Körper streichelte, als könnte er nicht damit aufhören, mich zu berühren. Gott, ich war so verliebt in ihn, dass es wehtat.

Es war verrückt. *Ich* war verrückt. Auf der Erde gab es Dates. Abendessen, Kino. Spaziergänge im Park. Eine Kennenlern-Phase. Regeln darüber, nicht gleich beim ersten Date mit einem Kerl zu schlafen. Es gab sogar mehrere Varianten eines Beziehungs-Status. Miteinander gehen, Fickfreundschaft, einander treu sein, „Friends with Benefits", Sex ohne Verpflichtungen; das alles gab einem Paar einen gewissen *Stellenwert*. Aber mit Angh war es plötzlich und knallhart gewesen. Nur ein Blick quer durch die Arena, und das war's gewesen. Ich hatte ihn gewollt. Er hatte mich gewollt. Fertig.

Er hatte sofort gewusst, dass ich seine Gefährtin war. Vielleicht hatte ich das auch gewusst, aber ich hatte mir erfolgreich das Gegenteil eingeredet, mich ausgetrickst.

Ich konnte die Tränen nicht zurückhalten. Sie brannten in meinen Augen, und egal, wie sehr ich blinzelte, ich konnte die überquellenden Schmerzen nicht aufhalten, die aus mir herausflossen. Qualen, die über seine Brust tropften, eine salzige Träne nach der anderen. Es sollte doch nicht so wehtun. Ein Abenteuer sollte doch einfach sein. Eine schnelle, harte Nummer, um ein wenig Dampf abzulassen und dann weiterzuziehen.

Seine Hände bedeckten meinen Rücken, streichelten mich sanft. „Habe ich dir wehgetan, Kira?" Seine Stimme war ein leises Grollen, und ich lachte, auch wenn es eher schmerzhaft klang als amüsiert.

„Nein, Angh. Du bist perfekt. Ich will nur nicht, dass diese Nacht endet."

Sein Atem stockte, und sein Herz schlug unter meinem Ohr plötzlich lauter. Er setzte sich auf. Mit einem Ächzen schlüpfte er mit seinem Schwanz aus meiner geschwollenen Mitte und drehte uns herum, bis ich auf seinem Schoß saß. Seine riesigen Schultern blockierten die Hälfte der Wandpaneele über meinem Bett, und ich starrte, wollte mir das Bild ins Gedächtnis prägen, damit ich es später hervorholen und darin schwelgen konnte.

Mich daran erinnern, dass er echt war und kein Traum. Wollte mich an den Ausdruck in seinen Augen erinnern, als er mich anstarrte, als wäre ich das Wertvollste im Universum. Wie seine Bartstoppeln rasch nachwuchsen. Wie warm und solide er sich unter mir anfühlte. Wie sanft seine Hände waren, verglichen damit, wie skrupellos er auf dem Schlachtfeld war.

Und plötzlich schien eine weitere Nacht mit ihm nicht der größte verdammte Fehler zu sein, den ich im Leben je machen könnte. Wie sollte ich ihn verlassen können? Ich liebte ihn. Es war die Wahrheit. Er war alles, was ich in einem Gefährten immer gesucht hatte. Stark. Ehrenvoll. Fürsorglich. Dominant. Sex-besessen und absolut loyal. *Das* hinter mir zu lassen, würde sich anfühlen, als würde ich mir das noch schlagende Herz aus der Brust reißen und mit Springerstiefeln darauf trampeln.

Er lehnte sich leicht zur Seite, und so sah ich den zweiten Satz Schellen, das kleinere Paar, *mein* Paar, unter dem Stapel seiner Kleider hervorlugen, den er auf dem kleinen Tisch neben dem Bett errichtet hatte. Er holte sie hervor und legte sie mir in den Schoß.

Zitternd legte ich die Finger um das kühle Metall. Ich hatte noch nie etwas so sehr gewollt, wie ins Büro der Vizeadmiralin zu spazieren, ihr die Schellen an meinen Handgelenken unter die Nase zu halten und ihr zu erklären, dass sie sich ihre nächste Mission sonstwohin schieben konnte.

Aber das würde bedeuten, dass Unschuldige sterben könnten. Wer und wie viele? Ich hatte keine Ahnung. Aber Commander Phan und ich hatten Fortschritte gemacht. Bei unserer letzten Ausfahrt, um die Minen unschädlich zu machen, hatte ich ein Surren gehört. Es war mehr, als ich zuvor gehört hatte. Und es waren noch mehrere Minenfelder im All versteckt. Dutzende. Und jeden Tag wurden neue ausgelegt, um uns zu besiegen. Uns zu *töten*.

Was bedeutete schon mein Glück, wenn eine gesamte Kampfgruppe davon abhängig war, dass ich sie am Leben erhielt? Tausende Krieger, ihre Gefährtinnen und Kinder?

Ich konnte nicht selbstsüchtig sein. So war ich nicht erzogen worden. Schützen und dienen. Das waren meine Aufgaben. Nirgendwo in der Stellenbeschreibung stand etwas davon, dass man sich in einen Atlanen verlieben und davonlaufen konnte, um auf einer glorifizierten Gefängniskolonie zu leben. Ich würde tollen Sex haben, wunderbare Babys bekommen, und den Rest meines Lebens damit verbringen, mich zu fragen, wieviel mein Glück den Rest der Koalition gekostet hatte.

Und dann war da noch Angh. Mein Angh. Aber er war Kampflord Anghar, ein legendärer Krieger und schon bald selbst Rekrut des Geheimdienstes.

Würden wir zu Gefährten, würde das den I.C. nicht nur einen Hive-Kommunikationsspezialisten kosten, sondern gleich zwei.

„Ich will dich zu meiner Gefährtin, Kira." Seine riesige Hand grub sich in mein Haar und hob sanft mein verweintes Gesicht nach oben, um ihn anzusehen. Sein Daumen strich die Tränen weg. „Ich werde dir alles geben. Alles, was ich bin, und alles, was ich habe, gehört dir."

Ich konnte es nicht tun, konnte ihm nicht in die Augen blicken und sagen, was ich sagen musste. Also lehnte ich mich nach vorne und gab ihm einen Kuss auf die Brust, bevor ich meine Wange daran schmiegte. Sein Kinn ruhte auf meinem Kopf, und ich streichelte über die dunklen geschwungenen Zeichnungen auf den Schellen. Und gestand.

„Das will ich ja, Angh. Aber ich kann nicht. Ich bin nicht das, was du denkst."

„Und was wäre das? Du gehörst mir, Kira. Ich kann es spüren. Mein Biest weiß, dass es dir gehört. Und so, wie du dich mir hingibst, weiß ich, dass du das auch spürst."

Tränen. Noch mehr Tränen. Seine Stimme war so sanft, so tief und ehrlich. Ich sollte ihm doch nichts verraten, aber ich konnte ihm nicht wehtun und nicht erklären, warum. Ich musste ihn vielleicht verlassen, aber er würde die Wahrheit erfahren. „Ich bin keine Ausbilderin an der Akademie. Also, bin ich schon, aber das ist nicht *alles*, was ich bin."

Als er schwieg, holte ich tief Luft, kämpfte gegen das Beben meines Zwerchfells an, das meine Stimme zittrig machte, und zwang die Worte hinaus. „Ich bin eine I.C.-Agentin höchster Stufe. Ich kann dir nicht sagen, was ich tue oder wem ich unterstehe, aber mein Vertrag läuft noch zwei Jahre lang, Angh. Sie haben das Sagen über alles, was ich mache, inklusive der Entscheidung, ob ich einen Gefährten nehmen kann. Ich komme da nicht raus, und ich bin mir auch nicht sicher, ob es das Richtige wäre, zu gehen."

Seine Hand wanderte über meine Seite an meinen Ellbogen, und seine Fingerspitzen strichen über meine inzwischen vergessene Verletzung. Für mich war es nichts. Längst vorbei. Für ihn war es etwas anderes, und ich spürte, wie er die Hinweise zusammensetzte wie ein Meisterstratege, der die letzten Puzzleteile an ihren Platz legte. „Ein Hive-Soldat hat dir diese Prellung verpasst."

„Ja."

„Wie?"

„Das kann ich dir nicht sagen."

Er seufzte. „Ich wusste, als ich dich in der Schlachtsimulation sah, dass du mehr bist als es scheint, Gefährtin."

„Ich bin nicht deine Gefährtin, Angh."

„Du gehörst mir, Kira. Ob du die

Schellen trägst oder nicht, mein Biest und ich wissen, wem wir gehören."

Ich gab ihm einen Klaps auf die Schulter, auch wenn ihn das nicht mal juckte und meine Handfläche davon brannte. „Verdammt, Angh! Schrei mich an oder sonst was. Das hier ist doch Scheiße. Es ist nicht fair. Du willst mit mir zusammen sein, und ich mit dir. Und dieser dämliche Krieg ruiniert uns alles."

Diesmal kam von ihm keine Reaktion. Er war standhaft und warm, ein unerschütterliches Objekt. „Krieg ist niemals einfach. Und wir sind Krieger, keine unschuldigen Kinder. Wir kennen die Kosten." Er legte die Hand in meinen Schoß und zog die kleineren Schellen aus meinen Händen, ließ sie auf den Boden neben dem Bett fallen, außer Sicht, als wären sie belanglos. Nichts weiter. „Ich weiß, du kannst mir nicht viel sagen, aber ich muss es wissen. Wenn du den I.C. verlässt, werden Krieger deswegen sterben?"

Ich seufzte. „Ja."

„Wie viele?"

„Tausende. Vielleicht noch mehr." Wenn wir die Minenfelder nicht unschädlich machten, und die Kampfgruppen zurückgedrängt oder zerstört würden, könnten ganze Welten deswegen fallen.

Er bewegte sich wieder, legte sich aufs Bett und zog mich in seine Arme. Meine Tränen waren weg, aber ihr salziger Geschmack war noch da, wenn ich mir die Lippen leckte. „Es tut mir so leid, Angh. Ich weiß nicht, was ich tun soll."

„Ich schon." Er schlang meine Arme um mich und drückte mich an seine Brust, hielt mich fest. „Du wirst dich ausruhen, Gefährtin, und am Morgen werde ich auf die Kolonie zurückkehren und du wirst tun, was immer getan werden muss, um Leben zu retten und diesen Krieg zu gewinnen. Ich bewundere dich, Kira. Ich wusste, dass meine Gefährtin unerschütterlich sein würde. Stark. Aber du bist auch ehrenhaft. Du bist eine Kriegerin mit Herz und Verstand, und ich kann keine tausenden von Leben opfern für unser privates Glück. Du hast recht, meine eine wahre Gefährtin. So sehr es uns auch beiden wehtut, *du hast recht.* Wir können nicht zusammen sein."

Ich schluchzte, und er hielt mich fest. Es war schmerzhaft, und wunderschön, und es zerbrach mich in so viele Stücke, dass ich mir nicht sicher war, ob ich mich jemals davon erholen würde.

Als das Kommunikationsgerät an seiner Rüstung ein paar Minuten später surrte und Vizeadmiralin Niobe Angh *höflichst aufforderte,* sie am Morgen in ihrem Büro aufzusuchen, wusste ich, dass wir die richtige Wahl getroffen hatten. Wir konnten nicht zusammen sein. Aber in einer Sache hatte Angh sich geirrt. Er würde nicht auf die Kolonie zurückkehren. Er würde in den Kampf ziehen, so wie ich. Commander Phan brauchte seine Hilfe, um die Kampfgruppe Karter zu verteidigen, und nicht meine. Sie waren eine kraftvolle Kombination, die den Hive *hören* konnte, und diese Fähigkeit, ihr wirkungsvolles Zusammenspiel, konnte nicht ignoriert werden.

Ich hatte bereits meinen nächsten Einsatzbefehl, eine Aufklärungsmission zur Bergung eines Top-Waffenspezialisten des I.C. von einer Hive-Integrationseinheit in einem der außenliegenden Sektoren. Ich würde in ein paar Stunden aufbrechen, etwa zu der Zeit, wo Angh dachte, er würde zurück zur Kolonie transportiert werden.

Nur noch ein paar Stunden, und dann hatte ich keine Ahnung, ob ich den Krieger, den ich liebte, je wiedersehen würde.

Ich konnte nicht schlafen. Er auch nicht. Wir hielten einander in den Armen. Berührten uns, atmeten, küssten, streichelten. Wir liebten uns, sanft. Es war zärtlich und wertvoll und Abschied.

KAPITEL 10

*A*ngh, Büro von Vizeadmiralin Niobe, Koalitions-Akademie, Zioria

„Kommen Sie nur herein, Kampflord", sagte die Vizeadmiralin und erhob sich hinter ihrem Schreibtisch. Ihr Büro befand sich in bester Lage. Im ersten Stock des Administrationsgebäudes— am anderen Ende des Campus von Kiras Vortragssaal—mit Fenstern zu beiden Seiten, die ihr freie Aussicht über das zentrale Akademiegelände boten.

Ein kurzer Blick auf die Frau ließ mich schätzen, dass die Leiterin der Akademie in etwa in meinem Alter war. Sie trug die Uniform der Koalitions-Akademie. Das Schwarz signalisierte ihre Rolle als Ausbilderin, aber die Epauletten an ihren Schultern zeigten an, dass sie einen besonderen Status hatte. Ihr Gehabe war streng, ihr Kinn auf eine Art und Weise hochgestreckt, die zum Ausdruck brachte, dass dies kein Höflichkeitsbesuch war.

Das passte mir ganz gut. Ich war nicht in der Stimmung für Höflichkeiten. Ich war für nichts anderes in der Stimmung, als Kira wieder in den Armen zu halten. Aber das sollte nicht sein.

Ich holte tief Luft und betrat das ordentliche Büro. Ich hatte Mühe, mein Biest unter Kontrolle zu halten. Seit mir

Kira die Wahrheit gesagt hatte, tobte es in mir, jaulte vor Frust und Schmerz. Die Schellen an meinen Handgelenken waren das einzige, was das Tier in mir noch im Zaum hielt. Mein Biest hätte beruhigt davon sein sollen, dass ich gerade meinen Samen tief in Kiras Pussy vergossen hatte, noch einmal, aber sich der Wahrheit zu stellen war wie ein Sprung in einen eiskalten atlanischen See. Jegliche sexuelle Befriedigung, die ich vielleicht empfunden hatte, war fort. Besonders jetzt, wo ich hier stand. Ich wollte Kira. Ich hatte kein Verlangen danach, von der Vizeadmiralin gerufen zu werden. Sie war vielleicht attraktiv, aber nicht die Frau, die ich ficken wollte. Zur Gefährtin haben. In *Besitz* nehmen.

Ich nahm an, dass sie mich auf den nächsten planmäßigen Transporter-Platz zur Kolonie setzen wollte, aber dann hätte sie mich gleich ins Transportzentrum schicken können, anstatt in ihr Büro. Ich hatte Akademie-Gut zerstört, eine Ausbilderin gefickt und wahrscheinlich noch zehn weitere Akademie-Regeln gebrochen. Ich war ja nicht gerade zurückhaltend in meinem Verhalten gewesen, und als Leiterin würde sie ein Exempel an mir statuieren müssen, oder mich zumindest umgehend von Zioria wegbekommen.

Es war mir egal. Es war nun belanglos, was sie mit mir machte. Kira und ich konnten nicht zusammen sein. Alles andere war egal. Mein Biest knurrte, und ich schloss die Augen, atmete durch die Nase, um den Biestmodus zu unterdrücken. Die Hitze, der Wahnsinn des Fiebers baute sich langsam auf. Ich wusste es. Ich spürte es. Mein Biest verfiel ihm langsam, dank Kiras Situation, der trostlosen Zukunft, der wir ohne sie gegenüberstanden. Es gab keinen Grund für mich oder mein Biest, weiterzukämpfen und das Fieber noch länger zurückzuhalten.

Die Vizeadmiralin kniff die Augen zusammen und beobachtete, wie ich mich bemühte, die Beherrschung zurückzuerlangen. Ich seufzte. Die Schmerzen, die ich in den Händen des Hive erlitten hatte, waren nichts im Vergleich zu dem sehnenden Schmerz, den ich jetzt empfand. Kira zu verlieren, war die schlimmste vorstellbare Folter. Der Tod war etwas, dem ich nun freudig entgegenblickte. Er war jetzt das einzige, was mir noch den Frieden bringen konnte, den ich mir so sehnlichst wünschte. Ich hatte mir Augenblicke davon geraubt, als ich Kira in den Armen hielt, aber wir waren nicht dafür bestimmt, zusammen zu sein. Ich hatte ihr alles geboten, was ich hatte, Herz, Körper und Seele, und das Schicksal war gegen uns.

Dieser Krieg war gegen uns.

Der Hive hatte mir am Ende doch alles weggenommen.

Ich hatte nicht gedacht, dass ich die Hive-Integrationseinheit überleben würde, oder die endlosen Qualen ihrer *Modifikationen*, als sie mich zwangen, einer von ihnen zu werden. Danach stand mir die Trostlosigkeit und Einsamkeit eines Lebens auf der Kolonie bevor. All das hatte ich überlebt. Aber das hier? Ich lag nicht falsch, hatte auch damals nicht falsch gelegen, als ich meinen Kollegen Seth darum gebeten hatte, mich aus meinem Elend zu erlösen. Stattdessen hatte er mich gerettet. Und jetzt hatte ich keine Ahnung mehr, wofür ich gerettet worden war. Ich war tot besser dran als ohne meine Gefährtin. Und sie verlassen? Der Ionen-Schuss, der mich schließlich umbringen würde, würde weniger wehtun.

„Ich bin instabil", sagte ich schlicht. „Ich bin darauf gefasst, zu sterben."

Eine dunkle Augenbraue wanderte nach oben, ansonsten zeigte sie keinerlei Emotion. „Ich würde Ihnen anbieten, sich zu setzen, Kampflord, aber ich schätze, das wäre in Ihrem momentanen Zustand für Sie nicht angenehm."

Nein, in einen Stuhl gezwängt zu werden, während mein Biest auf der Pirsch war und gequält heulte, würde unmöglich sein.

„Ich bin froh, dass Sie aufs Sterben gefasst sind, denn alle Kämpfer, die in die Schlacht ziehen, müssen sich mit dieser realen Möglichkeit auseinandersetzen", fuhr sie fort. „Im Geheimdienst sind die Überlebenschancen sogar noch geringer als in herkömmlichen Kampfeinsätzen."

Ich hielt still und hoffte, dass sie schon bald zum Punkt kommen würde. Ich wusste, dass alles was sie sagte, zutreffend war, aber ich war kein neuer Rekrut. Ich war alt. Nicht körperlich—

ich war Atlane in den besten Jahren—aber meine Seele? Ich fühlte mich, als wäre ich jetzt schon zu lange am Leben, hätte zu viel durchgemacht. Die Last war schwer. Für Kira konnte ich mit ihr fertig werden. Aber alleine? Alleine würde das Biest an die Oberfläche treten und mir die Sache aus der Hand nehmen. Ich würde eine Gefahr für jeden darstellen, der mir begegnete. Ein wahrlich haltloses Biest mit nichts als Zerstörung im Sinn.

Ich konnte nicht zulassen, dass das eintraf. Ich hatte zu lange dagegen angekämpft, zu hart darum gekämpft, ehrenhaft zu bleiben. Mich redlich an die Lehren meines Vaters und Großvaters zu halten. Sie waren schon lange tot, aber sie lebten in mir weiter, in der Kraft meines Willens und der Entschlossenheit, mit der ich überleben wollte. Ich war nicht schwach, aber ich war müde. Eine wandelnde Zeitbombe.

Ich hatte weder die Zeit noch die Geduld für Spielchen. „Warum bin ich hier, Vizeadmiralin?"

Sie lehnte sich in ihren Stuhl zurück, und ihr Zeigefinger tappte langsam auf ihre Schreibtischoberfläche, während sie mich mit ihrem Blick gefangen hielt. „Ich traf vor ein paar Tagen auf eine Kollegin von Ihnen. Eine Freundin, soweit mir gesagt wurde. Commander Chloe Phan."

Jetzt war ich an der Reihe damit, eine Augenbraue hochzuziehen. „Ja. Ich kenne Commander Phan." Ich würde nicht mehr über meine Freundin oder ihre Gefährten sagen, solange ich nicht wusste, wohin das hier führen sollte.

„Ich habe Gerüchte gehört, dass Sie beide eines der Netze gemeinsam zu Fall bringen konnten. Die allererste Minen-Attacke auf die Kampfgruppe Karter. Mir wurde gesagt, dass Sie dabei waren." Sie beobachtete meine Reaktion. Schweigen füllte den Raum, und ich weigerte mich, etwas zu bestätigen oder zu dementieren. Was wollte sie? War Chloe in Schwierigkeiten geraten? „Nun? Sind diese Gerüchte wahr?" Sie stand schweigend vor mir und wartete. Der Schreibtisch war das einzige, was zwischen uns stand.

„Ich weiß nicht, wovon Sie sprechen", sagte ich mit zusammengebissenen Zähnen.

Sie nickte leicht mit dem Kopf. Ihr dunkles Haar war streng zurückgekämmt, in der Mitte gescheitelt und im Nacken zu einem Knoten zusammengesteckt. „Gut, Sie sind also in der Lage, Geheimnisse zu bewahren."

„Vizeadmiralin—", setzte ich an, aber sie hob die Hand und schnitt mir das Wort ab.

„Ihre geheime Zusammenarbeit mit Commander Phan ist die einzige Referenz, die ich für mein Vorhaben benötige. Ich möchte, dass Sie kommen und unter mir arbeiten."

Meine Mundwinkel zogen sich hoch. Für gewöhnlich wäre es ein Lächeln, aber derzeit war es nur ein höhnisches Grinsen. „Ich glaube kaum, dass die Türen der Akademie es überleben würden, wenn ich als Ausbilder hier tätig wäre."

„Das stimmt wohl. Allerdings wird Ihr Posten nicht hier auf der Akademie seon, sondern beim I.C. Und es handelt sich auch nicht um eine einmalige Mission, wie Sie sie mit Commander Phan erlebt haben, sondern um eine Vollzeit-Rolle. Ich brauche jemanden mit Ihren Fähigkeiten und Ihrem Fachwissen." Sie deutete auf meinen Kopf, und ich wusste, sie meinte die Implantate, die die Ärzte auf der Kolonie nicht entfernen hatten können. Die Hive-Technologie, die so tief in meiner Hirnmasse eingebettet war, dass es mich umgebracht hätte, sie zu entfernen.

Ich verschränkte die Arme vor der Brust. Ich war über einen Kopf größer als die Frau und wog bestimmt das Doppelte. Sie schien nicht darüber besorgt zu sein, dass ich sie verletzen könnte, oder dass mein Biest hervorkommen und sie wie einen Zweig zerbrechen könnte. „Sie arbeiten für den I.C.?" Die Götter mögen den I.C. und diese Weiber verdammen. Erst verlor ich die einzige Frau, die ich je geliebt hatte, und nun wollte diese hier mich zu ihrer Marionette machen.

Sie nickte kurz und knapp. „Das ist korrekt. Ihre Fähigkeit, den Hive zu *hören*, ist entscheidend für die Fortschritte unserer Kampfgruppen. Wie Ihnen wohl bewusst ist, konnten wir das Minennetz erfolgreich entfernen, das die Kampfgruppe Karter ursprünglich angegriffen hatte. Aber die Karter steckt fest. Blockiert von einer frisch ausgelegten, ähnlichen Hive-Waffe. Sie gaben ihren Systemen ein Update, nachdem ihre Minen in jenem Sektor zerstört worden waren, und es ist uns bisher noch nicht gelungen, Ihre Erfolge zu wiederholen. Der Hive legt ständig neue Minenfelder aus, wie Spinnen, die ein Netz weben. Sie umzingeln uns, Kampflord. Ich möchte, dass Sie mit Commander Phan zusammen daran arbeiten, die weiteren Hive-Minenfelder unschädlich zu machen. Sie werden bei der Karter anfangen und von dort aus Ihre Runde machen."

„Es wird recht schwierig werden, den Hive zu bekämpfen, wenn ich tot bin."

„Wir werden alles in unserer Macht Stehende tun, um Sie am Leben zu erhalten. Der I.C. hat Einsatztruppen, prillonische Fliegerstaffeln, selbst weitere Atlanen zur Verfügung, sollten wir sie brauchen."

Ich schüttelte langsam den Kopf. „So lange werde ich nicht durchhalten." Ich hob die Schellen hoch, sodass sie sie nicht übersehen konnte. „Ich überlebe vielleicht eine Ihrer Missionen, zwei, wenn wir beide Glück haben, aber ich habe Paarungsfieber."

Sie fluchte leise. Es war das erste Mal, dass ich irgendeine Art von Emotion bei ihr feststellte. Als Everis-Jägerin hatte ich von ihr erwartet, dass sie etwas weniger...angespannt wäre, da die Jäger dafür berühmt waren, in Stresssituationen die Ruhe bewahren zu können. Das traf auf sie zu, aber sie hatte auch eine Leidenschaft für ihren Job. Und das war Voraussetzung für ihre Doppelrolle als Akademie-Leiterin und I.C.- Vizeadmiralin. Anders als für die Frauen, mit denen ich aufgewachsen war, die gleichmütigen und mitfühlenden weiblichen Atlanen.

Während ich sie anstarrte, wunderte ich mich darüber, dass sie noch keinen Gefährten hatte, keinen würdigen Jäger von ihrem Heimatplaneten, der sich auf eine Art und Weise um sie kümmern würde, wie nur er das könnte. Ich fragte mich, ob das Mal auf ihrer Handfläche jemals zum Leben erwacht war und sie verrückt danach gemacht hatte, die eine Person zu finden, die ihr perfektes Gegenstück war. Mit dem einen Mann im Universum zusammen zu sein, gemäß dem Brauch, mit dem sie vertraut war. Ich konnte nur annehmen, dass sie nach einer Nacht mit ihrem Gefährten wesentlich weniger...kratzbürstig sein würde.

„Ich nehme an, da Sie nach Zioria gereist sind und die Tür von Ausbilderin Dahls Vortragssaal herausgerissen haben, dass es sich bei Ihrer Gefährtin um ebenjene handelt."

„Das trifft zu."

„In Ordnung. Ich werde sie sofort aus dem aktiven Dienst nehmen."

„Nein." Das einzelne Wort klang in dem kleinen Zimmer wie eine Ionen-Kanone. Kira war eine ehrenhafte Kriegerin. Sie würde nicht mit der Tatsache leben wollen, dass sie auf die Wartebank geschoben wurde, wenn sie so eindeutig gebraucht wurde.

„Legen Sie ihr diese Schellen an, und es ist mir recht egal, wie Sie das anstellen", befahl die Vizeadmiralin, als wäre nichts weiter dabei, als die Schnallen klicken zu lassen.

„Sie arbeitet für Sie", antwortete ich, als würde das alles erklären.

Die Vizeadmiralin zog eine Augenbraue hoch. Sie war alles andere als glücklich darüber, zu erfahren, dass Kira ihr Geheimnis verraten hatte.

„Also ist sie auch noch ein Geheimhaltungs-Risiko."

„Nein."

„Woher wissen Sie dann, dass sie für mich arbeitet?"

„Hören Sie, ich bin nicht in der Stimmung für das hier, und mein Biest ist das auch nicht. Captain Dahl ist eine ehrenhafte Kriegerin. Ich will ihr die Schellen anlegen. Meinen Sie vielleicht, dass ich dem Fieber verfallen möchte, wenn ich stattdessen sie haben kann?" Ich seufzte, aber das beruhigte mich keineswegs. „Sie hat mir gestanden, dass wir nicht zusammen sein können, weil sie für den I.C. arbeitet. Sie hat keine Namen genannt oder mir verraten, was genau sie tut, aber ich bin kein Kadett. Ich weiß, was da draußen los ist. Sie wissen, was ich getan habe. Ich habe bessere Kämpfer als Sie sterben sehen. Ich habe den Hive überlebt und in so vielen Schlachten gekämpft, dass ich aufgehört habe, mitzuzählen. Beleidigen Sie meine Intelligenz nicht. Und beleidigen Sie nie wieder mich oder meine Gefährtin."

Der Gedanke gefiel meinem Biest gar nicht. Die Vorstellung, dass Kira auf irgendeine Art beleidigt oder schlechtgemacht wurde, machte mein Biest sogar fuchsteufelswild. Sie hatte letzte Nacht völlig gebrochen in meinen Armen gelegen, und wofür? Für diese Frau und ihren Mangel an Respekt? Das würde ich nicht zulassen.

„Sie werden sterben, wenn Sie ihr diese Schellen nicht anlegen", entgegnete sie. „Sie werden exekutiert werden. Ich habe mich mit Gouverneur Rone über Sie unterhalten, und mit Leutnant Denzel. Ich weiß, warum er den Befehl erhalten hat, Sie zu begleiten, Kampflord. Und ich bin nicht amüsiert."

„Ja, das werde ich. Ich *werde* sterben, bevor ich sie dazu zwinge, meine Gefährtin zu werden. Sie hat ihre Wahl getroffen. Es ist ihre Entscheidung, und *ihre* ganz allein." Ich fasste an die Schellen an meinem Gürtel, das kleine Paar, das um ihre Handgelenke liegen sollte. „Sie hat meine Schellen abgewiesen. Sie hat mich abgewiesen."

„Das ist verständlich." Die Vizeadmiralin setzte sich wieder, die Arme vor der Brust verschränkt, und guckte um nichts glücklicher drein, als ich mich fühlte. „Sie ist Ausbilderin hier, das stimmt. Aber sie *arbeitet* für mich. Für den I.C. Sie ist ein unentbehrliches Mitglied des Teams. Sie haben vielleicht beschlossen, dass sie Ihre Gefährtin ist, aber ihr steht es nicht frei, eine solche Entscheidung zu treffen. Sie gehört der Koalition. Es gibt nicht genügend I.C.-Agenten mit Hive-Kommunikations-Implantaten für alle Einsatzorte. Ich kann es mir nicht leisten, Sie beide zusammen zu lassen. Es sei denn, die Implantate in Ihren beiden Köpfen sind auf magische Weise miteinander verknüpft?" Ihre Stimme war nicht hoffnungsvoll, sondern neugierig. „Haben Sie irgendein seltsames Summen vernommen, während Sie zusammen waren? Als würden die Implantate in Ihrem Kopf mit denen in ihrem zu kommunizieren versuchen?"

Wovon zum Teufel sprach diese Frau da? Ich hob eine Hand an meinen Nacken und fuhr den dicken Umriss der Narbe dort mit den Fingerspitzen nach. Kira hatte eine Narbe in ihrem Nacken, aber sie lag seitlich, näher an ihrem Ohr.

Genau wie bei Commander Phan.

Aber selbst, wenn meine Gefährtin das Implantat hatte, gab es keine Verbindung zwischen uns beiden, derer ich mir bewusst gewesen wäre—außer der, dass wir Gefährten waren, natürlich. Ich würde nicht lügen, nicht wegen so etwas. Zu viele Leben standen auf dem Spiel.

„Nein. Es tut mir leid, aber da war gar nichts. Ich wusste nicht, dass Kira ein Implantat ähnlich meinem hat."

„Das habe ich mir gedacht." Sie beugte sich vor und blätterte mit den Fingern durch die digitalen Dateien, die ich auf ihrem Arbeits-Bildschirm gerade so sehen konnte. „Ich werde sie mit sofortiger Wirkung aus allen Einsätzen herausnehmen."

„Nein."

„Hören Sie, Kampflord. Sie hat versucht, mit Commander Phan zu arbeiten, und hat versagt. In diesem Moment steht mir der potentielle Verlust von Kampfgruppe Karter und dem gesamten Sektor 437 bevor. Es gibt in jenem Sektor mehrere Planeten, die innerhalb von wenigen Monaten vom Hive völlig überrannt sein werden, wenn wir die Vorherrschaft der Koalition dort nicht erhalten können. Ich brauche Sie mehr als ich Dahl brauche, und ich brauche Sie lebend. Sie ist raus. Sie sind drin. Ich werfe ie ins verdammte Gefängnis, wenn notwendig, um Ihre Kooperation zu erzwingen. Es steht nicht zur Diskussion."

„Drohen Sie Kira etwa?" Meine Stimme war tief, zu tief. Meine Selbstbeherrschung war hart an der Grenze.

Die Vizeadmiralin gab sich nicht die Mühe, zu mir hoch zu blicken. Als wäre es gegeben, dass ich folgen würde. Die Gefahr, die ich darstellte, war ihre Aufmerksamkeit nicht wert. Sie war ein Narr. Sie hatte gerade eben meiner Gefährtin gedroht. Atlanen hatten schon für weniger getötet, und das, wenn sie nicht mal im Paarungsfieber waren.

Sie fuhr mit den Fingern über den Schirm, und ich sah ein Bild von Kira in Kadettenuniform. Sie sah so jung aus, so unschuldig. Ihre Augen auf dem Foto funkelten vor Aufregung und Hoffnung. Keine Spur von dem niedergeschmetterten Ausdruck, den ich letzte Nacht darin gesehen hatte, in ihrer Stimme gehört, in jeder ihrer Berührungen gespürt, als wir ein letztes Mal fickten.

„Ich fürchte, Sie verstehen nicht, Kampflord. Kira gehört mir. Sie ist mein Eigentum. Den Gesetzen der Koalition zufolge ist ihr einziger Ausweg aus dem Vertrag mit dem I.C., zu sterben oder so schwer verletzt zu werden, dass sie nicht fortfahren kann."

„Sie hat einen Gefährten. Wenn sie meine Schellen annimmt, dann ist sie von Ihnen befreit. Ich werde mich direkt an Commander Karter wenden." Er war mir etwas schuldig, dieser prillonische Mistkerl. Ich hatte gemeinsam mit Chloe seine gesamte Kampfgruppe gerettet. Wenn ich etwas brauchte, dann würde er für mich da sein. Er würde zu

Primus Nial gehen, wenn er musste. Dafür würde ich sorgen.

„Das macht keinen Unterschied. Sie ist ein Mensch. Die haben nicht die gleichen...Probleme wie der Rest von uns. Als Everianer verstehe ich Sie. Aber in Verträgen mit Menschen gibt es keine Austritts-Klausel für Gefährtenschaft."

Ich dachte an Denzel und wie er Monika angesehen hatte, wie er seinen Blick nicht von ihr wenden konnte und sein gesamtes Wesen auf ihr Wohlergehen konzentriert war. Ich wollte hören, wie diese kaltherzige Zicke so mit Denzel sprach, und dann mitansehen, welches Monster sie dadurch freisetzen würde. „Sie werden Kira da raushalten."

„Das werde ich nicht. Sie ist Ihre Gefährtin. Ich brauche Sie lebend. Wenn sie nicht gewillt ist, zu kooperieren, werde ich ihre Kooperation erzwingen. Ein paar Jahre Haft werden ihr nichts tun. Sie würden Gefährten-Besuchsrecht gewährt bekommen. Je schneller Sie sich um die Hive-Bedrohung kümmern, umso schneller kommt Ihre Gefährtin frei." Sie blickte von ihrem Bildschirm hoch, ihr Blick war wie Eis. Dieses Weib dachte, sie hätte gewonnen. Dass ich tun würde, was sie befahl, nur weil sie meiner Gefährtin drohte. Sie irrte sich. Aber sie sprach weiter. „Danach können Sie nach Atlan gehen oder auf die Kolonie, oder wohin Sie wollen, und damit anfangen, kleine Atlan-Babys zu machen. Das wäre alles. Versuchen Sie nicht, den Planeten zu verlassen. Ich habe eine Transport-Sperre über Sie und auch Captain Dahl verhängt. Wegtreten."

Mein Biest wurde totenstill. Diese Frau hatte meiner Gefährtin gedroht. Damit gedroht, *mich zu benutzen*, als Mittel, um Kira zu *schaden*. Besuchsrecht, verdammt noch mal? Transport-Sperre? *Jahre* in Haft?

Das Biest übernahm die Kontrolle von einem Herzschlag zum nächsten, und ich verwandelte mich. Meine Schultern wurden dicker. Die Knochen in meinem Gesicht verschoben sich, und das Monster, das die Frau aufgeweckt hatte, brach mit einem Brüllen aus mir hervor, das die Lampen zum Zittern brachte.

Ich gab mich der Wut hin, riss mir die Gefährten-Schellen von meinen Handgelenken und ließ sie achtlos zu Boden fallen. Nichts konnte das Fieber nun noch eindämmen.

Niemand würde das, was zwischen Kira und mir war, dazu benutzen, Macht über sie auszuüben, sie oder mich zu manipulieren. Uns gegeneinander *auszuspielen*.

Ich würde diesen verdammten Planeten in Stücke reißen, bevor ich das zuließ.

Ich hob den Schreibtisch vom Boden hoch und warf ihn so kräftig gegen die Wand, dass er sich in die raue Fläche bohrte. Die Vizeadmiralin besaß den Anstand, verängstigt dreinzugucken. Mein Biest wollte sie umbringen, ihr Arme und Beine vom Körper reißen wie einem Insekt, bevor wir sie völlig erledigten.

Sie hatte unserer Gefährtin gedroht.

Die Türen gingen auf, und ich fing mir mehrere Ionen-Schüsse ein, bevor ich in die Knie ging. Das hier hatte ich gewollt. Das Biest wollte der Person wehtun, die uns gedroht hatte, aber ich war klüger als das. Ich wusste, dass wir nicht tun konnten, was die Vizeadmiralin von uns wollte. Ich würde Kira nicht zu mehreren Jahren Gefängnis verdammen, damit diese Zicke mit mir spielen konnte wie mit einer Puppe, mich auf ihre bevorzugten Projekte schicken und mit der Pussy meiner Gefährtin belohnen, wann immer sie das Gefühl hatte, ich hätte es mir verdient.

Da würde ich lieber sterben. Und das Biest war mit mir einer Meinung.

Die Ionen-Schüsse wurden stärker. Ich konnte mein eigenes verbranntes Fleisch riechen und lächelte. Das Biest blickte der Vizeadmiralin mit einem breiten Grinsen direkt in die Augen.

„Einen. Scheiß." Das Biest sprach für uns beide.

Die Vizeadmiralin schrie, dass sie mich lebend wollte, aber ich grinste immer noch, als alles um mich herum schwarz wurde.

KAPITEL 11

ira

„Er ist groß, Kira. *Überall.* Und die Dinge, die der Mann mit seiner Zunge anstellen kann. Ich dachte, ich würde sterben."

„Ich freue mich für dich. Wirklich." Monika saß mir gegenüber an unserem üblichen Tisch im Speisesaal der Akademie. Der Raum war so gut wie leer. Das Reinigungsteam war gerade am

Saubermachen nach der Frühstücksausgabe. Ich wollte irgendwo an einem öffentlichen Ort gehen, damit ich nicht gleich wieder zu weinen anfangen würde. Ich wusste, dass Monika vor ihrem Unterricht am Morgen, und vor ihren praktischen Prüfungen, hier sein würde, und hatte mich nicht getäuscht. Wir waren nicht alleine, aber es saß niemand in unserer Nähe, der ihre freizügige Berichterstattung mithören konnte.

Sie lehnte sich über den Tisch, näher an mich heran, und die Vorderseite ihrer Uniform war in ernsthafter Gefahr, in ihren Frühstücksteller getunkt zu werden. Es war fast kein Essen mehr darauf übrig, aber sie würde zurück auf ihr Quartier müssen und sich umziehen, wenn sie Flecken an ihre Uniform bekam. Ja, genau darüber machte ich mir Gedanken, während ich meiner Freundin dabei zuhörte, wie sie von

Denzel erzählte, als wäre er ein Bonbon in Gestalt eines Mannes.

Für sie war er das auch.

Ich freute mich für sie. War begeistert. Ich wusste, wie es sich anfühlte, den einen Richtigen gefunden zu haben. Ich konnte ihre Aufregung nachempfinden, ihre pure Freude. Ich spürte sie in mir selbst. Aber ihr stand nicht der betäubende Herzschmerz bevor, den Mann verlassen zu müssen, der für sie der einzig Richtige war. Nein, sie konnte Denzel haben, wenn sie wollte. Als Kadett, und Erdenfrau, war sie eine Freiwillige und konnte jederzeit aus dem Dienst austreten. Sie hatte ihr Leben nicht verschrieben. Ein gewöhnlicher Kämpfer zu sein, war nicht dasselbe, wie sich zum Geheimdienst zu verpflichten. Wenn sie erst eine Gefährtin worden war, war sie frei. Und einen Gefährten von der Kolonie zu wählen, würde es ihr ermöglichen, im

Weltraum zu bleiben. Wenn sie das wünschte, würde sie nicht auf die Erde zurückkehren müssen und konnte sich stattdessen Denzel auf der Kolonie anschließen. Da Gefährtinnen schwer zu finden waren, würden sie dort jede Frau, die sie kriegen konnten, herzlich willkommen heißen. Kriegerinnen bildeten von vornherein nur einen kleinen Anteil der Kampfkräfte, da die Prillonen, Atlanen und mehrere andere Rassen ihren Frauen nicht gestatteten, an den Kämpfen teilzunehmen. Wenn eine Frau von einer der anderen Rassen austreten wollte, dann schoben sie sie geradezu mit Pauken und Trompeten aus der Flotte.

Sie schätzten ihre Gefährtinnen über alles. Familie. Leben. Sie waren alle hier draußen, um das Leben zu beschützen, und verstanden nicht, warum irgendeine Rasse es ihren Frauen gestatten würde, zu kämpfen. Und das führte dazu, dass die meisten von uns umso verbissener beweisen wollten, was wir wert waren. Wie herausragend und gnadenlos wir waren.

Den Dienst zu verlassen war in meiner Ansicht ein Zeichen von Schwäche geworden, nicht Stärke. Und das hatte mich alles gekostet. Hatte mich Angh gekostet.

Ich unterdrückte den Schmerz, schob ihn in eine Kiste und setzte mich im Geist auf den Deckel, während ich Monika zuhörte. Ich konnte nicht lächeln; das war mir unmöglich. Aber ich konnte mich für sie freuen, ihrem Gebrabbel darüber zuhören, wie toll Denzel war. Ich konnte es ihr nicht verübeln. Sie war niedlich dabei, und es war schön, sie so verliebt zu sehen. So glücklich.

„Ich war kurz davor, auszusteigen." Diese Worte rissen mich aus meinen Gedanken. „Und mit Denzel den

Transport in ein paar Stunden zu nehmen."

„Wie bitte?" Ich hatte sie gehört, zumindest den Teil, wo sie aussteigen wollte. Jede Erwähnung dessen, wie toll er im Bett war, hatte ich ausgeblendet, und überhaupt alles, seit sie von seiner Größe angefangen hatte. Ich war mir sicher, dass er in dem Bereich mehr als adäquat war, aber er war kein Biest. „Nein. Mel. Du kannst nicht aussteigen."

Sie zuckte so sorglos mit den Schultern, dass es im krassen Gegensatz zu ihren Absichten stand. Aus der Akademie auszutreten, war keine Kleinigkeit. Einige wurden rausgeworfen. Andere fanden ihre Gefährten, wie die Everianer, und waren gezwungen, zu gehen. Aber es kam selten vor, dass jemand einfach so ausstieg und die Akademie verließ. Besonders, wenn man schon so weit fortgeschritten war wie Monika.

„Ich war *kurz davor*. Aber mein Abschluss ist in zwei Wochen, und auch wenn ich Denzel liebe und mit ihm zusammen sein will, werde ich den Abschluss nicht für ihn aufgeben."

Gut. Sie verhielt sich nicht dämlich. Auf der Erde hatte ich von so vielen Frauen gehört, die ihr Leben, ihre Ziele und Träume für einen Mann hinschmissen. Und dann, wenn der Kerl sie sitzenließ, blieb ihnen nichts übrig. Ich würde nicht zulassen, dass Monika den Status eines an der Koalitions-Akademie ausgebildeten Offiziers aufgab, wenn sie schon so weit gekommen war. Blut und Wasser dafür geschwitzt hatte. Die Abschlussprüfungen waren so nahe.

„Ich muss die Gewissheit haben, dass ich es geschafft habe. Ich werde vielleicht auf der Kolonie als Denzels Gefährtin leben, aber ich brauche einen Wert. Als Offizierin ist sicher, dass ich weiter mit einbezogen bleiben kann. Von Nutzen sein." Sie grinste verschmitzt. „Von Nutzen für mehr als dafür, bei jeder Gelegenheit über Denzel herzufallen."

Ich atmete aus, lächelte sie an. War erleichtert. „Gott, eine Sekunde lang dachte ich, dass ich dich raus auf den Schießplatz bringen und dich zur Zielscheibe machen müsste." Jetzt war ich es, die sich vorlehnte. „Sei nie von einem Mann abhängig. Lass dir immer eine Hintertür. Ich wünsche dir, dass die Sache mit dir und Denzel gut verläuft. Du kannst dir gar nicht vorstellen, wie sehr." Ich legte meine Hand auf ihr Handgelenk, was mich daran erinnerte, dass ich Anghs Schellen nicht angelegt hatte. *Scheiße.* Ich schluckte, fuhr fort. „Aber falls es aus irgendeinem Grund nicht klappt, dann kannst du dir einen Einsatzbefehl holen, der dich von der

Kolonie fortbringt. Oder du kannst dir Einsatzbefehle holen *und* seine Gefährtin sein."

Darüber lachte sie. „Meinst du, er wird mich gegen den Hive kämpfen lassen?"

Ich zuckte mit den Schultern. „Wenn er dein Gefährte sein will, dann muss er dich deine Träume leben lassen."

Ihr Lächeln verblasste, und sie betrachtete mich eingehend. „Sollte ich dir nicht genau dasselbe sagen? Was ist mit dir? Wird Angh dich deine Träume leben lassen?"

Meine Träume. *Meine Träume.* Es war das absolute Gegenteil von dem, was ich gerade Monika vorgebetet hatte. Ich wollte aussteigen und ein ruhiges Leben mit Angh auf der Kolonie verbringen. Er hatte schon so viel durchgemacht, so viel mehr als ein einzelner Mann ertragen konnte. Er hatte sich seinen Frieden verdient. Eine Gefährtin. Kinder. Glück. Und ich wollte Teil davon sein.

Ich war das Kämpfen so leid, mein Leben beim I.C., als Ausbilderin. Ich hatte so viel gegeben, und nun wollte ich...nun, was ich eben *wollte*. Und das war Angh.

Ich wollte Angh.

Ich dachte an Monika und daran was wäre, wenn sie aus der Akademie aussteigen würde. Es würde immer noch einen Kadetten geben, der ihren Platz einnehmen konnte. Sie war ersetzbar. *Ich* war ersetzbar. Wenn ich den I.C. verlassen würde—selbst gegen das Gesetz—würde jemand anderes meinen Platz einnehmen. Es würde vielleicht Leben kosten, aber nicht deswegen, weil ich persönlich ausgestiegen war. Der Hive würde der Grund dafür sein. Dr. Helion hatte wahrscheinlich noch mehr Kämpfer mit den Implantaten im Kopf in Petto. Ich war nicht die einzige. Ich war nicht unentbehrlich. Aber für Angh war ich unentbehrlich, und er war für mich *unentbehrlich*.

„Lach nicht", sagte ich.

Sie legte den Kopf schief und sah mich forschend an. „In Ordnung." Sie wusste, dass es mir ernst war, und dass ich etwas Wichtiges sagen wollte. Ich redete sonst nie über meine Gefühle. Verdammt, es hatte schon allerhand Überredungskünste gebraucht, dass ich mich überhaupt auf diesen One-Night-Stand mit Angh nach der Arena eingelassen hatte. Und man sehe sich an, was mir das eingebrockt hatte.

„Und sag mir bloß nicht, dass ich an meinen eigenen Worten ersticke."

Sie nickte knapp.

„Ich steige aus. Schmeiße alles hin." Ich blickte auf das Kommunikationsgerät an meinem Handgelenk und bemerkte, dass ich die Entscheidung schon getroffen hatte, bevor ich mich mit ihr zum Frühstück traf. Ich kam nie zu spät zu einem Einsatz. Niemals. „Ich hätte schon vor zehn Minuten am Transportzentrum sein sollen."

Monikas Augen wurden groß, aber sie sagte nichts.

Ich lachte, aber es war trocken und humorlos. Ich fuhr mir mit der Hand über den Kopf. „Ich bin in Angh verliebt, und ich will mit ihm zusammen sein."

Da lächelte sie, langsam und sanft. In ihren Augen lag...Mitleid? „Du trägst seine Schellen nicht."

Ich schluckte einen Kloß im Hals hinunter. Ich würde nicht weinen. Nicht hier, nicht jetzt. Oh nein.

„Ich habe sie abgelehnt."

„Warum? Du liebst ihn, das ist offensichtlich. Und er hat die Tür zu deinem Vortragssaal demoliert. Ich würde sagen, es ist jedem auf Zioria völlig klar, wie er für dich empfindet."

Ich schüttelte den Kopf. „Ich kann nicht darüber reden. Ich wollte ihn gehen lassen, aber ich habe es mir anders überlegt. Das Transportfenster zur Kolonie öffnet sich in ein paar Stunden. Bestimmt ist er dabei. Ich will bei ihm sein." Ich sehnte mich schmerzlich danach, Angh zu suchen und ihn zum Transport zu zerren, dem Transport-Techniker meine Ionen-Pistole an den Kopf zu halten und einen Transport zu erzwingen, sollte das notwendig werden. Jetzt, wo ich mich entschieden hatte, wollte ich Angh.

Und zwar sofort.

„Mit dem nächsten Transportfenster bin ich weg. Mir egal, was dann passiert."

„Wenn du nicht zu einem Termin erschienen bist, über den ich nichts wissen darf, dann giltst du derzeit als fahnenflüchtig", machte Monika mir klar. „Sie werden dich nirgendwohin transportieren lassen. Die Vizeadmiralin wird dich in eine Zelle werfen, oder sie schicken dich nach Hause."

Ja, sie wusste, dass ich mehr als nur Ausbilderin war, aber hatte nichts gesagt. Ich verschwand oft von Zioria, hatte Ersatzlehrer für meinen Unterricht, ohne dass ich ihr etwas von meiner Abwesenheit gesagt hätte. Sie war meine allerbeste Freundin hier, und ich ließ sie im Dunkeln. Zum Glück wusste sie nur, dass ich *etwas* tat, aber nicht mit Sicherheit, was.

„Ich muss das Risiko eingehen. Ich werde ein paar Gefallen einfordern. Ich habe überall Freunde. Einen ganzen Haufen." Ich konnte von der Kolonie aus arbeiten. Es gab keinen guten Grund dafür, dass ich nicht von der Kolonie aus zu Missionen aufbrechen konnte. Es würde einfach nur ein wenig mehr Planung erfordern. Wenn die Vizeadmiralin mich so sehr dabeihaben wollte, dann konnte sie mich haben. Aber nach meinen Regeln.

Denzel kam auf uns zu, stellte sich hinter Monika und legte ihr eine Hand auf die Schulter. Wir beide blickten zu ihm hoch.

„Was ist los?", fragte Monika. Er blickte grimmig drein, und obwohl er gern lächelte, guckte der Mann oft so drein. Vielleicht war das ein Nebeneffekt einer Gefangenschaft beim Hive. Was es auch war, er war noch lange nicht so grimmig wie Angh.

Denzel ließ etwas vor mir auf den Tisch fallen, das mit lautem Klirren auf die harte, polierte Oberfläche traf.

Ich keuchte auf.

Schellen. Gefährten-Schellen. Ich würde sie überall erkennen. Aber es waren nicht nur meine. Es waren vier Stück.

Ich blickte hoch zu Denzel.

„Er sitzt in einer Zelle."

Meine Augen wurden groß und mein Mund stand offen. „Was? Warum? Ich dachte, ihr würdet beide auf die Kolonie zurück transportieren?"

Denzel schüttelte den Kopf. „Ich bin mit Angh hergekommen, um Sie zu holen. Meine Aufgabe war es, ihn unter Kontrolle zu halten, sein Biest. Und wenn er nicht mit Ihnen gemeinsam zurückkehren kann, ist es meine Aufgabe, ihn zu exekutieren."

Ich schoss in die Höhe, und mein Stuhl kippte polternd um. „Wie bitte?"

„Er hat das Paarungsfieber. Schon seit der Arena. Seit dem ersten Mal, seit er mit Ihnen zusammen war."

Paarungsfieber. Scheiße. Scheiße. Scheiße.

„Daran muss er doch nicht gleich *sterben*."

„Leider doch. Der einzige Weg, das Fieber zu brechen, ist durch eine Besitznahme. Die Besitznahme seiner Gefährtin."

Das war ich.

„Aber—"

Denzel hob die Hand und schnitt mir das Wort ab. „Dafür ist es jetzt zu spät. Er hat die Vizeadmiralin angegriffen. Er hat sich seine Schellen abgerissen. Nichts kontrolliert nun mehr sein Biest. Eine Delegation von Atlan ist unterwegs hierher. Er wehrt sich nicht dagegen. Er ist bereit, zu sterben."

Monika stand nun ebenfalls auf und schlang ihre Arme um Denzel. „Sie werden nicht von dir verlangen, dass du deinen Kumpel umbringst, oder?"

„Nein, aber ich werde es tun. Die Ehre gebietet es", raunte er und küsste sie auf die Stirn. „Er hat es mir anvertraut, das durchzuziehen. Ich werde mein Versprechen nicht brechen. Nicht in dieser Angelegenheit."

Sie blickte hoch in seine Augen, und

so standen sie da, wie im Augenblick erstarrt. Ich konnte den Bund zwischen ihnen sehen. Da war kein inneres Biest, kein Mal, keine Gefährtenkragen. Sie waren beide Menschen. Und doch waren sie Gefährten. Daran bestand kein Zweifel. Das irre Feuer in Monikas Augen, als ich mich vorhin zu ihr setzte, war verschwunden. Ich sah nun nur noch Liebe darin. Verbundenheit. Geteiltes Leid.

Einigkeit.

Ich hatte das mit Angh, aber ich hatte dem aus Pflichtbewusstsein den Rücken gekehrt. Aus Ehre.

Ehre?

Wieviel Ehre war mein Job schon wert, wenn ich keinen Angh hatte, zu dem ich nach Hause kommen konnte? Für wen kämpfte ich dann? Für *was* kämpfte ich, wenn nicht für diese Verbundenheit, diese Liebe zwischen Menschen? Ich hatte sie gehabt und hatte sie beiseite geworfen, so wie Denzel die Schellen auf den Tisch geworfen hatte.

„Scheiß drauf", sagte ich zu mir selbst, starrte Denzel an, aber sah ihn nicht. „Zum Teufel damit!", sagte ich, diesmal lauter. Ein paar Köpfe drehten sich nach mir um, aber das war mir egal.

Angh steckte in Schwierigkeiten. Ich war bereits fahnenflüchtig, hatte mich bereits für ihn entschieden. Er würde nicht auf die Kolonie zurückkehren. Er war hier. Im Gefängnis. Bereit, zu sterben.

„Die Vizeadmiralin soll sich mal wieder einkriegen. Sie kann mich haben, aber mein Biest bekommt sie dann auch."

Ich schnappte mir die Schellen und stürmte aus dem Speisesaal. Es war höchste Zeit, meinen Gefährten in Besitz zu nehmen.

KAPITEL 12

ira

Die Tür der Vizeadmiralin war geschlossen. Das sah ich schon vom anderen Ende des Korridors, und spazierte trotzdem schnurstracks darauf zu, während ihre Assistentin mir nachlief und irgendeinen Unsinn darüber faselte, dass Niobe gerade ein *sehr wichtiges Telefonat* hatte.

Scheiß drauf. Ich würde ihr ein sehr

wichtiges Telefonat geben. Angh war im Gefängnis? Seine Exekution war geplant?

Nein. Es würden vielleicht Köpfe rollen, aber der meines Gefährten würde nicht dabei sein. Vielleicht der der Vizeadmiralin, wenn notwendig.

Als die Tür sich nicht öffnen ließ, fluchte ich so heftig, dass ein Mensch rot werden würde, dann tippte ich meinen Notfalls-Code ein, um das Schloss zu entsperren. Ein hoher Rang hatte seine Vorteile.

„Captain", rief die Assistentin. „Was machen Sie denn? Sie können da nicht rein!"

Ich drehte mich herum, meine Hand am Ionen-Blaster an meiner Hüfte. Ich zog die Waffe nicht, aber die Drohung war klar. Ich meinte es ernst, ganz verdammt ernst. „Verschwinden Sie", fauchte ich geradezu. Ich hatte eindeutig auch ein kleines Biest in mir. „Das hier geht Sie nichts an."

Die prillonische Kadettin, die mir nachgehechtet war, warf nur einen kurzen Blick in meine Augen, dann wich sie mit erhobenen Händen zurück. „In Ordnung." Sie drehte sich auf dem Absatz herum und stürmte an ihren Schreibtisch zurück. „Aber ich rufe das Sicherheitsteam. *Wieder einmal.* Ich bekomme eindeutig nicht genug bezahlt für diesen Job."

Nun, da das Schloss deaktiviert war, wischte ich mit der Handfläche darüber und die Tür öffnete sich. Dahinter befand sich...Chaos.

Der Schreibtisch der Vizeadmiralin hatte sich in die Wand gegraben. Ein volles Drittel davon war nicht mehr länger sichtbar, und die beiden verbliebenen Beine baumelten in der Luft. Die anderen beiden waren unter dem Tisch weggerissen worden und lagen im Raum verstreut. Die Wand hinter dem Schreibtisch war mit Brandspuren von Ionen-Schüssen übersät, und ich konnte mir bildhaft vorstellen, wie ein paar Arschlöcher vom Sicherheits-Team hier in der Tür standen, wo ich gerade stand, und auf meinen Gefährten schossen.

Ja. Mein Gefährte.

Er gehörte mir. Ich hatte von dem bürokratischen Scheiß die Nase voll. Und die Brandspuren bewiesen mir, dass die Befehlshabenden hier die Regeln für wichtiger hielten als alles andere. Ich hatte keine Ahnung, was Anghs Biest dazu provoziert hatte, das Zimmer zu verwüsten—und was ein solches Arsenal gebraucht hatte, um ihn zu betäuben und unter Kontrolle zu bringen.

Und diese gottverdammten Regeln? Angh und ich würden es schon irgendwie hinbekommen. Wenn wir hier und da ein paar Wochen getrennt verbringen mussten, dann würden wir damit einfach klarkommen müssen. Ich würde ihn nicht aufgeben. Außer, wenn er mich nicht mehr wollte. Und da meine Pussy immer noch wund und geschwollen war, und mein ganzer Körper von Bartstoppeln wund gescheuert, würde *das* wohl kein großes Problem darstellen.

Meine Finger krümmten sich um den Griff meiner Pistole, während ich den restlichen Schaden begutachtete. Umgestürzte Stühle. Blut auf dem Boden. Ich hoffte für diese Frau, dass es nicht Anghs Blut war.

Was das betraf...

Die Vizeadmiralin stand in einer Ecke des Zimmers, trank in kleinen Schlucken aus einem Glas und starrte aus einem ihrer zahlreichen Fenster auf die Landschaft hinaus. Die Flüssigkeit in ihrem Glas war klar, roch jedoch stark. Nicht nach Whiskey, aber eindeutig alkoholisch, und ich fragte mich, ob es ihr erstes Glas war. Zwei der Fenster waren eingeschlagen, und die spinnenwebenartigen Risse im Glas ließen vermuten, dass etwas recht Großes, wie etwa eine prillonische Wache, darauf geworfen worden war. Das Glas —oder welches Material es immer war —war kugelsicher, soviel wusste ich. Also war es jedenfalls von etwas Großem und Hartem getroffen worden, in dem viel Kraft steckte.

Gut so. Hoffentlich hatte Angh ebenso ausgeteilt, wie er einstecken musste.

„Ist das sein Blut, Niobe?" Ich würde sie nicht anders ansprechen als von Frau zu Frau. Wir waren gemeinsam schon auf dutzenden Missionen gewesen, hatten einander das Leben gerettet. Ich hatte gedacht, dass wir uns zumindest gegenseitig Respekt entgegenbrachten. Das hier war etwas zutiefst Persönliches, und das wusste sie. Was sie getan hatte, was hier vorgefallen war, ging weit über gewöhnliche Probleme zwischen Freundinnen hinaus.

Sie nahm noch einen Schluck von ihrem Drink und blickte auf die Blutflecken, auf die ich deutete. Sie lachte auf, aber ohne wirkliche Belustigung. „Götter, nein. Der Atlane ist ein Prachtexemplar, nicht wahr? Hat sechs Wachen ins Med-Zentrum befördert, und das, *nachdem* sie ihn mit Betäubungspfeilen beschossen hatten. Eine Schande, ihn zu verlieren."

Ich verzog das Gesicht.

„Ihn verlieren? Rücken Sie es raus, Niobe. Was zum Teufel ist hier vorgefallen? Warum sitzt er im Gefängnis? Was haben Sie *getan*? Vor ein paar Stunden ging es ihm noch gut."

„In Ihrem Bett, meinen Sie wohl." Ihre dunklen Augenbrauen zogen sich hoch, und ich war entschlossen, der Herausforderung in ihrem Blick nicht zu weichen. Es war ja nicht so, dass sie nicht Bescheid wusste. Angh hatte meinem Vortragssaal die Tür eingetreten. Das hieß ja offensichtlich etwas mehr, als dass wir nur…füreinander schwärmten.

„Ja. In meinem Bett. Er gehört mir." Ich betrat das Zimmer und schloss die Distanz zwischen uns, bis wir einander gegenüberstanden, das zerbrochene Fenster neben uns. Sie war mir nah genug, dass ich ihr ins Gesicht schlagen konnte. Aber ich wusste genau, wie weit ich bei ihr gehen konnte, bevor ich selbst im Knast landete. Also beruhigte ich das Biest, das nun in mir zu leben schien, indem ich den Griff meines Blasters streichelte. Der Geruch, der aus ihrem Glas wogte, deutete auf Vodka hin, ein eindeutig menschliches Getränk. Wie sie sich etwas angewöhnt hatte, das so weit von Everis entfernt war, war mir ein Rätsel.

Die Stille dehnt sich aus, und sie wandte sich von mir ab und blickte wieder auf das Gelände hinaus. Unter uns bewegten sich dutzende Kadetten von einem Gebäude zum anderen, plauderten, lachten, trainierten. Hier war nun schon jahrelang mein Zuhause, und ich liebte es, aber ich liebte Angh noch mehr. Zuhause war, wo er war.

„Er gehört mir, Niobe. Er ist mein Gefährte. Mir ist egal, ob Ihnen das recht ist. Ich werde weiterhin für den I.C. arbeiten, aber bitte nehmen Sie hiermit meine Kündigung von der Akademie entgegen. Wenn Sie mich brauchen, werde ich von nun an auf der Kolonie zu finden sein."

„Bei Ihrem Gefährten?"

Wo denn sonst. „Ja. Bei Angh."

„Das glaube ich nicht, Kira. Dafür ist es zu spät." Sie wandte mir den Rücken zu, und ich verkniff mir ein zorniges Fauchen darüber, dass sie so abgebrüht sein konnte, so ruhig. So verdammt kalt. Aber dann sah ich, wohin sie sich bewegte. Auf ein Bücherregal zu, das intakt in der Ecke stand. Auf dem obersten Brett stand eine echte Glasflasche voll Vodka aus einer der besten Brennereien in Russland, daneben drei weitere Schnapsgläser.

Als sie weiterhin nichts sagte, nahm ich die Schellen von ihrer Schnalle an meinem Gürtel und hielt sie hoch. Alle vier.

Scheiße.

„Er ist in Biestmodus gewechselt, nicht wahr?" Meine Frage war leise. Es war der Tonfall, den ich verwendete, wenn ich kurz davor stand, meine Feinde zu töten. Und in diesem Moment war die Vizeadmiralin gefährlich nahe dran, auf diese Liste zu kommen. *Das* war der Grund, warum ihr Büro zerstört worden war. Das wäre der einzige Grund für ihn, die Schellen abzunehmen. Wenn er aufgegeben hatte. *Scheiße.*

„Sehen Sie mich nicht an, als hätte ich Sie verraten, Kira", entgegnete sie. „Ich habe ihn nicht dazu gezwungen, die Schellen abzunehmen."

Ich glaubte ihr, aber das war nicht die ganze Geschichte. Das verwüstete Zimmer verriet noch viel mehr. „Aber Sie haben etwas getan. Was haben Sie zu ihm gesagt?"

Sie zuckte leicht mit den Schultern, nahm einen Schluck. „Ich habe ihm lediglich eine Stelle angeboten, wie ich es - wie Sie sehr wohl wissen - schon vorhatte, seit ich auf der letzten Mission mit Commander Phan gesprochen hatte. Und der Rest?" Sie deutete mit dem Drink auf das Chaos, das in ihrem Büro zurückgeblieben war. „Der Rest war seine Art und Weise, dieses Angebot abzulehnen."

Nur, weil er nicht zum I.C. wollte, hätte er wohl kaum das Zimmer verwüstet.

„Das ist doch Schwachsinn. Da fällt Ihnen doch bestimmt etwas Besseres ein." Es muss noch etwas anderes vorgefallen sein. Der Atlan-Krieger, den ich kannte, würde auf keinen Fall wegen eines dämlichen Job-Angebotes seinen Verstand verlieren. Auf. Keinen. Fall.

Sie kippte den Rest ihres Vodkas hinunter. Sie streckte mir die Flasche entgegen, bot mir einen Drink an. „Vodka? Er stammt aus dem Heimatland meiner Mutter, auf der Erde. Es gibt nichts Vergleichbares."

Die Vizeadmiralin war halb menschlich? Und Russin? Sie würde mich unter den Tisch trinken können...wenn der noch Beine hätte.

„Von dem Zeug hatte ich reichlich, als ich auf der Erde lebte. Ich will keinen Drink. Ich will die Wahrheit."

Sie deutete mit dem Kopf in Richtung Tür. „Gehen Sie und fragen Sie ihn selbst, Kira. Ich habe nichts getan. Lediglich"—sie stellte den Vodka zurück aufs Regal und zeigte auf die Schellen, dann mich—„die Dinge ein wenig vorangetrieben."

Ich stapelte die Schellen aufeinander, hörte sie klirren, spürte sie in meiner Hand warm werden, während ich ihr zusah, wie sie ihren verdammten Vodka süffelte. „Wenn ihm irgendetwas zustößt, dann werde ich Sie umbringen."

Ihr Lächeln war nicht freundlich. „Drohen Sie gerade einem ranghöheren Offizier, Captain?"

Ich schüttelte langsam den Kopf, nahm ihr den Vodka aus der Hand und trank ihn mit einem Zug aus. Die

Schärfe des Alkohols ließ mich zusammenzucken. Ich spürte, wie er in meiner Kehle brannte und dann meinen Bauch wärmte. „Nein. Ich sage einer Frau die Wahrheit, die ich für eine Freundin gehalten hatte."

Ich reichte ihr das Glas und sie nahm es. Dann drehte ich mich auf dem Absatz um und verschwand, bevor ich noch etwas *richtig* Dummes tat.

Die Gefängniszellen waren nicht dafür eingerichtet, einen Atlanen im Biestmodus zu halten, und ganz besonders nicht, wenn er sauer war.

Ich konnte nur hoffen, dass er nicht so sehr von der Rolle war, dass er nicht auf mich hören konnte. Und falls doch?

Nein. Darüber konnte ich nicht nachdenken. Ich musste hoffen, dass ich rechtzeitig ankommen würde.

CYBORG-FIEBER

Kira, Gefängnistrakt, Koalitions-Akademie, Zioria

Das lautstarke Toben des Biests erreichte mich schon auf halbem Weg zu seiner Zelle. Es ließ mich vor Schreck erstarren, dann aber eilte ich los. Er war wütend, erlitt Schmerzen, war aufgebracht. Wild. Was auch immer das richtige Wort war, das Biest war stinksauer. Und ich litt mit ihm mit, und mit Angh. Die Energiefelder konnten ihn vielleicht aufhalten, aber die Wände und Verankerungen, in die sie eingebaut waren, waren nicht dafür gebaut, ein Biest einzusperren.

Wenn Angh immer noch da drin war, dann deswegen, weil er es wollte. Und dafür würde es nur einen Grund geben, und zwar den, dass er keinen Grund zu fliehen sah. Zu kämpfen. Gott, es war, als hätte ich einen Ionen-

Schuss mitten ins Herz abbekommen. Das tat beinahe genauso weh, wie zu sehen, was sie ihm angetan hatten.

Er war an einen Tisch geschnallt. Die Riemen um seinen Körper waren so breit, dass es aussah, als hätten sie eine Mumie präpariert, und nicht ein lebendes Wesen gefesselt. Irgendwie hatten sie es geschafft, ihm, nachdem sie ihn betäubt und hier runter geschleppt hatten, die hellgrüne Kleidung der Krankenstation anzuziehen. Er sah den Umständen entsprechend gesund aus. Gott sei Dank. Aber das hieß auch, dass er bei vollen Kräften und gefährlich war.

Ich hatte ihn noch nie so gesehen. Geistlos. Brüllend. Völlig außer Kontrolle. Der Anblick brach mein Herz gleich noch einmal. Die Unterhaltung letzte Nacht war das Schmerzhafteste, das ich je erlebt hatte. Ihm zu sagen, dass ich seine Schellen nicht tragen würde, und nicht ihm gehören, war furchtbar gewesen. Aber als er mir antwortete, dass er mich nicht haben wollte, dass unsere Liebe die Leben, die sie kosten würde, nicht wert war... Das hatte mich letzte Nacht in tausend Stücke zerschmettert. Wir hatten uns beide geirrt, denn ich war nicht die einzige, die kämpfte. Es lag nicht an mir, die Welt... das Universum zu retten. Ich war nur ein kleines Rädchen...ein gutes, aber doch nicht mehr als das. Es würde Ersatz für mich geben, falls ich auf einer Mission umkam. Sie hätten innerhalb von Stunden einen anderen Krieger, der meinen Platz einnehmen würde, in meine Fußstapfen treten. Aber ich konnte *sehr wohl* meiner Arbeit nachgehen und gleichzeitig Anghs Gefährtin sein. Ich wusste nicht so recht, warum ich das nicht früher schon realisiert hatte, und nun war es meine Schuld, dass ich ihn so in dieser Zelle sehen musste.

Die Zurückweisung, unsere Abmachung, sie hatte auch ihn zerschmettert. Und auch das war meine Schuld. Ich war nicht die einzige, die auf Missionen gehen und die Welt retten konnte. Die Galaxis retten.

Verdammt, ich konnte ja nicht mal ihn retten. Meinen Gefährten. Den einzigen Mann, den ich je geliebt hatte.

All die Dinge, die ich zu ihm gesagt hatte, die Gründe, wegen derer ich glaubte, dass wir nicht zusammen sein konnten. Das war alles Unfug. Und Ego. Und so verdammt feige von mir. Ich hatte ihm das angetan. Nicht die Vizeadmiralin. Nicht der Hive. Die hatte er alle überlebt. Aber mich hatte er nicht überlebt.

Gott, was war ich für ein Ekel.

Ich hatte ihn vielleicht gebrochen, hatte Angh so tief sinken lassen, dass er nun an einen Tisch geschnallt in einer

Zelle lag. Aber ich konnte ihn retten. Jetzt sofort. Jetzt, da ich mich endlich eingekriegt hatte.

„Aufmachen, und verziehen Sie sich", zischte ich und zeigte auf die Schranken.

„Er ist im Fieber versunken, Captain. Die Atlanen haben schon einen Gesandten losgeschickt, der in wenigen Stunden hier sein und über sein Schicksal entscheiden wird. Ich habe auch gehört, dass ein Prillone mit ihm hierher gereist ist, der die Exekution vollstrecken wird." Der atlanische Kadett schluckte, und in seinen Augen lag Schmerz, Mitleid für einen gefallenen Helden. Anscheinend würde er nicht zur Wache werden wollen, wenn er erst mit der Akademie fertig war. „Ich kann Sie da nicht rein lassen. Er ist zu gefährlich."

Er starrte auf mich hinunter, weit hinunter, und schüttelte den Kopf. Aber als er die Schellen in meiner Hand sah, schlich sich Verachtung in seinen Blick. Ein Urteil. Er war damit großgeworden. Damit, dass diejenigen hingerichtet wurden, die in das Paarungsfieber verfielen und nicht gerettet werden konnten. Er wusste, wie die Sache ablief, viel besser als ich. Und doch war er es, der aufgebracht dreinblickte, während ich mit meinem inneren Biest kämpfte, das fuchsteufelswild war.

Die vier Prillon-Krieger, die mit ihm gemeinsam Wache standen, sahen mich an, als hätte ich den Verstand verloren. Vielleicht hatte ich das auch, aber das war höchste Zeit. Ich hatte einen höheren Rang als sie alle, inklusive dem jungen Atlanen, und auch dem jungen Prillonen, der am Kontrollpult stand, das die Schranke deaktivieren würde. Ich war nicht in der Stimmung, lange rumzufackeln.

„Öffnen Sie die Schranke, und verschwinden Sie von hier. Das ist ein Befehl. Er gehört mir. Er ist mein Gefährte. Und ich werde Sie nicht noch einmal darum bitten."

Die Prillonen blickten hilfesuchend zum Atlanen, aber nicht wegen seines Ranges—sie alle waren Kadetten im dritten Jahr, laut den Streifen auf ihrer Uniform—sondern weil der Atlane auf eine Weise verstand, was hier vor sich ging, wie die anderen es nicht verstehen konnten.

„Er könnte Sie umbringen, Captain", warnte er. „Er könnte Sie umbringen und nicht einmal wissen, was er tut." Die tiefe, grollende Stimme des Atlanen erinnerte mich an Anghs, aber sie klang so jung und unschuldig. Naiv. Er hatte noch keine Schlacht erlebt. Er hatte nicht erlebt, was mein Angh durchstanden hatte. Er war jung und zerbrechlich. Schwach.

Angh war das nicht. Er war so stark. Zu stark.

„Er wird mir nichts tun", sagte ich ihm. „Er ist der stärkste Krieger, den ich je gesehen habe." Ich nahm die erste kleine Schelle und schnallte sie mir um das Handgelenk, vor den Augen der Wachen. Ihre Augen weiteten sich bei dem Anblick dessen, was ich tat. Sie wussten, was die Schellen bedeuteten, wie ernst es damit war. Vielleicht würden sie meine Worte nun ebenso ernst nehmen. „Er gehört mir, und ich bin hier, um ihn in Besitz zu nehmen. Aus dem Weg."

Als die Schnalle an meiner Schelle sich mit einem Klicken schloss, brüllte Angh auf. Einen solchen Laut hatte ich noch nie gehört. Es war roh, und sowohl von Macht als auch von Wut erfüllt. Der Atlane erschrak und legte seine Hand auf meinen Arm, um mich von der Zelle wegzuziehen. Ich wollte seinen Griff abschütteln, spürte und genoss die Schwere und das Gefühl der Schelle um mein Handgelenk.

Ich drehte mich herum und sah, dass Angh seinen Kopf herumgedreht hatte. Die Augen seines Biests waren zusammengekniffen, blickten eindringlich auf die riesige Hand des anderen Kriegers auf meinem Arm.

„Raus hier!", befahl ich. „Sie alle. Er wird mir nichts tun, aber er wird Sie umbringen, ohne mit der Wimper zu zucken. Und nehmen Sie die Hände von mir. Ich trage nun eine seiner Schellen, und Sie fassen mich an. Nicht klug." Ich machte einen Schritt nach vorne, näher an die Schranke heran und außer Reichweite der Wache.

Die Augen des atlanischen Wachmanns wurden groß, und seine Hand fiel an seiner Seite herunter, als hätte ich ihn verbrannt. Er nickte gerade dem Prillonen am Kontrollpult zu, als er erste Riemen, der Angh fesselte, riss. Das Geräusch war so laut, als würde plötzlich ein großer Ast von einem Baum brechen, und ich erkannte, dass die Fesseln ihn wirklich nicht aufhalten würden. Nicht jetzt, da er mich gesehen hatte und mitbekam wie ein anderer Mann mich anfasste. Ich hatte gehofft, dass ich an ihn herankommen und ihm die Schellen anlegen können würde, ihm ein paar Minuten Zeit geben, sich zu beruhigen, sein Biest zu beschwichtigen, und ihn dann langsam aufstehen lassen.

Leider sah es nicht so aus, als wäre das nun noch eine Option. Ich würde es mit Angh im vollen Biestmodus zu tun bekommen. Ich konnte nur hoffen, dass er immer noch irgendwo da drin war. Das Biest kannte mich...hoffentlich.

Ich winkte alle Wachen hinter

meinen Rücken, wollte mich nicht abwenden oder den Blickkontakt mit dem Biest unterbrechen, das so entschlossen war, zu mir zu kommen. Langsam und vorsichtig hob ich die zweite kleine Schelle an mein Handgelenk und schnappte sie zu, sodass Angh zusehen konnte. So. Fertig. Ich gehörte ihm. Ich wusste, dass man die Schellen abnehmen konnte, aber ich würde meine nicht entfernen. Niemals. Ich hatte meine Entscheidung gefällt. Sie würden dranbleiben.

Er fauchte und zerriss drei weitere Riemen. *Ratsch. Ratsch. Ratsch.* Er würde in nur wenigen Sekunden frei sein, und die Wände würden ihn nicht halten. „Deaktivieren Sie die Schranken, und machen Sie sich vom Acker. Sofort."

Endlich hörten die Wachen auf mich. Das surrende elektrische Kraftfeld, das aktiviert gewesen war, verschwand, und zwischen mir und meinem Gefährten war plötzlich nichts weiter als Luft und ein paar kurze Schritte. Aber ich wartete, blieb reglos stehen, bis das Stapfen der Stiefel der Wachen verhallt war und ich wusste, dass wir allein waren.

Ich wusste, dass dieser Ort von Videokameras überwacht wurde, aber das war mir im Moment egal. Angh brauchte mich, und es war belanglos, wer zusah, solange sie irgendwo anders waren. Irgendwo, wo ein rasendes Biest sie nicht buchstäblich in Stücke reißen konnte.

„Angh. Es tut mir so leid." Meine Stimme war sanft, aber laut, sodass hoffentlich sowohl das Biest als auch der Atlane mich hören konnten. Er war in vollem Biestmodus. Riesig. Er stand zwar nicht aufrecht, aber ich wusste, dass er zweieinhalb Meter groß war. Muskeln über Muskeln. Geballte

Fäuste. Abgehackter Atem. Intensiver Blick.

„Meins."

Das Biest stieß dieses eine Wort hervor, sein Blick war wie ein Laser auf mich gerichtet, und ich wusste, dass damit die Frage, ob er mich noch immer wollte, beantwortet war. Aber wie weit war er verloren? Würde er mir wehtun? Ich hatte mich ganz tapfer gegeben, als ich den Wachen versicherte, dass er das nie tun würde. Und daran musste ich nun glauben. Musste es, sonst würde das hier niemals klappen.

„Du gehörst mir, Angh", sagte ich ihm und hob die Arme vor mir hoch wie Wonder Woman mit ihren kugelsicheren Armbändern. „Siehst du die Schellen an meinen Armen? Ich nehme dich in Besitz, Kampflord Anghar von Atlan. Du kriegst dich besser wieder unter Kontrolle, Kampflord, denn du hast eine Gefährtin, die dich braucht."

„Meins."

Der letzte Riemen über seiner Brust riss, und er setzte sich auf und zerfetzte den Rest in wenigen Sekunden. Dann stand er auf und stakste auf mich zu wie ein Eroberer, mit seiner prachtvollen nackten Brust. Die grünen Krankenhaus-Hosen waren weich und verbargen absolut nichts von seinem riesigen Schwanz, der sich mir entgegenstreckte. Dick und lang, und ich wusste genau, wie er sich in mir anfühlte. Wenn er mich füllte, weit dehnte. Aber das war nur Sex gewesen. Ich hatte die Schellen da noch nicht getragen. Und jetzt hatte ich einen sichtlichen Beweis dafür, dass ich ihn wollte. Dass, auch wenn er immer gesagt hatte, dass ich ihm gehörte, er auch mir gehörte.

Ich wusste, was dieses Biest wollte. Und mein ganzer Körper reagierte darauf. Meine Pussy schwappte über vor

Freude, und mein Blut wurde schon beim Gedanken daran heiß. Ja, ich wollte es auch. Gott, ich brauchte es. Zu wissen, dass er mit mir in dieser Angelegenheit ganz auf einer Linie lag. Dass wir beide uns wild fühlten, fieberhaft, und ganz verzweifelt danach, uns zu paaren. In Besitz zu nehmen. Ich wollte von ihm markiert sein, ihm gehören und niemandem sonst.

Hier stand ein Biest, das mich in Besitz nehmen wollte, kein Mann. Er war riesig, und in seinen Augen und seiner Haltung lag nichts auch nur ansatzweise Zivilisiertes. Es würde kein zaghaftes Umwerben geben, oder leise Worte wie in der Nacht zuvor. Er war roh. Ungezähmt. Völlig wild. Das hier war anders. Ich hatte ihn an die Grenze getrieben, und ich würde nehmen, was er brauchte, um mich in Besitz zu nehmen.

Und ich war so verdammt scharf auf

ihn, dass meine Knie beinahe auf der Stelle einknickten. Ich wollte, dass er mich gegen die Wand drückte und sich bis zu seinen Eiern in mir vergrub. Ich wollte, dass er in mich pumpte wie ein Irrer, wild und so heiß, dass er uns beide verbrannte. Ich wollte stöhnen, von seinem inneren Biest gefickt werden, bis ich jeden Männernamen vergaß, außer seinem. Wollte seinen Besitzanspruch in meiner Pussy *spüren* können, tagelang. Ewig.

Ich holte tief Luft und streckte die Hand aus, um ihn aufzuhalten, als er nur noch zwei Schritte entfernt war.

Gott sei Dank blieb er auch wirklich stehen. Mit bebender Brust zwar, aber so wusste ich, dass er immer noch da drin war. Mein Angh. Er war kein geistloses Biest. Wild, ja, aber er gehörte immer noch mir.

„Du wirst mich nicht anfassen, bevor du nicht mir gehörst, Angh.

Bevor diese Schellen nicht wieder an ihrem Platz sind." Ich ließ sie zwischen uns baumeln, die Schellen, die er abgeworfen hatte, um mir meine Freiheit zu schenken. Aber keiner von uns würde frei sein, solange er sie nicht wieder anlegte.

Anstatt sie mir abzunehmen, wie ich es erwartet hatte, streckte er mir einfach nur beide Arme entgegen und wartete darauf, dass ich sie ihm um die Handgelenke schnallte. Ich hatte mir keine großen Gedanken darüber gemacht, als ich mir meine kleineren Schellen selbst angelegt hatte, aber nun wurde mir die Gewichtigkeit des Augenblicks bewusst. Das hier war mehr als nur ein Ehering. Mehr als eine schlichte Ehe auf der Erde bedeutet. Das hier war wahrhaft für die Ewigkeit. Zusammen leben. Zusammen kämpfen. Zusammen sterben. Diese Schellen würden meine Handgelenke niemals wieder verlassen. Mir war egal, ob wir dadurch nicht mehr als 15 Meter voneinander entfernt sein konnten, ohne einen schmerzhaften Stromschlag zu erhalten. Ich hatte nun gesehen, was mit ihm geschehen würde, welches Risiko er einging, und ich würde dieses Risiko nie wieder eingehen.

Er gab sich für mich hin, wie er es auch an jenem Abend getan hatte, als wir uns zum ersten Mal begegneten. Damals hatte ich es nicht verstanden, aber jetzt tat ich es. Sollte ich als Erste sterben, würde er mir folgen, denn sein Biest würde ohne eine Gefährtin, die es besänftigen konnte, nicht überleben können. Wohin ich auch ging, er würde mir folgen. Er würde für mich kämpfen, töten, sterben.

Und als ich die erste Schelle um seine Hand schnallte, da wurde mir klar, dass ich mehr als gewillt war, das gleiche für ihn zu tun.

„Ich liebe dich, Angh." Ich fasste nach dem zweiten Handgelenk. Die Schelle war der letzte Schritt dazu, dieses Prachtexemplar von einem Mann für mich selbst zu beanspruchen. Die Konsequenzen waren mir egal. Sie kümmerten mich nun nicht mehr. Nur er war mir nun noch wichtig. „Ich hätte es dir früher sagen sollen. Ich hätte mir letzte Nacht schon deine Schellen anlegen sollen. Es tut mir so leid."

Die Schnallen der letzten Schelle schnappten zu, und Angh regte sich immer noch nicht. Er war wie eine Wand aus Stein. Als würde er, wenn er sich auch nur einen Zentimeter bewegte, sofort zerbröckeln.

Ich hielt den Atem an.

Das hier würde also völlig anders werden, als ich es gedacht hatte. Er sollte mich doch mittlerweile küssen. Leidenschaftlich und wild und völlig außer Kontrolle. Und nicht auf mich hinunter starren, als hätte ich gerade sein Lieblingshündchen umgebracht.

Er war stark, diszipliniert, zumindest genug, um sich zurückzuhalten, und er war verletzt. Litt. Ich hatte ihm das Herz gebrochen, und dafür hasste ich mich. Er war bereit gewesen, wegen mir zu *sterben*.

Also würde ich damit fortfahren, das hier, uns beide, durch die Besitznahmezeremonie zu führen. Die Schellen waren an, aber es stand uns noch einiges bevor. Ich suchte den Saum meines gepanzerten Hemdes, zog es mir über den Kopf und ließ es zu Boden fallen. Das Unterhemd folgte, und dann der ungewöhnliche Sport-BH, den ich darunter trug.

Anghs Atem ging schneller, doch sein Blick war immer noch fest auf meinen gerichtet, während ich mich fertig auszog, die Stiefel abstreifte und aus der Hose stieg, bis ich nackt vor ihm stand und nichts mehr trug, außer den Schellen. Seinen Schellen. Ohne sie würde ich mich selbst vollständig bekleidet noch nackt fühlen. Sie waren jetzt alles, was ich noch brauchte.

Als er weiterhin nur starrte, kam ich auf ihn zu und schlang meine Arme um ihn. Brust an Brust. Seine hauchdünnen Krankenhaus-Hosen das einzige, was uns noch trennte. Ich konnte jeden harten Zentimeter von ihm spüren, die Dicke seines Schwanzes, die Hitze seiner Haut, die prallen Muskeln des Biests. Ich wusste nicht, was ich sonst noch sagen sollte. Was sonst noch tun.

„Bitte. Bitte vergib mir dafür, dass ich so unglaublich bescheuert gewesen bin."

Mit einem Knurren wirbelte er mich herum, drückte meinen Rücken an seine Brust, und schob mich an die Wand, wo eine große metallene Halterung angebracht war, die mir bisher noch nicht aufgefallen war. Er bewegte sich so schnell, dass ich aufkeuchte, aber ich wehrte mich nicht. Er hob meine Handgelenke hoch und hielt sie über das Metall, und irgendwie aktivierte er sie so, dass ich festhing, auf den Zehenspitzen, die Arme über den Kopf gestreckt. Am Haken und ihm vollkommen ausgeliefert.

„Meins", knurrte mir das Biest ins Ohr, und ich hob den Kopf und sah zu, wie er sich die dünnen Hosen vom Körper riss und auf den Boden warf. Er war nackt, sein Schwanz riesig, hart und triefend. Hitze flutete meine Pussy, und Nässe benetzte meine Schenkel. Ich wollte ihn. Hart und heiß und gegen die Wand gedrückt. Hier und jetzt.

„Ja", hauchte ich. „Du gehörst mir, Angh. Mein Gefährte. Fick mich. Tu es. Ich brauche dich. Nimm mich in Besitz." Ich wand mich, bemühte mich, meine Hände freizubekommen, damit ich mich herumdrehen und ihn berühren konnte. Ihn küssen.

Aber er hatte nun das Sagen, und er hatte nicht die Absicht, mich walten zu lassen. Genau so sollte es ablaufen. Vielleicht nicht in einer Gefängniszelle, aber grob und wild, die Frau ganz dem Mann ausgeliefert. Dem Biest. Das hier war der einzige Anlass, zu dem es dem Biest gestattet war, völlig die Beherrschung über den Mann zu erringen. Mich in Besitz zu nehmen, sodass es besänftigt werden konnte, das Paarungsfieber gelindert.

„Bereit?" Das Biest trat hinter mich. Sein Schwanz drückte in meinen Rücken. Seine riesigen Hände umfassten meine Brüste, nicht zärtlich, sondern er massierte sie, als würde er mich verschlingen wollen. Mit Haut und Haaren.

Sekunden später wanderte eine Hand an meinen Kitzler, schlüpfte daran vorbei und glitt tief in mich hinein, prüfte, wie nass ich war, wie bereit für ihn.

„Angh!" Mein Kopf fiel mir in den Nacken, an seine Brust, und ich zuckte zusammen, wollte meinen Kitzler in seine rohe Handfläche pressen, seinen Finger ficken. Aber ich hatte keinen Halt, konnte mich nirgendwo hin bewegen, nichts anderes tun als das nehmen, was er mir gab. Es fühlte sich so gut an. Eine brennende Hitze, die so kraftvoll war, dass ich schon kommen würde, wenn er mich nur ein wenig mehr berührte...nur noch ein wenig mehr.

Als er meine Hüften anhob und mich mit einem kräftigen Stoß von hinten füllte, kam ich beinahe. So groß. So dick. Ich krampfte und zuckte um ihn, während ich mich anpasste. Er war *beinahe* zu viel, aber ich würde ihn in mir aufnehmen. Ganz und gar. Jeden harten, dicken Zentimeter. Ich wollte ihn so sehr, so verdammt sehr. Nun waren wir erstmals richtig zusammen, als Gefährten. Das hier war alles, was zuvor gefehlt hatte, und ich bemerkte, dass ich mich zuvor immer ein klein wenig zurückgehalten hatte. Gerade so viel wie nötig. Ich brauchte es wild. Ich brauchte es grob. Ich brauchte es so, dass ich keine Kontrolle hatte.

„Meins." Sein Knurren ließ meine Pussy sich wie eine Faust um ihn herum zusammenziehen, und sein Biest stöhnte genau im gleichen Moment wie auch ich.

Er setzte seine Hände ein, fasse um meine Schenkel herum nach vorne und spreizte mich. Meine Nässe dort verfing sich in seinen Handflächen, benetzte ihn. Ich rutschte noch ein wenig weiter hinunter, nahm noch ein wenig mehr von ihm auf, und seine dicke Schwanzspitze stupste gegen das obere

Ende meiner Pussy mit unerbittlichem, erregendem Druck, der sich in mir immer höher aufbaute, bis ich dachte, ich würde explodieren. Der Moment war gekommen. Mein Ein und Alles. Er war in mir, nahm mich in Besitz. Ich gehörte ihm, und er würde mich das nie wieder vergessen lassen.

Angh

Ich kam langsam zu mir. Das Biest war nicht begeistert von der Idee, die Kontrolle mit mir zu teilen, wo wir doch genau da waren, wo wir sein wollten: bis zu den Eiern in unserer Gefährtin vergraben, die Schellen an ihren Handgelenken, ihre nasse Mitte um uns herum zusammengezogen wie eine

Faust. Drückend, zuckend, mir den Samen aus den Eiern melkend.

Ich hatte jedes Wort gehört, das sie gesagt hatte. Das Biest war nur zu gerne bereit gewesen, die Drohung zu ignorieren, die die Vizeadmiralin ausgesprochen hatte, und sich einfach zu nehmen, was es wollte. Kira.

Mit unglaublicher Anstrengung hatte ich das Biest zurückgehalten. Ich wusste, dass es falsch sein würde, sie zu nehmen. Nicht gut. Aber das Biest wollte nicht hören. Ich hatte es davon abhalten können, über uns beide zu herrschen, bis sie sich ausgezogen hatte und der Geruch ihrer nassen Hitze meinen Kopf mit solch mächtiger Lust erfüllte, dass das Paarungsfieber nicht mehr aufzuhalten gewesen war, und sein Biest sich geholt hatte, was ihm gehörte. Uns.

Sie. Unsere Gefährtin.

Nun zufriedengestellt, ließ das Biest

endlich wieder zu, dass ich ein wenig Raum in unserem Kopf bekam. Nun spielten wir mit ihr. Stießen langsam in ihren Körper. Sie war hilflos, unterwürfig, voller Vertrauen darin, dass ich und das Biest ihr nichts tun würden.

Das Gefühl war mächtig, berauschend, und ich wusste, dass Kira mein Ein und Alles war. Alles.

Ich würde sie ficken. Sie mit meinem Samen füllen. Sie in Besitz nehmen.

Und ich würde tun, was ich tun musste, um für ihre Sicherheit zu sorgen. Auch wenn das bedeutete, die Vizeadmiralin zu beseitigen. Dann würde das so sein. Niemand würde uns gegeneinander ausspielen. Niemand. Und nun, da die Schellen um unsere Handgelenke geschnallt waren, würde uns niemand mehr anzweifeln.

Ich würde den verdammten König auf Prillon Prime umbringen, oder den

Anführer meiner Heimatwelt, wenn das notwendig wäre.

Ich wollte, dass das hier ewig andauerte, unsere Verbindung, das süße, selige Gefühl, tief in ihr zu sein. Aber der Duft ihrer Haut, ihr weicher Körper, der an meine Brust geschmiegt war, ihr weicher Hintern, der gegen meine Hüften prallte, war zu viel. Ihre nasse Mitte pulsierte. Lockte. Der Orgasmus baute sich auf, zog sich in meinen Eiern zusammen wie eine köstliche, schmerzhafte Spirale, und ich wusste, dass ich nicht durchhalten würde. Ich musste sie mit mir mitreißen.

Ich fuhr mit einer Hand an ihren Kitzler, fand ihn geschwollen und glitschig. Ich streichelte sie, beschleunigte mein Tempo, pumpte in sie wie das primitive Tier, zu dem sie mich gemacht hatte.

Ihr Schrei war mein Stichwort, loszulassen, und ihre Pussy molk mich, während mein Brüllen das gesamte untere Geschoss des Akademiegebäudes, in dem sie mich hielten, erfüllte.

Ich füllte ihre Pussy mit Samen, bis er hervorquoll, an ihren Schenkeln hinunterlief, über meine Eier. Ich hatte sie markiert. Es gab kein Zurück mehr. Die Besitznahme war abgeschlossen.

Das Paarungsfieber war sofort verflogen. Mein Biest war besänftigt.

Heiß, verschwitzt, kaum atmend, hielt ich sie so fest. An die Wand gepresst, während mein Biest sich beruhigte, erstmals seit Jahren völlig glücklich. Verdammt, ich konnte mich nicht daran erinnern, mich je so gesättigt gefühlt zu haben, so voll mit innerem Frieden.

Ich senkte meinen Kopf an ihre Schulter und küsste sie dort sanft. Endlich *sanft*. Ich wusste, dass meine Stimme heiser sein würde, aber ich musste es sagen. „Ich liebe dich, Kira. Du gehörst mir."

Ich sah sie lächeln, als ich ihr das feuchte Haar aus dem Gesicht wischte. „Ich liebe dich auch. Du bist jetzt mein Biest, Angh. Genug von diesem Unfug von wegen Sterben, in Ordnung? Du hast mir höllische Angst eingejagt."

Die Glückseligkeit, die ich empfunden hatte, wurde schwächer. Sie war nur hierher gekommen, weil sie dachte, dass ich sterben würde. Sie hatte nicht mich gewählt, sondern nur, mich nicht sterben zu lassen.

Bevor ich das verarbeiten konnte, räusperte sich jemand.

Sofort bewegte ich mich so, dass ich Kira vor den Blicken der anderen Person abschirmte. Aber mehr konnte ich nicht tun. Die Schellen waren immer noch aktiviert, hielten ihre Handgelenke an der Wand über ihrem Kopf fest. Und mein Schwanz war immer noch tief in ihr vergraben. Ich wollte mich nicht herausziehen. Noch nicht.

Um ehrlich zu sein, wollte ich für immer in ihr bleiben.

Sobald Kira vor den Blicken der unbekannten Person geschützt war, drehte ich den Kopf herum und sah die Vizeadmiralin mit verschränkten Armen und einem siegreichen Grinsen auf dem Gesicht dort stehen.

„Nun, da Sie sich über das hier einig geworden sind, bringen Sie es zu Ende und erscheinen Sie in einer Stunde bei Transportraum 2."

Ich knurrte. Das Biest kam von tief in mir hervor und übernahm die Kontrolle. Es tobte nicht länger zügellos, sondern erbittert und fokussiert.

„Sie. Töten."

Das hier war die Person, die unserer Gefährtin gedroht hatte, und das Biest war sauer.

Die Vizeadmiralin zuckte mit keiner Wimper über diese Drohung. „Tja, nun, könnten Sie das nach Ihrer Rückkehr aus Sektor 54 tun? Sie sind nun ein Gefährtenteam. Sie ziehen gemeinsam aus. Kämpfen gemeinsam. Ich zähle darauf, dass Sie beide mein stärkstes Team sein werden, und wir haben da einen I.C.-Agenten, der dringend geborgen werden muss. Also, eine Stunde."

Mit diesen Worten drehte sie sich auf dem Absatz herum und machte drei Schritte. Blieb stehen. Wandte sich noch einmal zu mir herum. „Oh, und falls Sie sich das fragen: Ich habe den Wachen, die die Videokameras der Gefängniszellen überwachen, frei gegeben, und eine gewisse Zeitspanne wird auf mysteriöse Art in den Akademie-Aufzeichnungen fehlen." Mit diesen Worten ließ sie mich mit meiner Gefährtin allein. Biest und Mann waren absolut sprachlos.

War das die gleiche Frau, die mich in den Knast werfen ließ, an einen Tisch schnallen und auf eine Hinrichtung vorbereiten? War das die ganze Zeit über ihr großer Plan gewesen? War Kira hier, weil sie mich aufrichtig liebte, oder weil diese manipulative Frau ihr jede andere Wahl genommen hatte?

Ich konnte darüber jetzt nicht nachdenken, denn mein Schwanz war immer noch hart, die Videokameras waren aus, und wir waren immer noch alleine. Wir würden vielleicht in den Sektor 54 reisen müssen, aber ich würde meine Gefährtin noch einmal ficken, bevor wir aufbrachen. Diesmal würde ich die Kontrolle haben, nicht mein Biest. Aber Kira würde noch einmal kommen. Ihre Pussy würde zucken und pulsieren, während ich zusah. Diesmal wollte ich ihr Gesicht sehen. Ich konnte ihr nun völlig nach meinem Belieben Lust bereiten, denn sie gehörte mir. Ich konnte sie zähmen, wie ich wollte. Und selbst, wenn sie nur hierher gekommen war, um mir das Leben zu retten: das Biest machte sich nichts aus den Regeln. Die listigen Pläne der Vizeadmiralin waren ihm egal. Er hatte sich genommen, was zum Angebot stand, und jetzt war es zu spät, daran noch etwas zu ändern.

Kira gehörte nun mir, ob sie das aufrichtig gewollt hatte oder nicht.

Und ich hätte sowieso nicht die Kraft, sie gehen zu lassen.

KAPITEL 13

Angh, Sektor 54, Außenposten der Hive-Integrationseinheiten, Gefängniszellenblock

Ich hörte die Hive-Drohnen. Sie waren überall. Was für gewöhnlich ein undeutliches Surren in meinem Hinterkopf war, war nun zu vollständigen Gesprächen unter Hive-Trios geworden, die sich auf der Basis herumbewegten.

Ich verstand alles. Jedes. Wort.

„Hast du das gehört?" Neben mir in diesem Seitengang hockte meine wunderschöne, mutige Gefährtin in voller Kampfmontur, Ionen-Flinte im Anschlag. Sie sah entschlossen aus, professionell, und so verdammt sexy, dass ich Mühe hatte, meine Augen von ihr zu lassen. Ich hatte noch nie zuvor jemanden als *sexy* betrachtet, während wir in feindlichem Gebiet unterwegs waren, aber es gab für alles ein erstes Mal.

Hinter uns wartete ein kleines Einsatzteam bestehend aus Menschen, Everianern und Viken-Kriegern auf Befehle von ihrer Anführerin. Kira. Nicht ich. Aufklärungsteams setzten sich für gewöhnlich aus Mitgliedern der kleineren Rassen zusammen. Sie konnten rasch rein, raus, und sich auf engem Raum schnell bewegen. Ich war hier eine Kuriosität, und sie sahen mich an, als wäre ich ein tollpatschiger Riese, trotz der

Tatsache, dass ich sie mit einem Hieb meiner bloßen Faust töten könnte. Und so ignorierte ich sie.

Kira war hier. Ich zog dorthin, wo sie war. Ende der Diskussion.

Unsere Zielperson, ein Waffenspezialist von Rogue 5 und Geheimagent des I.C. aus der Styx-Legion, befand sich angeblich auf der zweiten Ebene, am anderen Ende des Zellenblocks. Wie die Vizeadmiralin an diese Informationen gelangt war, wusste ich nicht, aber ich wusste, dass sie es uns nicht sagen würde, falls wir nachfragten.

Es gab nur einen Weg, jenen Korridor zu betreten und zu verlassen. Die hinteren Mauern dieses Gefängnis-Abschnittes waren aus Stein, der mindestens hundert Meter dick war. Wir hatten Transporter-Sonden, aber die würden so tief unter der Oberfläche nicht funktionieren.

Das hieß, dass wir ihn befreien und

an die Oberfläche bringen mussten. Lebend oder tot. So lautete unser Einsatzbefehl. Wir konnten nicht zulassen, dass der Hive Zugriff auf seine Gedanken erhielt.

Ich fluchte leise und schüttelte den Kopf, um ihn von dem Getöse frei zu bekommen, das die Hive-Drohnen darin veranstalteten. Auf diesem Außenposten befanden sich neun Hive. Drei Trios. Und ich konnte jeden einzelnen von ihnen hören, als stünden sie neben mir.

Der Hive hatte also eine Vorliebe für dunkle, verlassene Höhlen.

„Kampflord?" Kira flüsterte so, dass ich mich bücken musste, um sie hören zu können, aber ich nahm die Augen nicht vom Korridor vor uns, und senkte auch die Waffe nicht. Wir waren zu siebt, aber wenn die Hive uns bemerkten, würden sie unseren Standort stürmen, die Ausgänge sperren und

Drohnen zu Dutzenden herein transportieren, bis wir in der Falle saßen.

Das durfte nicht passieren. Ich würde sterben, bevor ich zuließ, dass sie mich noch einmal gefangen nahmen. Oder Kira. Auf gar keinen Fall würden die sie in die Finger bekommen.

„Ja, Captain?" Ich sprach sie respektvoll mit ihrem Titel an, denn dasselbe erwartete ich auch von den anderen Kriegern im Team.

„Können Sie das hören?" Sie drehte sich geduckt herum, um die anderen ansprechen zu können. „Kann irgendjemand von Ihnen das hören?"

„Was hören?" Der Viken-Krieger neben ihr zuckte mit den Schultern. „Ich höre gar nichts."

„Dieses Summen." Sie klopfte sich an den Helm, knapp über ihrem Ohr, wo das Funkgerät eingebaut war. „Ich glaube, mein Funk spinnt."

Ich wandte meine volle Aufmerksamkeit wieder auf die scheinbar verlassenen Korridore vor uns. Der Hive war in Bewegung, ein Trio war in unsere Richtung unterwegs. Auf den Gefangenen zu, den zu bergen wir hier waren. Wie ich das wusste, *warum* ich das wusste, darüber wollte ich gar nicht nachdenken.

Ich ballte die Fäuste. Das Biest tobte, und die Schellen waren das einzige, was es im Zaum hielt. Wir waren in der Nähe unserer Gefährtin. Wir mussten sie beschützen. Alles andere, selbst die Wut und die Schmerzen der Folterungen, die Kreaturen wie diese mir angetan hatten, war nun unwichtig.

Kira war wichtig. Und die Mission war ihr wichtig. Das war alles. Mein einziger Existenzgrund. Die Vizeadmiralin war clever. Ihre Strategien waren einige der besten in der gesamten Galaxis. Sie hatte bekommen, was sie wollte.

Ich hatte, was ich wollte. Aber Kira? Ich wusste es einfach nicht.

Hatte sie mich wirklich gewählt? Oder hatte die Vizeadmiralin sie dazu genötigt? Oder—

Das Biest brüllte mich an, verdammt noch mal ruhig zu sein und die Hive-Soldaten zu zerfetzen, die den Gang herunterkamen. Zur Abwechslung war ich ganz seiner Meinung. Alles, um die Gedanken in meinem Kopf davon abzuhalten, wie hungrige Aasgeier zu kreisen.

„Drei Hive nähern sich, linker Korridor."

Kira schnellte wieder herum und hob ihre Flinte. „Wie lange noch?"

„Jetzt."

Der Hive-Soldat, der als erstes um die Ecke bog, war einmal Prillone gewesen, groß und fies, und sein gesamtes Gesicht war silbern. Seine Augen waren aus solidem Metall, wie Denzels. Von dem Krieger, der er einmal gewesen war, war nichts mehr übrig, und als er sprach, war seine Stimme monoton. Mechanisch und leer. „Eindringlinge. Ebene—"

Sein Kopf war blutiger Brei in meinen Händen, nachdem ich ihn an die Wand geklatscht hatte. Aber die anderen beiden übernahmen die Meldung, bevor ich meine Aufgabe zu Ende bringen konnte.

„Ebene Zwei. Eindringlinge auf Ebene Zwei."

Um mich herum flogen Ionen-Schüsse und schalteten die restlichen beiden Soldaten aus. Kiras Flüche kamen ihr so schnell über die Lippen, dass meine NPU Mühe hatte, mitzuhalten.

„Was soll der Scheiß, Angh? Wir warten, bis sie vorbei sind, dann schlagen wir von hinten zu. Rein. Raus. Und nicht erwischen lassen. Kapiert?"

Der Viken hinter ihr lachte, als ich mich herumdrehte, den leblosen Prillon-Körper immer noch vergessen in den Händen. „Das ist nicht die übliche Art, mit der Atlanen in den Kampf ziehen."

Sie seufzte. „Das hier ist kein Kampf, es ist Aufklärungsarbeit."

„Dann werde ich nach unserer Rückkehr Aufklärungs-Strategien studieren."

„Genau *deswegen* gibt es keine Atlanen in Aufklärungs-Teams." Sie grinste nun, und so wusste ich, dass sie mir vergeben hatte. Ihr Blick fiel auf den Hive, der in meinem Griff baumelte. „Bist du damit fertig, den da umzubringen? Ich würde gerne unsere Zielperson befreien und von hier verschwinden."

Ich ließ den Hive fallen wie einen Stein und machte mich in die Richtung auf, in die sie deutete. Den Korridor entlang, der zu dem Gefangenen von Rogue 5 führte, der Informationen in seinem Kopf hatte, die für den I.C. so wertvoll waren, dass sie bereit waren, unser aller Leben dafür aufs Spiel zu setzen, um sie nicht in die Hände des Hive geraten zu lassen.

Seine Zelle zu finden, war einfach. Die verriegelte Tür war aus Metall, und die Angeln und Riegel waren in der Felswand der Höhle eingebettet. Wie erbärmlich.

Ich riss die Angeln aus, so leicht, wie ich es mit der Tür zu Kiras Vortragssaal getan hatte, und trat zur Seite, damit einer vom Team hinein konnte. Ich war zur Hälfte Biest, denn er hatte sich geweigert, verborgen zu bleiben, wenn man so viel Spaß haben konnte. Ich wusste also, dass der arme Mann womöglich einen Herzinfarkt bekommen würde, wenn ich diese Zelle betrat.

Ich hielt die Tür zur Seite, während

Kira und der Viken an mir vorbei gingen. Er grinste. "Und genau *deswegen* sollten Atlanen auf jeder Mission mit dabei sein."

"Maul halten, Farren", schnappte Kira ihn an und tappte sich wieder an den Helm, aber ihre Worte brachten die anderen Teammitglieder nur zum Lachen.

"Rokk? Ich gehöre zur Aufklärungseinheit. Wir holen Sie hier raus."

Wenige Augenblicke später stolperte der große Krieger in den Flur, schwer auf Kira und den Viken gestützt, seine Arme um ihre Schultern. Rokk war schwach und angeschlagen. Er war so gut wie nackt. Die Überreste von zerfetzten Hosen bedeckten ihn kaum. Seine Haut war mit getrocknetem Blut überzogen. Aber ich wusste, dass der Hive die wahre Folter noch nicht begonnen hatte, denn ich sah keine Hive-Implantate an seinem Körper, keine silbrigen Teile, die sich in seine Haut bohrten wie lebende Parasiten.

Das Biest wollte bei den Erinnerungen aufheulen, aber ich hielt es mit purer Willenskraft zurück. Es sollte doch einfacher sein, es zu kontrollieren, nun, da ich eine Gefährtin hatte. Aber das Biest war wie ich, frustriert und unsicher.

Wollte unsere Gefährtin uns wirklich? Machte das einen Unterschied?

Oh verdammt, ja. Das tat es. Und bis wir es mit Sicherheit wussten, würde das Biest sich nicht völlig beruhigen, und ich auch nicht.

Ich sah ihnen zu, wie sie ein paar Schritte weit unter seinem Gewicht taumelten. Der Bastard schien teils Atlane und Hyperione zu sein. Die seltsamen Fangzähne in seinem Mund waren ein Hinweis darauf, dass er jener primitiven Spezies angehörte. Sein Körper war mit einer beeindruckenden

Anzahl von Tätowierungen bedeckt, alle in einer Sprache, die ich nicht kannte.

Kira sah, dass ich neugierig war. „Es sind Namen, Angh. Die Namen der Leute, die zu beschützen er geschworen hatte. Die Namen seiner Leute. Je höher ihr Rang in der Styx-Legion, umso mehr Namen haben sie auf die Haut tätowiert."

Mein Respekt für diesen Alien-Krieger stieg an, als ich bemerkte, dass sich hunderte Namen über seinen Oberkörper zogen, sodass ein Großteil seines Rückens und seiner Brust bedeckt war. Auch er bemerkte, dass ich hinsah, also fragte ich ihn. „Wie viele?"

„Zweihundert und vierunddreißig. Ich bin nur ein Leutnant."

Ich schnaubte anerkennend. „Überlasst ihn mir."

Der Viken zuckte die Schultern und trat beiseite, und ich nahm seinen Platz ein. Sobald ich ihn hatte, nickte ich Kira zu, und auch sie ließ los. Rokk war groß, aber nicht größer als ein durchschnittlicher Prillone. Wäre er Atlane, wäre er doppelt so schwer, und ich hatte schon viele Brüder ohne Hilfe vom Schlachtfeld getragen. „Los. Ich schaffe das."

Mit einem letzten Blick nickte Kira, vertraute mir, und machte sich wieder in die Richtung auf, aus der wir gekommen waren. Der Viken Farren, der ihr engster Verbündeter zu sein schien, blieb bei ihr, und sie liefen in Kampfformation voran. Gemeinsam prüften sie sorgfältig jede Ecke. Das war nicht notwendig. Ich konnte sie hören. Jeden Einzelnen. Das hielt mich nicht davon ab, in Panik zu geraten, sobald sie mehr als eine Armlänge von mir entfernt war. Sie konnte aber zum Glück nicht weit von mir weg, wegen der Schellen, und das beruhigte mein Biest.

„Drei Soldaten und drei Späher nähern sich. Die Hälfte links, und die andere Hälfte blockiert uns den Ausgang."

„Scheiße. Wie kannst du das wissen?" Die beiden Aufklärungs-Agenten hinter mir fluchten, aber widersprachen nicht, und gingen mit gezogenen Waffen weiter. Aber ich hielt sie auf.

„Nein. Übernehmt ihn. Ich kümmere mich um den Hive."

„Ja, Sir." Sie waren keine neuen Rekruten, und sie waren nicht dumm. Sie hatten gesehen, was ein Atlane in Biestmodus in einer Schlacht ausrichten konnte. Und da das hier dank mir nicht länger eine geheime Mission war, da wir entdeckt worden waren, würde ich das nun wiedergutmachen.

Ich überließ ihnen den Gefangenen und lief nach vorne. Ein herausforderndes Brüllen hallte durch die Gänge und kündigte mich an. Ich würde ihre Aufmerksamkeit auf mich ziehen, und dann konnte das restliche Team sie einen nach den anderen mit ihren Ionen-Kanonen ausschalten.

„Verdammt noch mal, Angh!", schrie Kira, aber ich war schon in mehr Schlachten gewesen, als sie je wissen würde. Ich kannte den Hive gut und wusste, wie sie arbeiteten. Wie sie dachten. Ich war einer von ihnen gewesen, und die Rage, die ich für ihre Art empfand, war immer noch am Köcheln.

Sie lauerten da, wo die Korridore sich kreuzten; wo wir erst vor wenigen Minuten selbst gewartet hatten. Ionen-Schüsse trafen mich von hinten und vorn. Ich war umzingelt, aber ich rannte geradewegs durch das Feuer hindurch in die erste Gruppe, riss sie mit bloßen Händen in Stücke und kümmerte mich nicht darum, wo die anderen waren. Ich würde diese drei erledigen und mich dann an die nächsten machen. Und danach die nächsten.

Mein Biest jaulte vor Zorn. Der Tötungswahn, das Bedürfnis, sicherzustellen, dass unsere Gefährtin geschützt war, machte ihn besonders grausam.

Die ersten drei waren tot, der Kampfrausch verflogen, und mein Biest blickte sich nach dem nächsten Gegner um.

„Angh! Granate!" Kiras Warnung hallte durch die Luft, und ein kleiner metallischer Gegenstand landete in der Mitte des Raumes.

Kira rannte los. Sie sprang, warf ihren Körper über die Granate, während der Rest ihres Teams in Deckung ging. Sie krümmte ihren Körper um das Ding herum, drehte sich so, dass ihr Rücken zwischen mir und dem Sprengsatz war.

Heilige Scheiße—sie beschützte mich. Rettete *mich*.

„Nein!" Das Biest brüllte. Ich brüllte. Ich geriet in Panik. Ich hatte diese Waffe zuvor schon gesehen, hunderte Male. Ich wusste genau, was es war und was es mit meiner Gefährtin anrichten würde. Wie es ihren Körper in Stücke zerfetzen würde.

Die Hive waren weg, hatten sich weit genug zurückgezogen, um der Explosion zu entkommen.

Stille.

Kira lag auf dem Boden und keuchte. Um die Granate herum gewunden.

Nichts.

„Was zum Teufel?" Farren rutschte vorsichtig auf Händen und Knien hervor, näher an Kira heran, aber ich war schneller und griff nach ihr.

„Nein! Fassen Sie sie nicht an!" Die Stimme des Hyperionen war schneidend, ein klarer Befehl. „Stören Sie die

Frequenz nicht, oder es wird explodieren."

Ich drehte mich zu ihm, frustriert darüber, wie schwer es war, zu sprechen. Sie war um eine verdammte Granate gekrümmt. „Warum?"

Kira rollte sich langsam herum. Die scharfe Granate leuchtete mit einem seltsamen blauen Licht. Sie hielt sie hoch, nahe an ihren Kopf. „Ich kann sie hören."

Ich erstarrte und zwang mich, mich zu beruhigen und *hinzuhören.*

Sie hatte recht. Auch ich konnte sie hören. Und ich konnte *es* hören, die Waffe, den Sprengkörper. Rokk erklärte es uns, als sie zu ihm hochblickte. „Es ist neue Hive-Technologie. Sie ist so gebaut, dass sie ihresgleichen erkennen kann. Die haben im Kampf so viele Soldaten verloren, dass sie fortgeschrittene Modifikationen an ihren Waffen vorgenommen haben."

„Ihre Bomben erkennen, ob die Zielperson Hive ist oder nicht?", fragte Farren, mit vor Überraschung großen Augen.

„Ja." Rokk blickte zu Kira. „Und aus irgendeinem Grund denkt es, dass Sie einer von ihnen sind."

Sie blickte zu mir hoch, und unsere Blicke trafen sich. Wir wussten es; wir beide wussten ganz genau, warum sie nicht explodierte. Irgendwie hatte die zusätzliche Verbindung unsere Gehirne miteinander verknüpft. Die Kommunikation war noch deutlicher als das, was ich mit Chloe in den Minenfeldern um das Schlachtschiff Karter erlebt hatte. Und diese Verbindung beschützte uns nun.

Heilige Scheiße. Wir hatten eine Verbindung, meine Gefährtin und ich, aber das war auf persönlicher Ebene. Und jetzt waren wir zusätzlich auf eine

Weise verbunden, durch die wir den Hive hören konnten.

Wenn wir dieses Wissen auf dem Schlachtfeld einsetzen, Hive-Funk weiterleiten und ihre Waffen destabilisieren konnten, dann würde das einen entscheidenden Vorteil im Krieg bedeuten.

Kira streckte mir die Hand hin, und ich zog sie langsam hoch, damit sie die Granate nicht erschütterte. „Sie wissen nicht, was sie tun sollen. Verschwinden wir von hier, bevor sie sich etwas einfallen lassen."

Ich blickte zu Rokk. „Es tut mir leid, aber ich habe keine Zeit, mit Ihnen zu diskutieren." Mit diesen Worten warf ich mir den schweren Mann über die Schulter und rannte los, der Rest des Teams hinter mir her.

Die Späher, die den Eingang blockierten, waren leichte Beute, nicht so groß und schnell wie die Soldaten unten in den Höhlen. Ich grunzte anerkennend, während Farren und die anderen Kleinholz aus ihnen machten.

Wir rannten weiter. Der Hyperione ächzte jedes Mal, wenn sein Bauch auf meine Schulter prallte, aber ich konnte es mir nicht leisten, sanft zu sein. Er hatte den Hive überlebt, er würde nun nur noch die Reise zurück zu unserer Transport-Position ertragen müssen.

Kira entdeckte einen kleineren Höhleneingang, der so gelegen war, dass er den Großteil der Explosion abfangen würde, und sie warf die Granate im Vorbeilaufen hinein. Warf und rannte. Scheiße. Eine Sekunde später erschütterte die Explosion den Boden, aber wir blieben nicht stehen.

Rein. Raus. Und nicht erwischen lassen.

Ihre Worte hallten in meinen Ohren, bis wir den Bergungspunkt erreicht hatten und ich den Hyperionen auf ein Häufchen auf den Boden fallen ließ.

Ich streckte die Hand nach ihr aus, als die Energie des Transporters uns umfing, in Stücke riss und am anderen Ende wieder zusammensetzte.

Auf Zioria angekommen, stürmte ein medizinisches Versorgungsteam auf die Transportplattform. Ich erkannte Transporterraum 2 auf der Akademie. Überall sonst auf dem Gelände ging das Leben weiter wie immer. Es war, als hätte der Kampf mit dem Hive nie stattgefunden. Unterricht. Training. Und währenddessen wurden direkt unter der Nase der Kadetten die wichtigsten Missionen des Krieges durchgeführt.

Vizeadmiralin Niobe wartete ebenfalls auf uns, mit einem aufrichtigen Lächeln, als sie Rokk sah. „Leutnant. Es freut mich, zu sehen, dass Sie es geschafft haben."

Seine einzige Antwort war ein

schmerzvolles Stöhnen, als die Sanitäter ihn auf eine Trage hoben, um ihn zu einer ReGen-Kapsel zu bringen, wo er die notwendige Heilung bekommen würde,. Was immer das war.

Ich ignorierte sie alle, hatte nur Augen für meine Gefährtin. „Kira."

Sie drehte sich herum, nachdem sie die Vizeadmiralin begrüßt und ihrem Team zur erfolgreich abgeschlossenen Mission gratuliert hatte. Sie tat all die Dinge, die sie als gute Anführerin auch tun sollte.

Aber sie hatte sich nicht für ihr Team auf die Granate geworfen. Sie hatte ihren Körper nicht so positioniert, dass das Team vor der Explosion geschützt war. Sondern sie hatte das für mich getan. Und dafür würde sie ihren verdammten Hintern versohlt bekommen.

„Kira." Das Biest sprach nun, nicht erfreut darüber, warten zu müssen. Wir waren unglaublich wütend auf sie dafür, dass sie ihr Leben so aufs Spiel gesetzt hatte. Und auch geehrt. Ihre Liebe war nicht erzwungen oder manipuliert. Sie war echt. So verdammt echt, dass sie sich auf eine Granate geworfen hatte, um mich zu retten.

Sie musste meinen Tonfall bemerkt haben, denn sie kam zu mir, sagte jedoch kein Wort. Schlang nur die Arme um meine Taille und schmiegte sich an meine Brust. Unsere Waffen stießen gegeneinander, und unsere Rüstung war im Weg, aber sie war warm und lebendig in meinen Armen. Es besänftigte mein Biest wie nichts sonst es konnte, und ich verdaute die Wahrheit.

Sie liebte mich. Würde für mich töten. An meiner Seite kämpfen.

Für mich sterben. Dieser Teil gefiel weder mir noch meinem Biest, aber darüber würde ich mich später mit ihr unterhalten. Sie mochte vielleicht an meiner Seite kämpfen, aber das hieß nicht, dass sie Risken eingehen durfte, wie etwa sich auf eine verdammte Granate zu schmeißen. Ja, ein paar kräftige Klapse waren eindeutig angebracht.

Ich hätte sie gern stundenlang so gehalten, schon allein glücklich darüber, sie überhaupt halten zu können, aber die Vizeadmiralin kam auf uns zu.

„Wollen Sie mich immer noch umbringen, Kampflord?"

Ich schnaubte, aber die Frau hatte sich meinen Respekt verdient. „Nicht in genau diesem Augenblick."

„Gut, denn Sie bleiben nicht hier."

„Wie bitte?" Kira hob den Kopf, und ich legte meine Hände auf ihre Schultern, um sie zurückzuhalten. Es schien, als wäre ich nicht der einzige, der immer noch ein wenig sauer auf die Vizeadmiralin und ihre Einmischung war.

„Wir brauchen Sie so bald wie möglich auf einem der Karter-Flankenschiffe in Sektor 216."

Kiras Schultern sackten zusammen, und ich wusste, dass ich keine Gelegenheit bekommen würde, mich auszuruhen. Und ihr den Hintern zu versohlen. Und sie zu ficken. Und zu schlafen. Und mich an der Pussy meiner Gefährtin zu vergnügen. Sie mit meinem Schwanz zu füllen. Schlafen. Essen. Jeden Zentimeter von ihr mit warmen Badeölen massieren. Pläne. Ich hatte doch Pläne, und die Vizeadmiralin kam jedem einzelnen Plan in die Quere.

„Wann brechen wir auf?", fragte ich mit zusammengebissenen Zähnen.

Die Vizeadmiralin sah auf ihren Armband-Kommunikator. „Sie haben eine Stunde."

„Toll", raunte Kira, aber sie sprach mit der Luft. Die Vizeadmiralin war bereits fort.

KAPITEL 14

Angh, Planet Vesper, Helios-Refugium

„Das hier ist kein Flankenschiff in Sektor 216", bemerkte ich, während ich mich langsam im Kreis drehte und mir unsere Umgebung ansah. Das hier war *kein* Transporter-Raum.

Kira stand neben mir, was hieß, dass ich nicht ganz den Verstand verloren hatte. Sie lachte los, und ich musste mich fragen, ob sie ihren verloren hatte.

„Toto, wir sind nicht mehr in Kansas", antwortete sie, aber ich hatte keine Ahnung, was das heißen sollte.

Ich packte sie am Arm. Ich war plötzlich in Panik und zerrte sie hinter mich. Sie taumelte, aber ich hielt sie fest, schlang meinen Arm um sie, drückte sie gegen meinen Rücken. Mein Biest kam hervor, und ich spürte, wie es die Kontrolle übernahm. Es war nicht das Fieber, sondern Biestmodus. „Ist unser Transport abgefangen worden? Wir haben keine Waffen." Mein Biest war die einzige Waffe, die ich hatte.

„Angh, beruhige dich. Sag deinem Biest, es soll verdammt noch mal locker lassen." Ich spürte, wie ihre Hand meinen Rücken tätschelte.

„Mich beruhigen? Und was haben Lockerungen damit zu tun? Wo zum *Teufel* sind wir? Wie sind wir hierher geraten? Am Flankenschiff sollte schwarzes Weltall aus den Portalen zu sehen sein, nicht Land. Sand. Ein grüner Himmel." Ich trat näher an das große Tor, das offen stand und warme Luft hereinließ, und zerrte Kira mit mir mit. „Und zwei Sonnen. Wenn wir zwei Sonnen sehen können, dann müssen wir...mindestens drei Lichtjahre von Sektor 216 entfernt sein."

„Ich kann gar nichts sehen außer die Rückseite deines Hemdes", grummelte sie. Kira drückte sich aus meiner Umklammerung, aber nur, weil ich sie ließ. Aber ich ließ sie nicht weit fort. „Es ist wunderschön hier. Ich habe noch nie zwei Sonnen gesehen."

Ich blickte auf sie hinunter und runzelte die Stirn. „Von all dem, was ich gerade gesagt habe, gehst du nur auf die Anzahl der Sonnen ein?"

Sie lächelte. „Ja." Sie drehte sich herum und machte einen Schritt durchs Tor, aber ich packte sie an der Taille. „Angh, wir sind in einer Art Ressort oder Hotel, nicht im Hive-Gebiet. Und ganz bestimmt nicht auf einem Schlachtschiff. Sieh nur, da ist ein Pool."

Ich blickte in die Richtung, in die sie zeigte. Dort war tatsächlich ein Pool, mit farbigen Fliesen, die das Wasser tiefblau aussehen ließen.

Kira wirbelte herum. „Wir sind in einem Schlafzimmer, nicht in einer Zelle, nicht in einem Transporter-Raum. Das Bett ist für einen Atlanen gebaut. Siehst du?" Sie deutete wieder.

„Kampflord Anghar, Captain Dahl, ich begrüße Sie."

Ich wirbelte herum, denn die Worte erklangen hinter uns. Ich hatte den Mann an der Kehle gepackt, einen halben Meter vom Boden hoch gehoben und seinen Körper an den Türrahmen gepresst, bevor Kira überhaupt überrascht aufkeuchen konnte.

„Wer zum Teufel sind Sie?", fragte ich mit dröhnender Stimme.

Kira kam zu mir und zog an meinem Ellbogen, während die Augen des Mannes langsam hervortraten und sein blasses Gesicht lila anlief. Seine Hände packten und zerrten an meinem Unterarm, aber gegen mein Biest konnte er absolut nichts ausrichten.

„Lass ihn runter!", schrie Kira.

„Er ist eine Bedrohung."

Der Mann ließ eine Hand fallen und klatschte mit ihr gegen die Wand, bis das Kommunikationsgerät des Zimmers zum Leben erwachte.

„Überraschung!" Die fröhliche Stimme von Kadettin Monika ließ mich herumwirbeln und den Griff um den Hals des Mannes lockern.

„Angh, lass den armen Mann hinunter. Er arbeitet hier."

„Hier? Wie schon gesagt, wo zum Teufel ist ‚hier'?" Ich kniff die Augen zusammen und blickte ihn an. Er fasste sich an den Hals und hustete. Seine normale Hautfarbe kehrte langsam zurück. Er war kein Atlane und hatte auch nicht den dunkleren Hautton eines Prillonen. Ich hatte keine Ahnung, was sein Heimatplanet war.

„Wirst du aufhören, so rumzubrüllen?", bat mich Kira.

„Hallo Kira und Angh!" Monikas Gesicht füllte den Kommunikations-Bildschirm fast vollständig aus. Denzel stand hinter ihr, Arme in seiner gewohnten Fassung verschränkt, aber er lächelte. *Lächelte.*

„Ich weiß, dass du wahrscheinlich verschreckt bist. Aber keine Panik. Im Ernst. Ich habe gehört, wie ihr im Gefängnis zu Gefährten geworden seid—nicht gerade romantisch—und habe mit Vizeadmiralin Niobe gesprochen. Ich habe ihr gesagt, dass sie nicht gerade besonders gut im Verkuppeln ist. Frisch verbundene Paare brauchen Kerzenschein, Wein, Romantik, und nicht Gefängnismauern mit ehelichem Besuchsrecht, für eine ordentliche Besitznahme. Oh Mann." Monika verdrehte die Augen, sichtlich enttäuscht über die Vizeadmiralin. „Egal, jedenfalls hat sie sich mit Gouverneur Rone auf der Kolonie abgesprochen, und wir haben euren Transport umgeleitet. Ihr seid im Helios-Refugium, für eure Flitterwochen!"

Sie war ganz aufgeregt. Viel zu aufgeregt darüber, dass ein anderes Paar Urlaub für seine *Flitterwochen* bekommen hatte. Ich war mit dem Kalender auf der Erde nicht vertraut, also hatte ich keine Ahnung, wie eine Woche flittern konnte. Ich hatte den Versuch aufgegeben, all die Erden-Ausdrücke zu verstehen, nachdem ich so viel Zeit mit Denzel verbracht hatte. Was ihre Aufregung anging, verstand ich es auch nicht, aber der überraschte Ausdruck auf

Kiras Gesicht sagte mir, dass sie sich freute.

Ich beäugte den Mann vor mir, der uns überrascht hatte, und der eindeutig ein Mitarbeiter der Einrichtung war. Das war nun offensichtlich, mit seinen schwarzen Hosen und seinem grünen Hemd, auf dessen Brust eine ungewöhnliche Grafik zu sehen war mit dem Wort „Helios" darunter. Er beäugte mich ängstlich, aber hatte sich nicht bewegt und war nicht geflohen, und ich war beeindruckt von der Qualität dieses Service. Ich steckte den Kopf aus der Tür, und er lief davon.

Ich holte tief Luft, dann noch einmal. Ich ließ meine Umgebung mit ruhigerem Herzen auf mich wirken. *Helios-Refugium.* Davon hatte ich noch nie gehört, und auch nicht von Vesper. Aber ich hatte schon von Refugien gehört, die es überall in der Galaxis gab und die von vielen von uns für Urlaube genutzt wurden. Ich war schon jahrelang nicht mehr auf Urlaub gewesen. Nicht, seit ich ein Kampflord geworden war. Vor den Schlachten. Vor dem Hive. Der Gedanke daran, an einem Ort zu sein, an dem kein Krieg herrschte, keine Gefahr, höchstwahrscheinlich nicht einmal Gerede über den Hive, war seltsam.

Ich verschränkte die Arme vor der Brust und wandte mich wieder dem Bildschirm zu.

Denzel legte Monika die Hand auf die Schulter, und sie beruhigte sich ein wenig. „Ihr seid auf dem Planeten Vesper, weit von jeder Front entfernt", sagte er, dann küsste er sie auf die Schläfe, was offenbar das Signal für sie war, weiterzusprechen.

„Genau, ihr seid fernab vom Hive, und das mit dem Flankenschiff war eine Erfindung. Keine Panik."

„Dafür ist es bestimmt zu spät,

meine Liebe", sagte Denzel. „Wie ich Angh kenne, ist er in vollen Biestmodus gegangen."

Kira blickte zu mir hoch. Sie biss sich auf die Lippen, als würde sie sich bemühen, nicht zu grinsen.

„Tut mir leid, wenn ich dich in Panik versetzt habe", sagte Monika mit beeindruckender Ernsthaftigkeit, bevor sie wieder in die Hände klatschte. „Wir haben euch beide reingelegt. Ha! Ich schätze, es war hilfreich, die Vizeadmiralin mit an Bord zu haben. Ich schwöre, für jemanden, der halb menschlich ist, hat sie wenig Humor. Was euch beide angeht, ihr habt euch ein wenig Spaß verdient. Drei Tage voller Sonne, Strand und Sex."

Hierher geschickt zu werden, war ein…Geschenk? Von Monika und dem Gouverneur? Und sie hatten sich die Erlaubnis dafür von Commander Karter *und* der Vizeadmiralin geholt?

Sie alle hatten sich miteinander verschworen? Sonne, Strand und Sex?

Die ersten beiden waren mir scheißegal, aber Sex? Drei Tage lang? Mein Biest drehte sich im Kreis, dann legte es sich nieder. Zufrieden. Mein Schwanz aber richtete sich schnurgerade auf. Er war ganz dafür, drei Tage lang tief in Kira vergraben zu sein.

„Euer Rücktransport ist in drei Tagen um Punkt acht Uhr. Haltet euch bereit."

Denzel beugte sich noch einmal vor. „Und seid angezogen, denn eure Koordinaten sind schon eingespeichert, und wo auch immer ihr seid, was immer ihr tut, einschließlich Ficken...genau so werdet ihr zurücktransportiert werden. Nur als Warnung. Und während Kira eine Augenweide ist, habe ich kein Interesse daran, einen nackten Atlan-Hintern zu sehen zu bekommen."

Denzel zwinkerte mit einem silbernen Augen.

„Und wo wir gerade vom Ficken sprechen..." Er zupfte Monika weg vom Kommunikations-Bildschirm, und wir konnten ein gewöhnliches Offizersquartier im Hintergrund sehen. Aber bevor die Verbindung getrennt war, war noch Monikas Kichern zu hören, zusammen mit den Worten „zeig mir diesen großen Schwanz".

Ich starrte auf Kira hinunter. Kira starrte zu mir hoch. „Den letzten Teil brauchte ich nicht unbedingt zu hören", sagte sie, dann lachte sie schallend los. „Drei Tage", sagte sie und tippte sich mit dem Finger an die Lippe. Die beiden Sonnen fingen sich in ihren Schellen und brachten sie zum Leuchten. „Was wollen wir nur in dieser Zeit anfangen?"

Ich streichelte ihr übers Haar, dann ließ ich die Hand über ihre Schulter gleiten, und noch weiter nach unten, über die Wölbung ihrer Brust. „Ich stimme für Sex", sagte ich.

Sie lachte. Ich liebte diesen Laut, so offen, so...glücklich. Und der Ausdruck auf ihrem Gesicht war etwas, wonach ich mich immer gesehnt hatte. Nichts von der Anspannung oder der Sorge, die zu ihrem Job gehörten. Keine Studenten anzuführen, keine Schlachten zu kämpfen. Keine Sorgen. Keine Kümmernisse.

Ich brauchte kein Refugium, um meine Gefährtin zu genießen; ich brauchte nur etwas Privatsphäre. Nicht einmal ein Bett war wirklich notwendig. Aber Kira entspannt und sorglos zu sehen, war ein positiver Nebeneffekt. Vielleicht brauchten wir diese Auszeit wirklich, diese Zeit für uns allein, wo wir uns daran erinnern konnten, dass es mehr im Leben gab als den Kampf gegen den Hive. Es gab Frieden da draußen, absoluten Beweis dafür, dass unsere Arbeit Gutes ausrichtete, Orte wie Vesper als Zufluchtsort schützten.

Diejenigen, die dazu beigetragen hatten, das hier zu organisieren, würden unseren Dank erhalten. Es brachte Kira zum Lächeln, und nun war es meine Aufgabe, dass sie nicht mehr zu Lächeln aufhörte.

Ihre Pupillen weiteten sich; ihr Atem wurde schneller. „Ich stimme auch für Sex."

Mein Biest war sofort ganz Ohr und sagte mir *Ja. Ich stimme auch für Sex. Eine ganze Menge davon.*

Kira trat näher, legte mir die Hand an die Brust und drückte dagegen. Ich machte einen Schritt zurück und sie drückte noch einmal, bis ich rückwärts ging. Sie lächelte, also ging ich weiter. Ich spürte das Bett gegen meine Waden, und beim letzten Stoß ließ ich mich fallen, bis ich auf der Kante saß. Die Matratze war weich. Federnd.

Ihr Lächeln gehörte nun ganz mir. Aber ich wollte, dass sie nichts außer diesem Lächeln trug.

Meine Hände fassten ihr Uniform-Hemd am Saum und rafften ihn hoch.

Sie trat zurück, aber ihr Lächeln blieb. „Jetzt bin ich an der Reihe, das Sagen zu haben."

Ihre Stimme war sanft, aber rauchig. Das wenige Blut, das noch in meinem Kopf war, wanderte ebenfalls in meinen Schwanz. *Verdammt, ich liebte meine Gefährtin.*

Ihre Wangen liefen zu einem hübschen Rosa an, und in ihren Augen flackerte Feuer. „Und da ich Lehrerin bin, werden wir mit einer ganz besonderen Lektion anfangen. Zieh dein Hemd aus, Kampflord."

„Jawohl", antwortete ich, nur zu gewillt, jeglichen Befehl zu befolgen, der dazu führte, dass weniger Kleidung getragen wurde. Als es auf dem Boden lag, wartete ich auf ihren nächsten Befehl, auch wenn das schon bald passieren musste, ansonsten würde das Biest das Interesse an diesem Spiel verlieren und tun, was es sonst immer tat—sie ficken, bis sie meinen Namen schrie.

„Wenn ich dir eine Lektion erteilen soll, dann muss ich wissen, ob du gut vorbereitet bist." Sie zog sich das Hemd über den Kopf und ließ es zu Boden fallen. „Bist du das?"

Ihr helles Haar schwang auf ihrem Rücken hin und her, aber ich achtete kaum darauf. Ihre Brüste waren in einen schlichten weißen BH gehüllt und befanden sich direkt vor meinem Gesicht.

„Kampflord", erinnerte sie mich.

Ich hatte die Frage vergessen. „Ja bitte?"

„Bist du gut vorbereitet?" Sie tappte

mit dem Stiefel auf den Fliesenboden, als wäre sie verärgert darüber, sich wiederholen zu müssen. Ich biss mir von innen in die Wange, um nicht zu lächeln. Es machte mich zwar scharf, sie in Aktion auf dem Übungsgelände der Akademie zu sehen, oder wenn ich neben ihr im Kampf gegen den Hive stand, aber die Machtverhältnisse lagen hier schief. Dieses Spiel ließ meine Eier schmerzen. Es *war* ein Spiel. Ich könnte sie in wenigen Sekunden unter mir haben und ihr meinen Schwanz in sie hineinrammen. Aber nein. Ich wollte, dass sie diese Macht über mich hatte. Ich schenkte sie ihr, und ich wusste, es war ein Geschenk, dass sie in vollen Zügen genoss. Ich gehörte ihr, ganz und gar. Sie hatte mich in der Hand. Und das war eine Macht, die ich noch nie zuvor jemand anderem überlassen hatte, nicht meinem Kommandanten auf dem Schlachtfeld, oder den

Leuten auf meiner Heimatwelt. Nur ihr.

Ich war begierig—nein, verzweifelt—danach, herauszufinden, wohin das hier führen würde. Ich wusste, dass es zu einem Ende führen würde, das wir beide wollten. Beide brauchten. Es ging nun nicht mehr um das Ziel. Es ging rein um den Weg dorthin. Und solange ich ihn mit Kira gemeinsam betrat, würde ich ein glücklicher Atlane sein.

Endlich.

Kira

Ich würde später darüber nachdenken, was Monika und Chloe da getan hatten. Ich würde mir den Pool ansehen, und die Wüste und die Sonnen. Später. Das einzige, was ich mir jetzt ansehen wollte, das war Anghs Schwanz, während er die Hosen öffnete und ihn hervorholte.

Ich leckte mir die Lippen. Oh ja. Das war der Schwanz, den ich wollte. Brauchte. Begehrte. Ich war feucht, und Angh würde das schon bald herausfinden. Aber noch nicht jetzt. Ich hatte das Gefühl, sobald er seine Hände—buchstäblich—an meine Pussy bekam, würde unser Spiel vorbei sein. Und ich wollte sowohl mit Mann als auch mit Biest spielen. Ich sah die primitive Lust in ihm, das Biest, das mich unter halb geschlossenen Lidern beobachtete, zum Sprung ansetzte. Zur Eroberung. Zur Besitznahme.

Er konnte jeden Moment kippen, und der Gedanke daran erregte mich ungemein, bis meine Pussy meine Kleidung durchnässt hatte. Es war, als würde man versuchen, einen Löwen zu zähmen. Ein absoluter Glücksrausch.

Ein Rausch, von dem ich wusste, dass er in einem Orgasmus nach dem anderen enden würde, bis ich so erledigt war, dass ich mich buchstäblich nicht mehr rühren konnte.

Das letzte Mal, dass ich in diesem Zustand gewesen war, hatte Angh seinen Mund an mich gelegt und mich mit seiner geschickten Zunge noch einmal zum Kommen gebracht.

Ich wimmerte, dann unterdrückte ich das, indem ich die Arme vor der Brust verschränkte—was mich nicht allzu überlegen aussehen ließ, da ich immerhin nur noch einen BH trug— und sagte „oh ja, du bist *ausgesprochen* gut vorbereitet."

Sein Schwanz war riesig. Atlanen waren überall groß. Meine Innenwände zogen sich zusammen, erinnerten sich daran, wie es sich anfühlte, von ihm gedehnt zu werden, diese große Krone über alle meine Nervenenden gerieben zu bekommen. Ich war noch nie jemand gewesen, der alleine durch Penetration schon kommen konnte, aber Angh hatte mich da erwischt. Sicher, mein Kitzler war immer noch mein Zauberknopf, aber es schien, dass mein G-Punkt, der sich mein ganzes Leben lang versteckt gehalten hatte, jetzt durch Angh beschlossen hatte, sich an dem Spaß zu beteiligen und...heilige Scheiße. Von der Art und Weise zu kommen, wie er über meinen G-Punkt drückte und rieb, glitt und strich, war stark genug, mir die Sprache zu rauben. Dabei hatte ich sogar eine NPU, die mir dabei helfen sollte.

Ein Lusttropfen erschien an seiner Schwanzspitze, und Angh rieb den Daumen darüber und fing ihn auf. Ich krümmte den Finger, und er hob die Hand und hielt den glitzernden Tropfen hoch. Ich beugte mich vor, leckte ihn auf, und der säuerlich-salzige Geschmack explodierte auf meiner Zunge. Ich saugte die Daumenspitze in meinen Mund. Mir lief das Wasser im Mund zusammen, und ich erinnerte mich daran, seinen Schwanz stattdessen dort zu haben, dick und hart, tief eindringend, bis in meinen Hals.

Ich packte ihn am Handgelenk, hielt ihn an der Gefährtenschelle und zog seinen Daumen heraus. Ich trat näher an ihn heran. „Zieh mich aus."

Diesen Befehl brauchte ich ihm nicht zweimal zu geben. Ich war wenige Sekunden später nackt und direkt vor ihm. Die Luft war zwar nicht kalt—sie war sogar warm und trocken, erinnerte mich an Arizona oder Frühling in Las Vegas—aber meine Nippel wurden trotzdem hart.

Ich hatte lange genug gewartet. Als Angh mich in der Zelle auf Zioria an die Wand gedrückt und genommen hatte, war das schnell, hart und wild gewesen. Sein Biest hatte ebenso sehr die Kontrolle gehabt wie Angh. Es hatte mir wahnsinnig gut gefallen. Jede scharfe Sekunde davon. Das war elementar gewesen, und beinahe schon verzweifelt. Es war notwendig gewesen, dass sein Biest mich fickte, um es zu besänftigen und das Fieber zu brechen. Angh musste sich in mir vergraben, seinen Samen in mir vergießen und Gewissheit haben, dass er mich als sein Eigentum markiert hatte. Dass ich wahrhaft in Besitz genommen war.

Nun gehörte ich ihm. Die Schellen an unseren Armen bewiesen das. Sein Biest brauchte keine anderen Beweise mehr. Angh brauchte dem Universum nicht mehr zu beweisen, dass ich zu ihm gehörte. Jetzt gab es nur noch uns. Kira und Angh. Liebende. Gefährten. Wir konnten ficken, wie wir wollten. Schnell. Langsam. Hart. Zärtlich. Wild.

Also nun, da Angh sich und seinem

Biest versichern konnte, dass ich ihm gehörte, würde ich ihn nehmen. Jetzt war ich an der Reihe, mich an ihm zu vergnügen, zu wissen, dass er mir gehörte, dass ich mit seinem riesigem Biest-Schwanz anstellen konnte, was mir beliebte.

Und was mir beliebte, war, ihn tief in meiner nassen Pussy stecken zu haben. Jetzt sofort.

„Zeit für einen Test, Kampflord."

Als ich ein Knie auf das Bett neben seiner Hüfte setzte, nahm er die Hand vom Ansatz seines Schwanzes. Als ich das andere Knie absetzte und nun auf ihm saß, hielt er den Atem an. Als ich über ihm schwebte, die Spitze seines Schwanzes an meinem Eingang, blickte ich ihm in die Augen. Hielt seinen Blickkontakt.

Und als ich mich herabsenkte, ihn tief in mir aufnahm, tiefer und immer noch tiefer, da stöhnten wir. Ich musste mit den Hüften wackeln, um ihn ganz aufzunehmen, aber ich war bereit für ihn. Ich war schon seit der Gefängniszelle bereit gewesen.

Es dauerte eine Weile, aber schließlich saß ich auf seinem Schoß, und meine Oberschenkel berührten seine. Die kurzen Haare kitzelten meine Haut, aber so tief war er in mir. Die Art, wie er mich füllte, ließ meinen Atem stocken.

Ich sah zu, wie sich sein Kiefer anspannte und Schweiß auf seiner Stirn perlte. Seine Hände krallten sich in die Laken neben seinen Hüften, wahrscheinlich vor Anstrengung, mich nicht zu berühren, nicht die Kontrolle zu übernehmen.

Ich hob mich hoch, dann senkte ich mich wieder. Und wieder. Und dann nochmal.

Meine Hände wanderten an seine Schultern, und ich hielt mich fest, während mein Begehren die Überhand gewann. Ich konnte nicht länger langsam bleiben. Es war unmöglich, so wie ich mich fühlte. Ich jagte einem Orgasmus hinterher, jedes Mal, wenn ich ganz auf ihm saß. Rieb meine Hüften und meinen Kitzler an ihm. Nasse Sex-Geräusche erfüllten das Zimmer. Unser Atem vermischte sich. Ich schubste ihn, und er fiel zurück auf seine Ellbogen, stützte sich auf und sah mir zu. Ich hatte nun Platz, mich zu bewegen und ihn zu reiten wie ein Cowgirl.

Ich schloss die Augen, umfasste meine Brüste und ritt ihn.

„Angh! Ja, Gott ja. Ich komme gleich. Dein Schwanz, Gott, er ist...oh mein—"

Meine Gedanken wurden immer benebelter, je mehr ich ihn ritt, je schneller er jede perfekte Stelle in mir reizte.

„Berühr mich", befahl ich, und eine Sekunde später wurden meine Hände von meinen Brüsten weg gestoßen, und seine große Hand berührte sie beide. Ein Finger streifte über meinen Kitzler, und ich riss die Augen auf.

Ich blickte ihm in die Augen, während ich kam. Und schrie meine Lust heraus. Und molk seinen Samen aus den Eiern. Er stöhnte, erstarrte, und ich spürte die dickflüssigen Spritzer, als er mich füllte.

Als ich endlich wieder zu Atem kam, sagte ich ihm: „Du hast den Test bestanden."

Er nahm meine Hand, zog mich für einen Kuss zu ihm hinunter, und dann rollte er uns herum, sodass er über mir aufragte, sein Schwanz immer noch tief in mir vergraben. Er grinste, strich mir über die Wange.

„Der Test ist noch nicht vorbei, *Gefährtin*."

EPILOG

Angh, Sektor 437, Schlachtschiff Karter, zwei Wochen später

„Mami!", schrie ein kleines Mädchen und hüpfte auf und ab, während sie auf Chloe zu rannte. Ich war mir nicht ganz sicher, wie diese Bewegung möglich war, aber irgendwie konnte die fast Zweijährige auf die seltsamsten Arten zappeln und hoppeln.

Chloe fiel auf die Knie und streckte

die Arme aus, und das Kind landete in einer Umarmung mit vielen Küssen.

Ich lächelte. Ganz recht. Ein richtiges Lächeln.

Es tat gut, meine Freundin so glücklich zu sehen, sie mit ihrer Familie zusammen zu sehen. Chloe hatte Gefährten, die sie liebten, und Kinder. Dorian war als Pilot mit auf unserer Mission gewesen. Seine Rolle war zwar genau definiert und er war durch sie an sein Shuttle gebunden, aber er konnte dadurch ausgezeichnet seine Gefährtin bei der Arbeit überwachen. Ich konnte mir gar nicht vorstellen, wie schwer es für ihn sein musste, zuzulassen, dass sie ihm von der Seite wich; der Gedanke daran, dass Kira ohne mich auf so vielen gefährlichen Missionen gewesen war, versetzte mich in Panik, auch wenn ich nichts gegen Dinge tun konnte, die bereits stattgefunden hatten.

Aber jetzt? Jetzt war sie an meiner Seite. Ich warf ihr einen Blick zu und sah, wie sie Chloe ansah. Seth kam durch die Schiebetür zum Besprechungszimmer herein, wo unsere Nachbesprechung gerade zu Ende gegangen war.

Wir hatten es geschafft. Hatten die Hive-Minenfelder zerstört, die das Schlachtschiff Karter die letzten paar Monate in einer Sackgasse gefangen gehalten hatten. Kira und ich konnten die verborgenen Nexus-Steuerelemente hören, die Kernstücke der künstlichen Intelligenz dieser Hive-Waffe. Und wenn wir mit Chloe gemeinsam arbeiteten, verstärkten sich unsere drei Gehirn-Implantate so stark, dass es beinahe war, als würden die Steuerelemente uns ihre Standorte geradezu ankündigen. Und mich anflehen, sie zu zerstören.

Dem kam ich nur zu gerne nach.

Unsere Feier würde höchstens ein paar Stunden dauern. Wir waren bereits von Vizeadmiralin Niobe kontaktiert und darüber informiert worden, dass der I.C. nun einen Dienstplan von Missionen erstellt hatte, dem zufolge Kira und ich quer durch die Galaxis geschickt wurden, um die Minennetze eines nach dem anderen zu beseitigen. Aber der I.C. brauchte ein paar Tage, um zu entscheiden, wo sie zuerst zuschlagen wollten.

Sie zogen nie ohne einen Plan in die Schlacht. Kira und ich waren Krieger. Wir würden da hingehen, wohin sie uns schickten. Gemeinsam.

Die meisten in der Truppe, die an dieser Mission beteiligt gewesen war, hatten das Besprechungszimmer bereits verlassen, um sich zu duschen, sich in ihren Privatquartieren mit ihren Gefährten zu treffen, oder um sich im

Speisesaal oder an der Bar einen Drink zu gönnen. Alles, um sich zu entspannen, bevor man zur nächsten Mission gerufen wurde.

Nur eine Handvoll von uns waren zurückgeblieben, Chloe und Dorian, Kira und ich. Bis die Tür sich öffnete und Seth hinter seiner Tochter hereinkam, seinen neugeborenen Sohn Christopher sicher an die Schulter des Kriegers geschmiegt. Seths große Hand klopfte auf den winzigen Rücken. Ich konnte nicht erkennen, ob das Baby schon schlief, aber er hatte goldenes Haar und karamellfarbene Haut wie Dorian. Die Gesichtszüge des Babys waren schärfer als Seths, ein eindeutiger Hinweis auf seine prillonische Herkunft, aber die grünen Augen kamen ganz nach Chloe. Sie hatten den Kleinen nach Seths Bruder benannt, Christopher, der im Kampf gegen den

Hive umgekommen war. Die Haare des winzigen Jungen standen ihm in alle Richtungen ab. Ihr kleines Mädchen Dara hatte schwarzes Haar wie ihre Mutter, und auch deren grüne Augen. Sie war eindeutig menschlich und Seths biologisches Kind. Nicht, dass das einen Unterschied machte. Die goldenen Kragen um die Hälse der drei Gefährten machten sie zu einer Familie. Von welchem Gefährten der Samen gewesen war, der das Kind gezeugt hatte, war irrelevant, solange es geliebt wurde. Und in dieser Familie wurden sie herzlich geliebt.

„Hattest du Spaß mit Daddy, während wir fort waren?", fragte Chloe, und meinte Seth. Ich hatte schnell gelernt, dass Seth *Daddy* hieß, und Dorian war *Papa.* Kosenamen von der Erde, die ich eines Tages, wenn die Götter es so wollten, von den Lippen meines eigenen kleinen Mädchens hören würde. Meines und Kiras.

Dara nickte, aber ihre neugierigen grünen Augen richteten sich auf mich. „Kann ich wieder fliegen?", fragte sie, mit lauter Stimme für jemanden so Kleinen.

Das letzte Mal, als ich sie gesehen hatte, war sie so tapfer gewesen, zu mir zu kommen und anzumerken, wie groß ich war. Ich hatte sie in die Luft über meinen Kopf gehoben, und sie hatte vor Freude gequietscht. Ich musste darüber lächeln, wie einfach es war, sie zu erfreuen. Sie war so unschuldig.

Ich verschränkte die Arme vor der Brust und schenkte ihr einen gespielt strengen Blick. „Hast du beim Frühstück auch dein Gemüse aufgegessen?"

Sie lachte. „Unfug, Kampflord, zum Frühstück gibt es doch kein Gemüse."

Ich beugte mich hinunter und

streckte die Hände aus. „Dann schätze ich, dass du fliegen kannst."

Nicht einen ängstlichen Knochen in ihrem kleinen Körper, schwang sie sich in meine Arme, und ich warf sie hoch in die Luft. Alle drei ihrer Eltern keuchten auf und machten einen Schritt auf mich zu, aber ich würde nicht zulassen, dass ihr auch nur ein Haar gekrümmt würde. Sie lachte und kicherte, als ich sie auffing. „Nochmal!"

„Warte nur, bis du selbst eines hast. Dann bekommst du einen Herzinfarkt bei jeder Kleinigkeit", sagte Chloe zu Kira.

Kira sah sie an, und die Reglosigkeit im Körper meiner Gefährtin erregte meine Aufmerksamkeit. „Warum bist du geblieben? Als Commander Karter dich gebeten hatte, weiterzukämpfen? Du hast der Vizeadmiralin gesagt, dass du auf Prillon Prime in den Ruhestand gehen willst, aber hast dich dann dagegen entschieden. Jetzt hast du Kinder. Das Risiko ist doch furchterregend. Also warum bist du geblieben?"

Chloe blickte von meiner Gefährtin zu ihrer Tochter, und aus ihren Augen leuchtete mehr Liebe, als ich je auf ihrem Gesicht gesehen hatte. „Die neue Hive-Waffe könnte alles zerstören, Kira. Wenn wir sie nicht zerstören, wird es nirgendwo mehr einen sicheren Ort für meine Babys geben. Kein Raumschiff. Keinen Planeten, egal wie weit entfernt. Ich könnte nicht damit leben, dass diese Bedrohung über ihren Köpfen baumelt, nicht, wenn ich etwas dagegen unternehmen kann. Verstehst du das?"

Kira legte sich die Hand auf den Bauch, und ich stellte mir vor, wie unser Kind dort heranwuchs. Als ihr Blick meinen suchte, wusste ich, dass sie genau das Gleiche dachte.

„Ja, und ich bewundere deinen

Mut. Deinen und den deiner Gefährten. Eines Tages möchte ich Kinder haben, und ich möchte, dass sie eine Chance darauf haben, glücklich aufzuwachsen. Geschützt. Aber jetzt muss ich erst mal ein riesiges Atlan-Biest überwachen."

Ich hielt Dara an meiner Seite fest und blickte zu Chloe. „Überwachen? Weib, wer war es denn, der ohne ihren Gefährten auf geheime Missionen ging?"

Kira verdrehte die Augen, während Seth und ich lachten. „Kampflord, du und dein Biest sollten mal ein ernstes Wörtchen reden. Ich weiß, du bist noch nicht lange Gefährte, also lass mich dir einen guten Rat geben. Erdenfrauen werden nicht gerne an ihre vergangenen Fehler erinnert. Oder jede Art von Fehler, genauer gesagt."

Ich runzelte die Stirn und sah, dass Kira *und* Chloe die Arme verschränkt und die Augen zusammengekniffen hatten.

„Was ist ein ernstes Wörtchen?", fragte ich.

Kira und Chloe warfen einander einen Blick zu, und ich blickte zu Dorian, der mit den Schultern zuckte. „Von all dem war das, was du nicht verstanden hast, ein ‚ernstes Wörtchen'?"

„Sehe ich etwa aus, als wäre ich von der Erde?"

Daras kleine Hand patschte auf meine Wange. „Du bist groß. Du bist von Atlan!", sagte sie, zufrieden mit sich selbst.

Die Tür glitt auf, und der Commander kam herein. „Oh nein", sagte er nach einem Blick auf die grimmigen Frauen, dann auf Dara. „Was hat dein Daddy denn diesmal angestellt?"

Dara quiekte und streckte die Arme nach ihm aus, wand sich wie ein Wurm in meinem Arm. Lachend übergab ich meine kostbare Fracht an Commander Karter, der sie sofort an den Armen packte und sie im Kreis herum schwang, während sie „schneller! Schneller!" rief.

Chloe stöhnte, die Hand auf die Stirn gelegt. „Oh mein Gott, sie ist ja jetzt schon ein Adrenalin-Junkie."

Kira lachte. Es war ein Klang, den ich selten von ihr hörte. Ein Lachen tief aus dem Bauch, aus purer Freude. „Das reicht. Ich bekomme keine Babys. Ich hätte zu viel Angst."

Als Karter fertig war, hob er Dara auf seine Schultern hoch, wo sie ihren Kopf herumwirbelte, um zu zeigen, wie schwindlig sie war. Karter hielt sie sicher fest und blickte wieder zu Seth. „Also?"

Seth klopfte dem Baby weiter auf den Po und lachte. „Ich? Ich habe gar nichts getan. Ich *kenne* Erdenfrauen. Ich war es nicht."

Dorian hielt die Hände hoch, als der Commander sich zu ihm herumdrehte. „Oh nein. Ich *kenne* eine Erdenfrau, und glauben Sie mir, ich habe meine Lektion darüber, sie in schlechte Laune zu versetzen, vor langer Zeit gelernt."

„Dann bleiben nur noch Sie, Atlane." Commander Karter sah mich an. „Es scheint, als könnten Sie ein wenig Zeit allein mit ihrer Gefährtin gebrauchen, Kampflord, um zu lernen, wie man mit Menschenfrauen umgeht."

„Sie könnten selbst ein wenig Urlaub gebrauchen, Commander", fügte Chloe hinzu.

Karter warf ihr einen raschen Blick zu, aber er ignorierte sie *und* ihre Bemerkung. Es war offensichtlich, dass der Commander anderer Meinung war, auch wenn er genauso hart arbeitete wie jeder andere, wenn nicht noch härter. Er zog vielleicht nicht auf Missionen aus, aber es war seine Aufgabe, sie dort hinaus zu schicken und dem Tod ins Auge zu sehen.

„Captain Dahl."

„Ja, Sir?", fragte Kira.

„Bringen Sie Ihr Atlan-Biest zu einem Gästequartier. Sie haben nun achtundvierzig Stunden frei. Ich werde die Vizeadmiralin darüber informieren, dass wir Sie hier noch ein wenig länger brauchen. Es scheint, als hätten Sie beide einander noch nicht gut genug kennengelernt. Also wird es Zeit."

Kira bemühte sich, nicht zu grinsen, aber sagte: „Ja, Sir."

Dorian nahm Seth das Baby ab. Die Liebe in seinem Blick verwandelte ihn augenblicklich von einem Krieger in einen Vater. „Gib mir das Baby. Du hattest unsere Familie jetzt schon stundenlang für dich allein."

„Nicht Mami." Seth zog Chloe für einen Kuss zu sich heran, während Dara auf Commander Karters Schultern auf und ab hüpfte, und ihre Mutter klatschend anfeuerte. „Mami, Mami, Mami."

Verwirrt blickte ich auf die herumalbernden, schwärmerischen Gesichter der Krieger. Auch mein Biest knurrte, fühlte sich ein wenig unwohl bei all diesem...*Miteinander.* „Ist das hier ein ernstes Wörtchen?"

Kira warf mir einen Blick zu und lächelte. „Komm schon, Gefährte. Es scheint, als hätte ich dir noch einiges beizubringen."

Das listige Lächeln auf ihrem Gesicht, als sie meine Hand nahm und aus dem Zimmer führte, gab mir das Gefühl, dass das, was sie laut sagte, und das, was sie meinte, zwei unterschiedliche Dinge waren.

Erst als wir im Gang waren, weg von den anderen—und von kleinen Ohren—blieb ich stehen, und sie drehte sich zu mir herum. Ich beugte mich hinunter, streichelte über ihre Wange. „Was möchtest du mir denn so beibringen?" Meine Stimme war tief, und mein Tonfall düster. Ich dachte an allerhand Dinge, die ich ihr beibringen wollte, und zwar nackt. Im Bett. Gegen die Wand gedrückt. Im Bad... Mein Biest spitzte die Ohren und wollte die Antwort ebenso hören.

Sie lächelte weiter. „Ich bin hier die Akademie-Ausbilderin, Atlane. Ich bin vielleicht noch nicht bereit für Kinder, aber üben können wir jedenfalls schon mal."

Mein Schwanz war ganz bei der Sache. Oh verdammt ja, wir konnten üben.

„Ich werde dir ein paar Traditionen von der Erde beibringen."

„Was für Traditionen?"

Ihr Blick wurde dunkel, ihre Wangen liefen rosa an, und ich wusste: was immer sie gleich sagen würde, ich wollte es hören. „Schon mal was von Reverse Cowgirl gehört?"

„Nein." Ich zeichnete ihre Unterlippe mit dem Finger nach, nur, damit ich die Hitze ihres Atems auf meiner Haut spüren konnte. „Was ist dieses Reverse Cowgirl?"

Sie biss sanft in meine Fingerspitze, dann saugte sie sie in den Mund, eindeutig als Anspielung auf Dinge, die sie bei anderen Gelegenheiten mit meinem Schwanz angestellt hatte. „Nur eine der Sex-Stellungen, die wir Erdenfrauen recht gern haben."

Das Biest knurrte, ich konnte es nicht aufhalten. „Es gibt noch andere?"

„Oh ja."

Ich beugte mich ihr noch näher entgegen. „Solange du meinen Schwanz reitest, werde ich dein gelehrigster Schüler sein."

Sie packte meine Hand und zerrte daran, zog mich den Korridor entlang hinter sich her. Ich ließ mich von ihr führen, denn wo immer sie auch hinging, ich würde ihr folgen. Für immer.

Meins.

Zur Abwechslung einmal waren das Biest und ich uns vollkommen einig.

INTERSTELLARE BRÄUTE
PROGRAMM

DEIN Partner ist irgendwo da draußen. Mach noch heute den Test und finde deinen perfekten Partner. Bist du bereit für einen sexy Alienpartner (oder zwei)?

**Melde dich jetzt freiwillig!
interstellarebraut.com**

BÜCHER VON GRACE GOODWIN

Interstellare Bräute® Programm

Im Griff ihrer Partner

An einen Partner vergeben

Von ihren Partnern beherrscht

Den Kriegern hingegeben

Von ihren Partnern entführt

Mit dem Biest verpartnert

Den Vikens hingegeben

Vom Biest gebändigt

Geschwängert vom Partner: ihr heimliches Baby

Im Paarungsfieber

Ihre Partner, die Viken

Kampf um ihre Partnerin

Interstellare Bräute: Die Kolonie

Den Cyborgs ausgeliefert

Gespielin der Cyborgs

Verführung der Cyborgs

Zusätzliche Bücher

Die eroberte Braut (Bridgewater Ménage)

HOLE DIR JETZT DEUTSCHE BÜCHER VON GRACE GOODWIN!

Du kannst sie bei folgenden Händlern kaufen:

Amazon.de
iBooks
Weltbild.de
Thalia.de
Bücher.de
eBook.de
Hugendubel.de
Mayersche.de
Buch.de

HOLE DIR JETZT DEUTSCHE BÜCHER VON ...

Bol.de
Osiander.de
Kobo
Google
Barnes & Noble

ÜBER DIE AUTORIN

Hier kannst Du Dich auf meiner Liste für deutsche VIP-Leser anmelden: **https://goo.gl/6Btjpy**

Möchtest Du Mitglied meines nicht ganz so geheimen Sci-Fi-Squads werden? Du erhältst exklusive Leseproben, Buchcover und erste Einblicke in meine neuesten Werke. In unserer geschlossenen Facebook-Gruppe teilen wir Bilder und interessante News (auf Englisch). Hier kannst Du Dich anmelden: http://bit.ly/SciFiSquad

Alle Bücher von Grace können als eigenständige Romane gelesen werden. Die Liebesgeschichten kommen ganz ohne Fremdgehen aus, denn Grace schreibt über Alpha-Männer und nicht

Alpha-Arschlöcher. (Du verstehst sicher, was damit gemeint ist.) Aber Vorsicht! Ihre Helden sind heiße Typen und ihre Liebesszenen sind noch heißer. Du bist also gewarnt...

Über Grace:

Grace Goodwin ist eine internationale Bestsellerautorin von Science-Fiction und paranormalen Liebesromanen. Grace ist davon überzeugt, dass jede Frau, egal ob im Schlafzimmer oder anderswo wie eine Prinzessin behandelt werden sollte. Am liebsten schreibt sie Romane, in denen Männer ihre Partnerinnen zu verwöhnen wissen, sie umsorgen und beschützen. Grace hasst den Winter und liebt die Berge (ja, das ist problematisch) und sie wünscht sich, sie könnte ihre Geschichten einfach downloaden, anstatt sie zwanghaft niederzuschreiben. Grace lebt im Westen der USA und ist professionelle Autorin, eifrige Leserin und bekennender Koffein-Junkie.

https://gracegoodwin.com

GRACE GOODWIN LINKS

Du kannst mit Grace Goodwin über ihre Website, ihrer Facebook-Seite, ihren Twitter-Account und ihr Goodreads-Profil mit den folgenden Links in Kontakt bleiben:

Web:
https://gracegoodwin.com

Facebook:
https://www.facebook.com/profile.php?id=100011365683986

Twitter:
https://twitter.com/luvgracegoodwin

BOOKS IN ENGLISH

Interstellar Brides®: Ascension Saga

Ascension Saga, book 1

Ascension Saga, book 2

Ascension Saga, book 3

Trinity: Ascension Saga - Volume 1

Ascension Saga, book 4

Ascension Saga, book 5

Ascension Saga, book 6

Faith: Ascension Saga - Volume 2

Ascension Saga, book 7

Ascension Saga, book 8

Ascension Saga, book 9

Destiny: Ascension Saga - Volume 3

Interstellar Brides® Books

Mastered by Her Mates

Assigned a Mate
Mated to the Warriors
Claimed by Her Mates
Taken by Her Mates
Mated to the Beast
Tamed by the Beast
Mated to the Vikens
Her Mate's Secret Baby
Mating Fever
Her Viken Mates
Fighting For Their Mate
Her Rogue Mates
Claimed By The Vikens
The Commanders' Mate

Interstellar Brides®: The Colony
Surrender to the Cyborgs
Mated to the Cyborgs
Cyborg Seduction

Her Cyborg Beast
Cyborg Fever
Rogue Cyborg

Interstellar Brides®: The Virgins
The Alien's Mate
Claiming His Virgin
His Virgin Mate
His Virgin Bride

Other Books
Their Conquered Bride
Wild Wolf Claiming: A Howl's Romance